NO
SIGILO

SARINA BOWEN
ELLE KENNEDY

NO
SIGILO

Tradução
Carlos César da Silva

Copyright © 2019 by Sarina Bowen and Elle Kennedy
Copyright da tradução © 2025 by Editora Globo S.A.

Direitos de tradução negociados por Taryn Fagerness Agency e Sandra Bruna Agencia Literaria, S.L.

Os direitos morais do autor foram assegurados. Todos os direitos reservados. Nenhuma parte desta edição pode ser utilizada ou reproduzida — em qualquer meio ou forma, seja mecânico ou eletrônico, fotocópia, gravação etc. — nem apropriada ou estocada em sistema de banco de dados sem a expressa autorização da editora.

Título original: *Top Secret*

Editora responsável **Paula Drummond**
Editora de produção **Agatha Machado**
Assistentes editoriais **Giselle Brito e Mariana Gonçalves**
Preparação de texto **Paula Prata**
Revisão **Fábio Gabriel Martins e Luiza Miceli**
Diagramação **Caíque Gomes**
Projeto gráfico original **Laboratório Secreto**
Ilustração e criação de capa **Elle Maxwell**

Texto fixado conforme as regras do Acordo Ortográfico da Língua Portuguesa (Decreto Legislativo nº 54, de 1995)

CIP-BRASIL. CATALOGAÇÃO NA PUBLICAÇÃO SINDICATO NACIONAL DOS EDITORES DE LIVROS, RJ

K43s

    Kennedy, Elle
        No sigilo / Elle Kennedy, Sarina Bowen ; tradução Carlos César da Silva. - 1. ed. - Rio de Janeiro : Globo Alt, 2025.

    Tradução de: Top secret
    ISBN 978-65-5226-066-6

    1. Romance americano. I. Bowen, Sarina. II. Silva, Carlos César da. III. Título.

25-98024.0

CDD: 813
CDU: 82-31(73)

Gabriela Faray Ferreira Lopes - Bibliotecária - CRB-7/6643

1ª edição, 2025

Direitos de edição em língua portuguesa para o Brasil adquiridos por Editora Globo S.A.
R. Marquês de Pombal, 25
20.230-240 – Rio de Janeiro – RJ – Brasil
www.globolivros.com.br

VAI TER QUE SER
Keaton

— Olha — sussurra Annika no meu ouvido. Debaixo da mesa, a mãozinha dela aperta minha coxa, enquanto sua bochecha gentilmente vira meu queixo em direção à porta. — Ele é bonitinho.

— Muito sutil — provoco antes de dar uma olhada no objeto de sua atenção. É só um cara alto de cabelo castanho, nada especial do meu ponto de vista. — Que tal a gente deixar essa conversa pra depois?

Ela revira os olhos.

— Nós dois sabemos muito bem que não vai ter conversa nenhuma, Keaton. Você adora se deixar levar pelo meu papo, mas na hora do vamos ver... — Desta vez ela se esquece de abaixar a voz.

— Na hora do vamos ver o quê? — pergunta um dos meus irmãos da fraternidade do outro lado da mesa. Tanner, Judd e eu demos um pulo na Starbucks do campus para uma boa dose de cafeína depois do treino. A próxima aula de Annika é do outro lado da rua, então ela passou para dar um oi antes.

— Nada — respondo para Tanner.

Se é que é possível chamar o fato de sua namorada querer uma noite a três com mais outro cara de "nada".

Pois é, minha namorada quer um *ménage*. E eu aqui pensando que, depois de seis anos juntos, Annika não tinha mais como me surpreender.

Somos inseparáveis desde o segundo ano do ensino médio. Sei todos os detalhes sobre ela, desde suas comidas preferidas até cada ranço que ela sente. Sei que ela fica ansiosa em filas muito longas, que espirra toda vez que sente o cheiro de canela, que ama praia e odeia esquiar.

O que eu não sabia é que minha namorada tinha fetiche por sexo a três. Da primeira vez que ela tocou no assunto, achei que fosse brincadeira. Annika Schiffer, herdeira da fortuna de uma empresa de móveis planejados, quer trepar com dois caras ao mesmo tempo? *Até parece*.

Minha namorada é a presidenta de sua sororidade, usa um colar de pérolas (que nem é do tipo divertido) todos os dias, e me fez esperar até termos dezoito anos para perdermos juntos a virgindade. Não me leve a mal — ela não é nem de longe uma garota rica, santinha do pau oco, que se acha o último biscoito do pacote. Pelo contrário, Annika é engraçada e calorosa, e vira uma fera quando alguém tenta mexer com ela ou com alguém que ela ama.

Mas ela também é... vou mandar a real: básica entre quatro paredes.

Eu não tinha levado a sério esse negócio de sexo a três até a semana passada, quando perguntei o que ela queria de aniversário e ela voltou a tocar no assunto.

Falo baixinho no ouvido dela para que Tanner e Judd não me escutem:

— Relaxa, amor, vamos ter bem mais do que só uma conversa — digo com a voz rouca.

Annika se arrepia, e depois me lança um sorriso avassalador. O rosto dela é perfeito. Feições clássicas, lábios carnudos e uma pele hidratada, sem imperfeições, iluminada na medida certa. Ela se esforça bastante e investe uma baita grana nessa pele, aliás. Já estive no banheiro dela na sororidade, então vi todos os produtos que ela passa no rosto para deixá-lo perfeito. Sem falar nas limpezas de pele frequentes, que a fazem viajar para Nova York todo mês porque esta cidadezinha universitária onde a gente mora não tem nenhum "esteticista competente" — palavras dela, não minhas.

O fato de o pai dela ter um helicóptero, que acomoda o bate-e-volta mensal da filha, facilita as coisas. Mas quem sou eu para falar qualquer coisa — meu pai tem um jatinho.

— Mal posso esperar — diz ela antes de pular do meu colo. — Vai lá pra casa depois do treino hoje à noite, tá, lindo? Preciso ir pra aula agora.

— A gente se vê mais tarde.

— Tchau, gente. — Annika acena para os meus amigos enquanto segue para a saída.

— Até! — grita Tanner para ela. E, se não estou enganado, dá uma bela olhada na bunda dela também.

— Ei — repreendo. — Se vai comer minha namorada com os olhos, pelo menos disfarça.

— Por quê? — rebate Tanner. — Ela ficaria lisonjeada. E é bom pra você saber o quanto tirou a sorte grande. Além do mais, eu não ofereço perigo. — Ele me lança um sorrisão. — Mas enfim, o que vamos fazer esse fim de semana? — pergunta Tanner. — A Batalha de Dança Presidencial, né?

Faço que não com a cabeça.

— É só daqui a umas duas semanas, cara.

— Sério? Por que achei que fosse antes?

— Porque você é burro — sugere Judd, sempre muito prestativo.

Tanner mostra o dedo do meio para ele antes de se virar para mim.

— Já sabe o que vai fazer?

Não faço ideia. E não, dançar não é um requisito de verdade para eleger o presidente da nossa fraternidade. Mas antigamente era. Algumas décadas atrás, os candidatos à presidência da fraternidade definiram que uma batalha de dança seria a *única* maneira de decidir quem seria mais apto a liderar. E assim nasceu a Batalha de Dança Presidencial. Nas paredes da nossa sala há fotos velhas de rapazes bem-vestidos com cabelo lambido dançando com moças usando saias longas.

Minha fraternidade tem tradições que foram inventadas muito antes da criação do copo descartável vermelho. Mas, hoje em dia, a Alpha Delta evoluiu. Ou retrocedeu, dependendo de quem estiver comentando. Em vez de aperfeiçoar seu rodopio e o passinho das pernas malucas, espera-se que o candidato à presidência impressione os demais membros planejando um evento foda. Estou falando de algo épico. Monumental. O tipo de festa que será lembrada por anos e anos.

Pessoalmente, assim como passos de dança, não sei ao certo se o planejamento de uma festa é lá um indicador tão bom assim do que faz o melhor presidente. Claro, fraternidades dão muitas festas, mas é para isso que temos um comitê de eventos.

O cargo de presidente meio que não é nada de mais, de acordo com Reedsy, nosso líder atual. Ele me puxou de canto quando botei meu nome para concorrer e admitiu que é um posto chato e que eu deveria pensar melhor.

— É uma puta responsabilidade nas costas, cara — lamentou.

Por um momento, quase desisti. Para ser sincero, só estou concorrendo porque meu pai foi presidente da Alpha Delta quando estudava aqui, e meu avô também. Era justamente por isso que eu *não podia* dar para trás. Meu pai ia ficar puto da vida se o legado dos Hayworth se encerrasse comigo.

Então, tenho dez dias para planejar uma festa lendária.

— E se eu só contratar um organizador de eventos? — sugiro.

— Tá maluco? — A resposta de Judd é imediata. — Se o vacilão do Bailey descobrir, vai pedir seu impeachment.

— Só dá para pedir o impeachment de alguém que já foi eleito — ressalta Tanner.

Ainda assim, não quero ser acusado de trapaça. Sério, essa história toda é um pé no saco.

— A gente pensa em alguma coisa domingo à noite. Temos um jogo para ganhar no sábado.

— Ah, vamos ganhar mesmo — promete Tanner.

Só que eu não tenho tanta certeza assim. Não estou só preocupado com o ataque do Northern Mass — também estou achando que meu pai vem assistir ao jogo. Então ganhar não basta. Mesmo que os jogadores do Northern Mass saiam do quarto tempo chorando dentro do capacete, meu pai vai me infernizar no brunch do dia seguinte de qualquer jeito.

E eu aqui pensando que era para os finais de semana serem relaxantes.

— Tá — concorda Judd. — A gente fala da sua campanha depois da outra reunião que vai rolar no domingo à noite.

— Que outra reunião? — Tento me lembrar do que pode ser, mas nada me vem à mente.

— O Comitê de Ingresso — fala ele, dando uma última golada no café.

Ah, ufa.

— Não preciso ir nessa. Não estou no comitê esse ano.

— Mas eu te mandei aquele e-mail — reclama Judd. — Eu disse que precisava que você fosse. A noite da iniciação dos ingressantes está chegando e meu comitê está podre.

— Quem está participando mesmo? Quais são os planos?

— *Lembrete: convenientemente me ocupar na noite de domingo.* Não tem a menor condição de eu assumir o Comitê de Ingresso de novo. A turma de ingressantes do ano passado foi um porre.

— Tem o Ahmad, que é inteligente, mas chato. O Paul, que é só chato. O Owen, que é divertido, mas não exatamente criativo. E o Paxton, que é uma porta. — Ele bufa. — Enfim. Pelo menos o Bailey não está dessa vez. Lembra do quanto ele ficava cortando a nossa onda no ano passado? Odeio aquele filho da puta.

Não é segredo para ninguém. Judd não se bica com Luke Bailey desde que o cara entrou na Alpha Delta no segundo ano. E podem falar o que quiserem do Judd, mas ele só é cuzão quando sente que deram motivo para ele ser. O cara é parça até o último fio de cabelo. Acredita em conexões masculinas, no clássico "toca aqui" com uma batida de mãos no ar. Para ele, uma amizade só se torna oficial quando vocês sangram juntos, chutam o balde em festas e superam as ressacas iguais da manhã seguinte juntos.

Luke Bailey não segue a mesma filosofia. Assim que desdenhou da tentativa de Judd de cumprimentá-lo com um soquinho na mão, ele fez de Judd Keller um inimigo.

Desde então, as interações tumultuosas entre os dois só pioraram. Quando quer, Luke é um babaca prepotente, e Judd odeia se sentir ridicularizado ou julgado.

Ah, e aí Bailey pegou a ex de Judd. Teve isso também.

— Esse cara alugou um triplex imenso na sua cabeça — fala Tanner para Judd. Tanner está se formando em psicologia, então constantemente dá conselhos (bons) que todo mundo ignora. — Nutrir raiva assim não constrói uma saúde mental robusta.

— Primeiro: se disser a palavra "robusta" mais uma vez, eu te meto a porrada. Você sabe o que eu acho disso, cara. — A indignação brilha nos olhos de Judd. — E segundo: Luke Bailey comeu minha namorada! Eu nunca *não* estarei puto com aquele idiota.

— *Ex*-namorada — corrijo, mas acabo recebendo uma cara feia de Judd. Nós dois somos do mesmo time, e eu me sinto leal a ele, mas também não tenho medo de dizer verdades. — Você e a Therese já tinham terminado há meses.

— A gente *nunca* terminou. Tá, de vez em quando a gente dava um tempo, entrava em um hiato ou dois. Mas estamos juntos — acrescenta Judd, tenso. — Todo mundo sabe disso.

— Bailey falou que não sabia — responde Tanner.

— Papinho dele. O cara é um mentiroso. E agora ele tá tentando ferrar com o Keaton! — rosna Judd. — Ele só entrou na concorrência presidencial para me atingir. Tenho certeza.

— Você acha? — Tanner fica desconfiado. — Porque isso seria chegar a níveis de sociopatia só pra te irritar.

— É, cara — concordo com uma risada frouxa. — Bailey pode até ser um babaca, mas não consigo imaginar ele assumindo a responsabilidade imensa de liderar uma fraternidade só pra metaforicamente te foder. — Se bem que, honestamente, eu também não *sei* por que Luke Bailey está concorrendo à presidência. Não é como se ele tivesse demonstrado qualquer interesse nas atividades da fraternidade desde que entrou.

— É exatamente algo que ele faria — afirma Judd.

— Ei. Tá na hora da aula — Tanner relembra nosso amigo irritado. — É melhor a gente ir nessa.

— Beleza. — Judd afasta a cadeira e fica de pé. Seu olhar enevoado encontra o meu de novo. — Tô falando sério, cara. Bailey é um sacana, e a gente precisa acabar com ele nessa campanha. Eu não vou deixar que esse cara seja nosso presidente.

— Fica de boa. Ele não vai ser.

Quando meus amigos vão embora, solto um suspiro cansado. Não estou esquentando muito a cabeça com a rixa de Judd e Bailey no momento. Tenho um jogo de futebol para ganhar, uma campanha para planejar e um pai para impressionar.

E uma garota para satisfazer.

Vou até o balcão e peço um refil, depois sigo para meu canto aconchegante na cafeteria e abro o aplicativo que baixei ontem à noite. Eu não menti para Annika mais cedo — o pedido de aniversário dela é minha prioridade número um. Só preciso investigar um pouco antes.

Damos as boas-vindas ao Fetiche!
Colocar foto de perfil.
Escrever descrição.

Eu pretendia fazer isso ontem à noite, mas meus amigos da fraternidade me arrastaram para uma sessão épica de *Red Dead Redemption* que foi até as três da manhã. Agora dou uma olhada rápida na minha galeria até encontrar uma foto que seja aceitável. Pego uma de mim e Annika, tirada em East Hampton no verão passado. Ela está gostosa pra cacete, com um biquíni pequeno de cortininha, e meu abdômen está trincado, modéstia à parte. Corto nossos rostos e carrego a foto.

Deixo a descrição para depois, porque estou me sentindo impaciente. Quero ver o que esse app tem para me oferecer em vez de queimar neurônios pensando em 145 caracteres para explicar que minha namorada quer transar com dois caras ao mesmo tempo.

Na verdade, esse é um bom resumo da situação.

Ainda assim, estou curioso para dar uma olhada no catálogo. O *Fetiche* está mais para app de pegação do que de relacionamento, e fico feliz em descobrir que ele deixa você pesquisar usuários que demonstraram interesse por certas dinâmicas.

Assinalo a opção de sexo a três na seção de busca. Tem uma variedade assustadora de opções, combinações que nunca tinham me ocorrido. Só que Annika quer outro cara, então eu considero as mais simples.

h/m/h
h/h/m

Meu dedo paira sobre o botão *h/m/h*. A outra opção significa que os homens podem se tocar, eu acho. Chegou a hora da verdade. Alguns caras odiariam esta ideia. Eu não. Sou um cientista. Experimentos são a minha praia.

Eu já até sonhei que estava fazendo sexo com homens uma vez. Talvez duas. Nunca contei para Annika. Por que eu faria isso? Eu também já sonhei que conhecia um dragão que fumava cigarros de cravo. As coisas que meu cérebro inventa quando estou dormindo não são nada relevantes.

Mas estaria mentindo se dissesse que o chocante pedido de aniversário de Annika me desanima. Topo experimentar de tudo. E o aplicativo deixa você selecionar quantas caixinhas quiser. Então, depois de espiar por sobre o ombro só mais uma vez para ter certeza de que não tem ninguém olhando, clico nas duas opções e imagino a possibilidade de me arriscar.

Mas a noite a três precisa ser com um estranho. Não tenho dúvidas de que qualquer um dos meus irmãos de fraternidade toparia me ajudar a dar uma noite memorável à minha namorada. Bem, exceto Dan, que só curte homens. E, bem, Bailey, que me acha um otário. Eu também o acho um otário, então imagino que estejamos quites.

Mas não posso fazer isso com alguém que conheço. E se a noite toda for desconfortável pra cacete? Se for um irmão, vou ter que continuar morando com o cara. Se for um colega do time, vou ter que continuar vendo o cara no vestiário.

E aí temos o cenário oposto. E se não for desconfortável? E se eu gostar muito?

É, não quero meus amigos me julgando. Vai ter que ser um desconhecido, então.

Eu me recosto na cadeira e começo a ver nossas opções.

NÃO É ESTATISTICAMENTE IMPROVÁVEL
Luke

Hoje estou questionando todas as escolhas que fiz na vida. Tudo por culpa de uma máquina de snacks.

Cá estou eu, morrendo de fome no centro acadêmico às oito da noite de uma quinta-feira. Meu próximo turno na boate é só amanhã à noite, então a grana está curta. Boto minhas últimas notas na máquina e aperto o botão dos pretzels de manteiga de amendoim. A mola retrai e o pacote começa a se mexer.

Meu estômago ronca de ansiedade. Acho que pular o jantar para ficar estudando no laboratório de estatística não foi uma decisão muito inteligente. Mas estou tentando economizar dinheiro e tempo — duas coisas escassas na minha vida.

Pior que não sou um cara sortudo. Então, antes que meu jantar improvisado possa cair nas minhas mãos, a mola para de girar. E meus pretzels ficam ali, suspensos dentro da máquina pela borda do pacote. Presos.

— Merda — murmuro. Dou um soco de leve na máquina. Não acontece nada. *Óbvio.* — Azar *do caralho*!

— É azar mesmo... — concorda uma voz baixa. — ... mas não é estatisticamente improvável.

Eu viro e vejo uma menina magricela de óculos enormes esperando a vez dela na máquina dos infernos.

— Alguma chance de você comprar pretzels de manteiga de amendoim também?

Ela balança a cabeça.

— Amendoim me coloca em estado de choque anafilático.

— Que pena. Isso também é azar, mas não estatisticamente improvável.

Ela sorri.

— Quer que eu te empreste um trocado?

— Não, valeu — respondo rapidamente. Faço questão de nunca pegar dinheiro emprestado dos alunos ricos aqui da faculdade. Assim, quando eu me formar com honras e conseguir o melhor emprego possível, ninguém vai poder dizer que venci na vida por causa da ajuda deles.

Desejo boa sorte a ela e saio da biblioteca. Minha única escolha é ir à Alpha Delta e comer mais um sanduíche de queijo. Subo a alça da mochila um pouco mais alto no ombro e vou para a porta.

Atravessar o campus quando o chão está coberto de folhas assim sempre me dá a sensação de estar no set de um filme. Os tijolos vermelhos. Os lampiões a gás projetando círculos de luz no caminho. As panelinhas dos herdeiros nascidos em berço de ouro passando por mim com seus sapatênis.

Sinto uma mistura de amor e ódio em relação a tudo isso. Passei a vida toda aqui nos arredores. Ninguém da faculdade sai do campus a menos que seja para ir ao aeroporto. Para eles, é como se o mundo não existisse fora dos caminhos de pedra da cidade universitária.

Mas existe. E não é bonito de se ver. Darby é uma cidade industrial pequena e antiga que entrou em um baita perrengue cerca de um século depois da fundação da universidade. Antigamente, era pitoresca e tinha um nível de bem-estar invejável. Hoje em dia, é insalubre.

Só que aí, quando fiz dezoito anos, encontrei um bilhete dourado na minha barra de chocolate. Sério, foi quase mágico. A orientadora da escola me disse para preencher o formulário de inscrição da Universidade de Darby.

— Tem gratuidade para moradores da região. Tenta a sorte, menino. Nunca se sabe. Com suas notas, já sei que você vai passar na estadual. Esta inscrição é só por diversão.

Enviei o formulário e esqueci completamente. E então chegou abril e eu recebi um envelope grosso pelo correio.

Bem-vindo à Universidade de Darby, fundada em 1804. Aqui está sua bolsa de estudos.

Um prêmio para o menino local. Eu nem acreditei quando li a carta. Aparentemente, o estado de Connecticut tinha pressionado a universidade para estreitar as relações com estudantes da região, o que resultou em bolsas de estudo para habitantes de Darby.

Mensalidade *gratuita*. Se eu conseguir impedir que minha vida desmorone só por mais três semestres, vou ter um diploma de uma das universidades mais importantes dos Estados Unidos.

Infelizmente, a bolsa não cobre alojamento e alimentação. Partiram do princípio de que moradores locais não precisariam ficar nos dormitórios. E até o ano passado, foi tranquilo continuar morando com a minha mãe.

Só que morar em casa não é mais uma opção. Foi assim que meu segundo e terceiro anos em Darby se tornaram uma luta para não ficar desabrigado nem morrer de fome até eu conseguir me formar. Os planos para os dormitórios e alimentação no campus são caros, então tentei entrar na Alpha Delta e peguei o quarto mais barato. Problema resolvido.

Ou tipo isso.

Ano passado, tive dois empregos horríveis até encontrar um bico melhor na boate. Eles me pagam mais por doze horas de trabalho do que eu costumava ganhar pelo dobro do tempo. Só que os turnos vão até tarde e isso está me matando.

Quando o último ano chegar, minha carga de estudo vai ser ainda mais pesada. Por isso, tenho tentado pensar em maneiras de reduzir as horas de trabalho. Duas semanas atrás, quando fiz uma maratona de filmes regada a álcool com alguns irmãos da fraternidade, um deles revelou algo que eu não sabia.

Curiosidade: o presidente da fraternidade não precisa pagar aluguel. O quarto sai na faixa.

A-lo-ja-men-to gra-tui-to.

Então adivinha só quem está concorrendo à presidência?

A casa da Alpha Delta é uma mansão antiga que fica nos arredores do campus. Marcho porta adentro como se eu fosse o dono do lugar. Porque eu meio que sou — pelo menos tanto quanto o resto do pessoal. Não importa que eu não seja um Alpha Delta de terceira geração como alguns dos príncipes que moram aqui. Meu dinheiro entra, e é isso que importa no fim das contas.

— E aí, gente — cumprimento quatro dos meus irmãos. São oito da noite, e como nenhum desses caras trabalha, eles estão jogando pôquer.

— Bailey — grunhe Jako, meu amigo mais próximo na casa. — Como estou, hein?

Vou para trás dele e analiso as cartas em suas mãos. Ele tem um par de rainhas, e tem dois dez e um oito na mesa, graças ao *flop*. Dois pares não é lá uma mão tão ruim, mas eu não arriscaria. Judd só precisa ter um dez para fazer uma trinca. Enquanto assisto à partida, Judd aumenta a aposta e Jako paga.

Observo o rosto de Judd por um segundo e intuo que ele não tem três dez. Está blefando. Mas é óbvio que não sou burro a ponto de falar. Ele me odeia. Então só espero e assisto. Depois da *turn* — a rainha de copas — Jako tem um *full house*. Ele aposta de novo, e todo mundo paga.

— Você foi bem — digo a Jako enquanto ele pega os ganhos.
— Mas provavelmente dava para ter extorquido o Judd um pouco mais se tivesse subido a aposta naquela última rodada.

— Sem chance — rebate Judd, porque ele não me suporta. Sem saber, fiquei com a ex dele em uma festa romana no ano passado, o que é uma violação do código de parças.

Em minha defesa, não fiz por mal. Therese era bonita, eu estava mais pra lá do que pra cá, e ela não tocou no nome de Judd nem uma vez. Nem preciso dizer que foi minha última festa da Alpha Delta. Agora só vou a eventos obrigatórios.

De acordo com Jako, o desastre todo poderia ter sido evitado se eu fosse mais "engajado". Aham, tá bom, pelo visto eu não "engajo" muito.

O que não deixa de ser verdade, mas também não é de todo culpa minha. Queria que minha vida na Alpha Delta fosse mais como uma comédia de Hollywood, na qual meus melhores amigos e riríamos juntos até tarde da noite, ostentando a camaradagem dos nossos loucos anos universitários. E talvez os outros caras estejam vivendo essa vida mesmo. Mas eu trabalho feito um condenado e metaforicamente tento equilibrar todos os pratos. O pessoal aqui não faz ideia de como é ser eu.

E eu não conto, porque esse é o tipo de coisa que, além de pesar o clima, é chato demais.

Então, não, de fato não me esforcei para conhecer cada um dos meus irmãos individualmente, e acho que isso é um crime e tanto. Jako diz que eu saberia sobre Therese se tivesse conversado com Judd por apenas trinta segundos.

Mas por que eu interagiria com o cara? Ele tem sido um pé no meu saco desde o instante em que nos conhecemos. Na vida, nem todo mundo vai virar seu melhor amigo. Algumas personalidades atraem você, outras te repelem. E por isso eu sou amigo dos irmãos com quem me dou bem — o restante eu só ignoro.

Ou, pelo menos, ignorava.

É uma pena, mas esta estratégia perfeitamente racional precisa mudar se eu quiser ser eleito o presidente da fraternidade. Não posso me dar ao luxo de ter inimigos. Então engulo o orgulho e falo para Judd:

— Suas habilidades de blefe são muito boas. Você não fez nada estranho que te entregasse.

Fica um silêncio estranho enquanto ele me encara, franzindo o cenho em desconfiança.

— Valeu?

Dou de ombros e vou para as escadas.

— Quer jogar?

— Não dá, tenho um trabalho pra escrever. — Não é mentira. Mas fazer um elogio a Judd é o máximo que consigo por uma noite. Além do mais, estou morto de fome.

Subo um lance de escadas, depois mais um. A suíte do terceiro andar consiste em um banheiro grande e dois quartos de medidas estranhas — um é gigante, o outro minúsculo.

O meu é o quarto que tem o tamanho de um closet, obviamente. É o mais barato da casa e ninguém nunca escolhe ele.

— É tipo um quartinho de funcionário — explicou um cara durante a designação de quartos do ano passado.

Fingi estar fazendo um favor a todos pegando o quartinho, mas na realidade meu dinheiro mal dá para ele. Quando chego no alto da escada, paro no patamar com as chaves à mão. Não ouço vozes. Nem ruídos de sexo.

Ah, o doce silêncio! Keaton deve estar na casa da namorada.

Sim, o nome do meu vizinho é Keaton. Pior: é Keaton Hayworth III. E piora ainda mais: ele está competindo comigo para a presidência.

A maioria dos caras acha que a vitória dele é garantida. E ok, ele preenche todos os requisitos presidenciais — *em teoria*. Quase todo muito adora ele. O pai tem uma empresa farmacêutica multinacional, então ele atende ao critério de riqueza. E ele joga futebol, então além de tudo é atleta.

Mas, como eu disse, é tudo em teoria. Na prática, ele é um tanto — tá, *muito* — nariz-empinado. O presidente da fraternidade precisa colocar as necessidades de todo mundo acima das próprias. Duvido que Keaton seja capaz disso, e os outros vão perceber isso ao longo da campanha.

"Burro" e "egoísta" com certeza serão adjetivos que terei de usar se quiser fazer uma campanha de ataque contra o Zé Maromba.

"Gostoso pra cacete" também funciona, embora me doa admitir. Mas, apesar de o cara ser bonito, ele não faz meu estilo de jeito nenhum. Não sou de pegar atletas que têm o rei na barriga. Quando estou a fim de ficar com homens, gosto dos que são um pouco menos delicados. Mas se mauricinhos bonitos fazem seu estilo, Keaton é a melhor escolha.

Tranco a porta depois de entrar. Meu estômago parece um monstro de tanto que ronca.

Seria natural pensar que a cozinha é um bom lugar para guardar meus ingredientes para um sanduíche, mas é aí que você se engana. Os caras com quem eu moro pegam da geladeira tudo que der vontade de comer, porque eles não têm vergonha. E não conseguem conceber um mundo no qual essas últimas quatro fatias de queijo são tudo o que tenho para comer.

Aprendi essa lição na marra. Agora deixo a comida no meu quarto. Tenho uma minigeladeira arcaica embaixo da escrivaninha. O compressor faz um barulho do cão, mas mantém o queijo e a maionese gelados. E tem um pacote de pão de forma na mesa.

Só levo um minuto para fazer o sanduíche. Coloco em um prato descartável e me sento na cama, o celular na mão para me entreter enquanto como.

Ainda tenho que estudar mais um pouco, mas posso me dar ao luxo de perder alguns minutos jogando. Ou — o que pode ser ainda mais divertido — dando uma olhada no *Fetiche*.

Já faz um tempo que não fico com ninguém. Tenho estudado muito e passado várias horas do fim de semana na boate.

Ultimamente, caio na cama quando o dia já está nascendo e tento dormir por algumas horas até o Zé Maromba começar a tocar rock clássico em uma altura infernal enquanto faz agachamentos e flexões no quarto. Eu aposto que ele tem uma ala particular em casa. Fazer silêncio pelos outros é um conceito que provavelmente nunca passou pela cabeça dele.

A página inicial do aplicativo carrega, me oferecendo uma pergunta provocativa.

Está com fome de quê?

Como se sexo fosse uma mesa de bufê conveniente à qual eu tivesse acesso liberado sempre que sentisse vontade.

Na verdade, é uma visão que combina muito com meus apetites sexuais. Algumas pessoas usam o *Fetiche* para encontrar parceiros que realizem uma fantasia específica. Eu, por outro lado, pendo mais para uma busca de variedade. Às vezes estou na vibe de me entreter com curvas e com o toque leve de mãos femininas. Mas homens são bem divertidos na cama também.

Às vezes não preciso escolher. O aplicativo também tem uma seção para casais que querem acrescentar alguém à dinâmica. É nessa opção que eu clico. *Ménages esperando para acontecer.*

Não que esteja esperando por mim hoje à noite, é lógico. Preciso terminar as atividades de duas disciplinas antes de um fim de semana lotado de turnos na boate que vão madrugada adentro. Mas posso sonhar. Além do mais, não se combina uma noite a três assim sem mais nem menos. É preciso que todos os envolvidos estejam de acordo.

Passo por algumas imagens familiares. Uma foto mostra um casal delicioso com quem já fiquei. Eles foram divertidos, mas o cara era dominador demais para o meu gosto. Queria que eu me ajoelhasse, e eu deixei claro que não ia rolar. E aí tem um casal gay. Não estou no clima para pegar dois caras, então passo.

Eita! Carne fresca. Tem uma foto de um casal que eu nunca tinha visto antes. Estão em alguma praia. O biquíni dela é bem revelador. Os seios são perfeitos, e a barriga é tão reta que eu não duvidaria se ela estampasse a capa de uma revista.

O braço fortão do cara está em volta da cinturinha da menina. Ele é meio musculoso, mas as proporções são até que legais. Eu adoraria deslizar a mão por aquele tanquinho até entrar nos shorts — com estampa de lagostinhas vermelhas, o que me faz revirar os olhos.

Porém, apesar de tudo, é um casal gostoso. Sem dúvida alguma eles são atraentes. A foto foi cortada nos ombros dos dois, então não consigo ver os rostos, mas isso é comum. A minha é assim também.

Deslizo para a direita.

A tela brilha. *Deu match, delícia*, anuncia o app.

— Ah, para, vai — digo em voz alta, porque gosto de quando meus aplicativos enchem minha bola. Depois, começo o trabalho sério de inspecionar o perfil.

Homem, 20 e poucos, em um relacionamento sério com mulher, 20 e poucos. Ela quer um ménage h/m/h de aniversário. Estou aberto a isso. Procurando algo casual para uma noite daqui a algumas semanas.

Isso é tudo. Ah, e o arroba dele é ShortsDeLagosta, o que me faz rir. Pelo menos ele reconhece o quanto a roupa de banho que está usando na foto é ridícula. Mais um voto a favor dele.

Meu nome de usuário é Pecador3. Porque eu também reconheço a verdade.

Termino de comer o sanduíche e deixo o prato de lado. O perfil do cara tem um pontinho piscando no canto, o que significa que ele está on-line. Eu apostaria todo o meu dinheiro (o que, admito, é inexistente) que ele fez o perfil poucas horas atrás. Parece um novato no app. Mas não acho isso ruim. Eu apostaria o restante da minha fortuna inexistente que ele nunca pegou outro cara.

Impressionar os outros é pelo menos metade da diversão, né?

Via de regra, deixo a localização desativada no aplicativo. Não é da conta de ninguém onde estou. Só que quando estou na dúvida entre interagir ou não, ligo por um momento para ver se consigo adivinhar se a pessoa também estuda na Darby.

Com esses shorts? Provavelmente. Mas mudo a configuração mesmo assim.

Localização: 1,5 quilômetros de distância.

Desligo de novo. Humm. Menos de dois quilômetros é bem perto. Pode ser um aluno, ou um residente do hospital. Ou — e esse seria o pior cenário — um pós-graduando que vai lecionar a próxima disciplina de administração que eu pegar. Isso sim seria desconfortável.

Meu dedo paira sobre o ícone de mensagem. Não faz mal chamar o cara para conversar, né? Clico, e mando o cumprimento de praxe.

Pecador3: E aí.

Ele não me deixa esperando.

ShortsDeLagosta: E aí.

Pecador3: Curti a foto, falo. Porque babação de ovo funciona.

ShortsDeLagosta: Valeu. Hum... Um emoji de risada aparece na tela. Nunca flertei com um cara antes. Mas lá vai: digo o mesmo. Dá pra ver que você não pula o treino de abdômen.

Pecador3: Você não faz ideia, respondo. Minha barriga trincada é meu ganha-pão. Então você quer um cara para um ménage, mas acha estranho falar comigo num app? Como é que vai ser pra você no aniversário da sua namorada? Você pode acabar (pasme!!!) até vendo meu pau.

É melhor já me livrar das perguntas chatas de uma vez.

ShortsDeLagosta: Calma aí. Só me dá um tempo pra me acostumar com a ideia. Você foi o primeiro que mandou mensagem.

Pecador3: Que fofo, eu fui seu primeiro? Que honra. Foi bom pra você?

ShortsDeLagosta: Mudou minha vida. Me sinto uma nova pessoa.

Ele acrescenta um emoji revirando os olhos, e eu rio tanto que solto um ronco. Senso de humor é um bom sinal.

Pecador3: Quer me mostrar o rostinho bonito de vocês? Se a gente acabar fazendo planos, vou ver de qualquer forma.

ShortsDeLagosta: Não dá, responde ele imediatamente. Aqui no app não. Minha namorada e eu ainda não falamos de quando vamos revelar informações pessoais.

Pecador3: Vocês não têm medo de eu ser feio, não?

ShortsDeLagosta: Você é?

Pecador3: Nem fodendo. Eu fui contratado no meu trabalho justamente porque agrado as mulheres.

ShortsDeLagosta: Bom, meu dentista botava meu rosto na capa do portfólio dele, dele, até eu pedir pra ele parar. Então estamos resolvidos.

Dou risada de novo.

Pecador3: Posso só te dar um conselho? Se sua namorada está preocupada com privacidade, tira isso de aniversário do perfil. Qualquer nerdola que mexa com internet poderia fazer um cruzamento de informações com as redes sociais num piscar de olhos e descobrir quem vocês são.

ShortsDeLagosta: Pqppppp, é a resposta dele. Peraí.

Dito e feito, a descrição do perfil mudou quando atualizo a página um minuto depois.

ShortsDeLagosta: Valeu, agradece ele. Você usa muito esse app?

Pecador3: Quanto é muito? Entro bastante aqui, mas não tenho tempo pra encontrar pessoas.

ShortsDeLagosta: Você é aluno?

Pecador3: Ouvinte, não sou matriculado e curso só algumas disciplinas, minto. Porque é preciso manter a distância. E você?

ShortsDeLagosta: Sou aluno regular.

Pena. Eu preferiria ficar com gente que não faz parte da comunidade da Universidade de Darby. Essas coisas são complexas.

ShortsDeLagosta: Já trepou com casal antes?, é a pergunta seguinte dele.

Pecador3: Aham, respondo, me sentindo em uma entrevista de emprego. Não é fácil conseguir ficar com casais despretensiosamente, mas, quando dá certo, acaba sendo bem divertido.

ShortsDeLagosta: Parece promissor.

Pecador3: Você é novo, né? Vai por mim, é muito divertido ver os casais saindo da zona de conforto. É como participar da gravação de um pornô. Só que real.

ShortsDeLagosta: Dá pra imaginar que seja bom, responde ele.

E — e não acrescento isso, mas é a melhor parte — quando acaba, *acaba*. Ao contrário de encontros de verdade, não tem expectativas. Cada um segue o seu rumo.

Pecador3: Me fala o tipo de coisa que vocês estão procurando. Até onde vocês estão dispostos a ir?

Ele leva alguns segundos para responder.

ShortsDeLagosta: Não sei se entendi. Sou novo nisso, lembra?

Sorrio, porque acho legal ele estar sendo sincero. Bastante, inclusive.

Pecador3: Então, você disse que foi ideia da sua namorada. E falou que está aberto. Mas, aberto a que, exatamente? Decido ser direto e reto. Me ver comendo ela? Ela quer assistir a nós dois? Quer que eu te toque também ou só ela? Você quer me foder? Quer que eu te coma? As opções são infinitas...

ShortsDeLagosta: Caramba. Tá. É muita coisa pra pensar.

Pecador3: Exato. Por isso essas coisas são decididas de antemão. Não dá pra só deixar rolar.

ShortsDeLagosta: Mas você tem que admitir que tem certas vantagens em decidir a jogada na hora. Como é que vou saber o que quero até experimentar?

Mais uma vez ele me arranca uma gargalhada.

Pecador3: Você pede aos garçons para experimentar um pouco de tudo antes de escolher o que quer do cardápio?

ShortsDeLagosta: Você fala como se fosse absurdo. Espera que eu escolha entre o smash burger e a porção de peixe com batata frita sem conhecimento prévio?

Esse cara, não sei não... Espero que isso não seja uma pegadinha de um folgado à toa que não tem intenção nenhuma de levar o papo adiante, porque estou começando a gostar dele.

Pecador3: Tá bem, vamos lá. De que tipo de pornô você gosta?

ShortsDeLagosta: Com gente pelada.

Mando um emoji revirando os olhos.

Pecador3: Mulher pelada?

ShortsDeLagosta: Isso.

Pecador3: Homem pelado?

ShortsDeLagosta: Acho que também? Vejo muito pornô de suruba, uma mulher dando pra vários caras e tal. Mulheres nuas com homens nus em todos os tipos de combinações. Sei lá. Meu gosto pra pornô é viajado. Estou mais pra gourmand do que gourmet.

Até parece que eu sei o que isso significa. Abro o dicionário do celular e digito *gourmand*. Me tira do sério não saber o significado de alguma palavra. É como se fosse uma prova da minha pobreza.

Gourmand: pessoa que gosta de boa comida e boa bebida.
Sabia que eu tinha gostado desse cara.

Pecador3: Você parece ser divertido, admito. Se ver duas rolas em um pornô não te faz brochar, é um bom sinal. Mas ver é uma coisa, fazer é outra.

ShortsDeLagosta: Justo.

Pecador3: Posso fazer uma pergunta? Você já ficou com algum cara?

ShortsDeLagosta: Não, por quê?

Pecador3: Só fiquei me perguntando se você já tinha tido vontade antes.

ShortsDeLagosta: Faz muito tempo que eu tô com a minha namorada, então não penso muito nisso.

Sozinho no quarto, balanço a cabeça. É por isso que eu não namoro. Quando sinto uma vontade, preciso satisfazê-la.

ShortsDeLagosta: Quando ela falou "bora chamar um cara pra transar com a gente", eu quase engasguei com a minha saliva. Mas curto desafios. Gosto de pular de paraquedas. Uma vez comi um pacote inteiro de grilos só porque duvidaram que eu teria coragem.

Pecador3: Que nojo. Prometo que transar comigo vai ser mais divertido que isso.

ShortsDeLagosta: Bom saber. Se bem que os grilos tinham tempero de lemon pepper e eram crocantes.

Gargalho.

Pecador3: PQP.

ShortsDeLagosta: :) Só pra você saber que eu não me acanho com facilidade.

Pecador3: Que bom. Mas você ainda precisa me dizer o que quer desse rolê. E até onde quer ir. Pensa um pouco, tá? Como eu disse, sexo a três é divertido, mas só quando as regras estão postas. Sem decepções, sem arrependimentos.

ShortsDeLagosta: Beleza.

Pecador3: Tenho de sobra, brinco.

Agora eu é que levo um emoji revirando os olhos.

Pecador3: Tenho que ir agora. Preciso fazer um trabalho pra depois passar o fim de semana todo trabalhando.

ShortsDeLagosta: Você trabalha com o quê?

Jurou. Como se eu fosse contar.

Pecador3: Só digo que você daria risada se descobrisse. Ah, e tenho uma lição de casa pra você.

ShortsDeLagosta: Te garanto que eu não preciso de mais.

Fico me perguntando onde é que ele está agora. Na biblioteca, talvez? Em um grupo de estudo? Me excita pensar que ele pode estar em público, tendo um papo mais quente assim.

Pecador3: Não, é do tipo de lição de casa divertida. Quero que você imagine que vou te chupar. Você me deixa abrir o zíper da sua calça. E eu enfio a mão na sua cueca do tipo...?

Há uma leve demora.

ShortsDeLagosta: Boxer, enfim responde.

Pecador3: Posso continuar?

Mais uma pausa.

ShortsDeLagosta: Continua.

Pecador3: Enfio a mão na sua boxer e você já tá duro pra mim.

Paro de digitar e deixo o celular de lado na cama. Espero.

ShortsDeLagosta: E????? Digita ele um minuto depois. Tô aqui esperando com o pau pra fora. Quer dizer, metaforicamente, acrescenta ele depressa.

Dou uma risada tão alta que ela ecoa nas paredes do meu quartinho.

Pecador3: É o que estou dizendo. Sua lição de casa é continuar essa cena. Amanhã você me conta.

ShortsDeLagosta: Quê?! Vai me deixar no suspense assim?

Pecador3: Boa noite, Lagostão.

Fecho o aplicativo. Deixar as pessoas curiosas é meio que minha especialidade mesmo.

E preciso mesmo fazer aquele trabalho.

COLEGAS DE TRABALHO COBERTOS DE ÓLEO PARA MASSAGEM
Luke

Passo a maior parte da sexta-feira enfurnado no quarto, correndo para terminar o trabalho de economia. Os fins de semana não são propensos para atividades acadêmicas. Meus turnos começam às nove e, embora a boate tenha uma última chamada à uma da manhã, às vezes pego outro turno como bartender na boate ao lado, que fecha mais tarde. Geralmente só volto para casa às cinco, dependendo do tempo que levo para tomar banho, trocar de roupa e receber meu pagamento.

Ainda assim, eu preferiria passar o dia dormindo para estar bem descansado para hoje à noite. Ou talvez falando putaria com o ShortsDeLagosta. Sair do aplicativo ontem foi foda de sofrido. E era justamente uma foda que meu pau queria. Você não faz ideia do quanto me excita ajudar um cara a explorar sua sexualidade.

Veja bem, a namorada do Lagosta não vai encontrar nada alarmantemente novo nesse arranjo. Em vez de uma rola, vão ser duas. Mas quanto ao ShortsDeLagosta... Ele nunca botou uma pica na boca antes. Nem botou a boca e as mãos em outro cara.

Puta merda. Acho que vou ter que bater uma. Estudar de pau duro é quase impossível.

Estou deslizando a mão para dentro do elástico da calça de moletom quando meu celular vibra.

Quando vejo quem está me ligando, a única coisa que eu bato é o recorde mundial de Brochada Mais Rápida. E meu maxilar trava por vontade própria.

Quero ignorar a chamada, mas conheço minha mãe — ela vai ficar ligando até eu atender. Quando se trata dos filhos, a dedicação dela é sem igual. Ah, espera aí, eu disse *filhos*, no plural? Que tolice a minha. Só tem um filho com quem Marlene Bailey se importa, e certamente não sou eu.

— Oi. — Minha voz sai apática, mas não consigo evitar. — Como vai?

— Oi, meu bem, é a mãe.

— Eu sei quem é. — Franzindo o cenho, eu me sento na cama e apoio a cabeça na parede. — Como vai? — repito.

— Eu só queria... — A voz dela ganha um tom de desespero. — Você ainda está bravo comigo. Ai, Luke. Já faz um ano... Você não pode me odiar pra sempre!

— Não te odeio.

— Então não fica bravo. Eu não tive escolha!

— Não tô bravo — minto. — Do que você precisa, mãe? Estou um pouco ocupado no momento.

— Eu... — A voz dela falha e ela funga o nariz.

Quem não te conhece que te compre. Minha mãe consegue fingir choro a qualquer momento. E vai por mim, ela usa e abusa dessa habilidade. Durante minha infância toda eu a vi usando as lágrimas para fazer seus diversos namorados comerem na palma da sua mão. Esse truque funciona com meu irmão também. Mas não comigo. Eu nunca caí na ceninha de donzela indefesa.

— Mãe, é sério — insisto, irritado. — Fala logo por que ligou, senão vou desligar.

— Liguei para convidar você para jantar aqui no domingo.

Quase derrubo o celular. É... Que joguinho ela está fazendo agora?

— Jantar — repito, sem conseguir esconder a desconfiança.

— Isso, jantar. — Ela para. — Temos novidades.

— Que novidades? E "temos" envolve quem mais?

— Você vai descobrir no jantar — responde ela, obstinada.

— Entendi. Joe por acaso vai estar nesse jantar também? — Só de dizer o nome do meu irmão mais velho, meu estômago embrulha.

É por causa dele que não posso mais morar com a minha mãe. Um ano atrás ele recebeu liberdade condicional da cadeia, onde passou três anos trancafiado por invasão de propriedade. Quando foi solto, pediu para voltar para casa. E, obviamente, minha mãe disse sim.

— Não vejo a hora de sermos uma família de novo.

Essas foram as palavras exatas dela.

Infelizmente, *sermos uma família* significava fazer vista grossa enquanto meu irmão voltava a suas atividades ilegais. E a casa tem só dois quartos, então não havia meio de eu escapar de Joe e sua ralé de amigos.

Um mês depois de Joe ter se mudado, encontrei tubos vazios de um anestésico tópico no lixo da cozinha.

— Não faço ideia do que isso seja — insistiu Joe. — Vai ver a mãe tá com dor.

Mas eu sei bem reconhecer uma mentira. Com uma mãozinha do Dr. Google, descobri que lidocaína costuma ser usada para adulterar cocaína e convencer compradores de que o produto é de alta qualidade. Eu o confrontei, e ele tentou me fazer de idiota.

Foi então que encontrei uma arma embaixo do colchão dele. Carregada. O que não é apenas perigoso, como também uma violação escancarada da liberdade condicional.

— Não é minha — alegou ele. — Foi o Bix que deixou aqui em casa. Eu não sabia.

— Ele não sabia — repetiu minha mãe. Ela só acredita no que quer.

— Você não pode ficar aqui — rebati. — Pega suas tralhas e vai embora.

— Me obriga.

E a contribuição da minha mãe à discussão foi apenas de lágrimas.

Então, depois de um tempo, eu é que fui embora. Eu é que não ia compartilhar um quarto com alguém que sem dúvidas vai ser pego de novo e voltar para trás das grades. Na verdade, muito me surpreende que ele tenha durado um ano.

Não vejo Joe desde julho, quando minha mãe me chantageou para ir a um "churrasco de família" onde o namorado mais recente dela assou salsichas e depois as queimou. Ah, e ela me pediu para levar cerveja. Mas é claro.

— Por favor, vem jantar com a gente — implora minha mãe. — Você nem precisa trazer nada.

Caramba, que sorte a minha.

— Você ainda não me respondeu: o Joe vai?

— É óbvio que o Joey vai estar aqui. Aqui é a casa dele.

Engulo um suspiro de cansaço.

— Ele sabe que você está me convidando?

— Foi ideia dele.

Se a coisa já estava estranha antes, agora é que estou com o pé atrás mesmo. Foi Joe quem teve a ideia de me convidar? Eu, hein. Tô fora desse Casamento Vermelho, muito obrigado.

— Foi mal, domingo não dá pra mim — digo. — Se quiser compartilhar sua grande novidade agora, sou todo ouvidos. Caso contrário, preciso desligar.

— Luke — resmunga ela.

— Tá certo, tô indo nessa, mãe. A gente se fala depois.

Nós dois sabemos que não vamos nos falar depois.

Quando jogo o celular no pallet que também serve de cômoda, meu corpo todo está tenso. Sei que muitas pessoas têm famílias complicadas, mas a minha é fora da curva demais. Um irmão mais velho que vai me arrastar pela lama com ele se eu permitir. Um pai ausente que deu no pé quando eu tinha dois anos. Uma mãe dramática que provavelmente se casaria com o filho mais velho se isso fosse socialmente aceito. E não estou nem brincando — o amor da minha mãe por Joe chega a ser... bizarro.

Acho que eu deveria me considerar um cara de sorte pelo amor dela por mim ser inexistente?

Eba.

Ouço passos do outro lado da porta e enrijeço instintivamente. Não importa quanto tempo faz que eu moro na Alpha Delta, eu ainda me sinto um peixe fora d'água aqui.

Falou o cara que está concorrendo à presidência.

Merda. No que é que eu estou me metendo?

Um estrondo de música ecoa pelo corredorzinho entre nossos quartos. "Sweet Emotion", do Aerosmith. Que maravilha. O Zé Maromba chegou. E está na hora do treino dele antes do jantar.

Olho para a pilha de livros na minha escrivaninha com a voz estridente do Steven Tyler vindo do quarto de Keaton. Se eu tivesse dinheiro, investiria em um fone de ouvido com abafador de ruído.

Infelizmente, dinheiro é exatamente o que eu não tenho.

Meu humor não está lá muito favorável quando chego para o meu turno algumas horas depois. Não terminei o trabalho de economia, e não consegui pregar o olho nem por um minuto graças ao Hayworth. Entendo ele ser jogador de futebol, mas puta que me pariu, de quantas horas diárias de levantamento de peso esses caras precisam?

E bem quando eu estava pegando no sono, a namorada dele chegou e passou uma boa hora reclamando de uma das irmãs da sororidade dela. Os dois nem tiveram a decência de transar. Ouvir eles se comendo teria sido muito mais interessante do que ouvir sobre uma garota chamada Lindy ter dito a Annika que as luzes de seu cabelo não pareciam "naturais". Lindy claramente é um monstro.

Nem preciso dizer que estou um porre. E morrendo de fome. Minha boca se enche de saliva só de pensar nas gorjetas que vou ganhar hoje. Vou poder comprar comida, finalmente.

— Tá atrasado — diz minha chefe.

Vou até o camarim.

— Não tô, não. — respondo, fechando a cara. — Eu tô? — Não tem relógio aqui, então não posso garantir, mas geralmente sou bastante pontual.

— Só um minuto — fala Heather, abrindo um sorriso. — Já faz muito tempo que eu tenho vontade de te dar bronca por chegar atrasado. Mas você é tão certinho que me nega esse prazer.

Sorrio de volta.

— Bem. É a primeira vez que alguém me chama de certinho. Normalmente só me dizem que preciso levar uns tapas. — Dou uma piscadinha para a mulher de cabelos castanhos, que revira os olhos.

Heather é dona de uma das boates gêmeas — a Boate do Jack e a Boate da Jill. Trabalho na Boate da Jill há quase um ano, mas Heather e eu já criamos uma amizade. Ela é uma ex-stripper que se casou com o dono do lugar onde trabalhava, e agora os dois administram as casas vizinhas.

Ah, mencionei que sou stripper?

Alguns caras preferem "artista de entretenimento" ou "dançarino exótico", mas eu dou nome aos bois. Passo duas noites por semana sacudindo a mala na cara de mulheres felizes e tirando a roupa até ficar só de tanguinha. Ou seja: sou stripper.

— Olha aqui, seu safado, já é quase sua vez, então vai lá se vestir. — Heather dá um tapa na minha bunda por cima da calça e me empurra em direção à longa arara do outro lado da sala.

— Ei, Heather? — chamo, antes que ela se vire. — Por acaso eu posso pegar alguns turnos de bartender na Boate do Jack essa semana? A grana tá meio curta.

— Claro, meu bem! — Ela me dá um sorriso alegre. — Deixo um recado no quadro para ver se alguém precisa de uma folga. Mas tá tudo bem?

— Aham, total. Preciso dar uma festa, acredita? — É de uma ironia absurda que a eleição da fraternidade chame isso de "Batalha de Dança". Porque se eu pudesse mesmo me tornar presidente dançando, o cargo já era meu. Seria mamão com açúcar.

Mas não. Tenho que impressionar meus irmãos com uma noite de diversão. Tudo bem, eu tenho um plano.

— Bom saber — responde ela. — Agora vai lá ficar bonitão.

Reviro os olhos e vou para o meu cubículo no meio do corredor.

— Bailey! — chama George, um dos meus "colegas". Ele está largadão no sofá confortável do camarim, de peito nu e com uma tanga de elastano com estampa de estrela e listras. Ele balança um maço de dinheiro na minha direção. — Adivinha quanto ganhei.

Meu olhar passa brevemente pela parte inferior de seu corpo.

— Hummm. Você fez o número do Bom Americano... Vou chutar... $1,50?

Apresentações temáticas dos Estados Unidos são muito populares. Acho que patriotismo deixa as mulheres excitadas. E não estou excluindo caras gays e bissexuais de propósito — é que a Boate da Jill não atrai um público masculino. Vai ver é o nome. Em um fim de semana cheio, um ou dois caras aparecem, *estourando* três. A maioria prefere boates gays.

Não posso culpá-los. A Boate da Jill é espalhafatosa. É tipo a versão da Disney de uma casa de strippers. Somos sucesso para noites das amigas e despedidas de solteira. Mas a casa só abre aos fins de semana, exceto para eventos particulares. Por isso preciso pegar alguns turnos extras no bar da boate ao lado, que não paga tão bem quanto aqui.

— Duzentos e vinte, cara! — comemora George.

Arqueio as sobrancelhas.

— Legal. — E só na primeira apresentação da noite? É um bom sinal para mim.

Ao contrário do que as pessoas pensam, ser stripper não é um meio fácil de ganhar dinheiro. Não para os homens, pelo menos. As mulheres podem começar a trabalhar e fazer uma pequena fortuna em uma noite. Conseguem tirar uns quatrocentos, quinhentos por noite tranquilamente. Para homens é mais difícil. Trabalhamos como freelancers, o que significa que não recebemos um pagamento fixo pela hora trabalhada (nem salário... e é neste ponto que eu dou risada da ideia de receber um *salário*). Faturamos em gorjetas. Só. Mais nada.

Não vou mentir — isso me assustou quando Heather e Louis me contrataram, lá atrás. Largar meus dois empregos de bartender para tentar a sorte em *talvez* ganhar uma graninha como dançarino? Assustador pra cacete. Então, tirei dois fins de semana de folga dos meus outros trabalhos para fazer um teste com a dança.

Faturei setecentos contos no primeiro fim de semana. Mil e duzentos no segundo. Eu já sabia que dançava bem. É só me dar uma música putífera que eu me solto. Mas, pelo visto, sou ainda melhor quando estou sem roupa.

Dei o aviso prévio para os meus outros chefes no dia seguinte e aqui estamos nós.

— Você é meu novo herói, Gê — declaro ao italiano musculoso.

— E aí — fala meu amigo Xavier.

— E aí. — Nós nos cumprimentamos com um soquinho, e ele me segue para as araras de fantasias. — Boa — digo, vendo o que ele está vestindo. — Amo começar com o número do bombeiro. — Esse é outro que leva a multidão à loucura.

— Luke. Cara. Quando você vai terminar de revisar meu projeto? — pergunta um colega dançarino; também aluno. Brock estuda em uma universidade comunitária e é stripper para pagar a mensalidade. Ele também é garçom, se arrisca em paisagismo, passeia com cachorros e tem um bico em um lava-jato. O coitado é tão ocupado que eu me ofereci para revisar todos os trabalhos dele este semestre.

Sou um bom amigo. E um idiota. Porque caralho, eu mal tenho tempo de escrever os meus trabalhos, que dirá revisar os de outra pessoa.

— Devolvo até domingo — prometo. — Você disse que a entrega é só segunda.

— E é. Só queria ter certeza de que você não tinha esquecido. — Ele me dá um tapa no ombro e chama outro dançarino. — Ei, Lance, você roubou meu suspensório? Não posso apagar fogo sem meus suspensórios, mano!

— Luke — repreende Heather. — Você sobe em dez minutos. Tira a roupa. Agora.

— Bora que hoje a chefinha tá cuspindo fogo! — brinca Lance, que já tirou o uniforme de bombeiro e pode ou não ter roubado os suspensórios de Brock.

Tiro a camisa e a blusa, depois abro o zíper da calça. Mas ainda não visto a fantasia. Espero pacientemente enquanto George passa óleo no meu peito nu.

— O melhor trabalho no mundo, hein? — Ele passa a mão de cima a baixo no meu tanquinho, e sorri como se tivesse ganhado um bilhete premiado. A questão é que George não curte homens. Ele só acha mesmo que passar óleo no corpo de outros caras e rebolar a bunda no palco sejam o melhor trabalho do mundo.

— Você é estranho, Gê.

— Ah, para, vai. Até parece que você não se diverte, Bailey! Música boa, companhia boa, grana boa... Fala pra mim que isso não é foda.

Acho que ele não está de todo errado.

— Caralho, hein, *finalmente* — fala Brock, feliz. A cabeça loira se esgueirando de dentro do closet de objetos cenográficos onde ele estava vasculhando. Ele ergue um par de suspensórios vermelhos. — Achei! — Depois abre a calça.

Muitos zíperes são abertos aqui. E não vou mentir — trabalho com uns caras gostosos pra caramba. Mas embora eu seja um idiota em alguns quesitos, não me falta prudência quando se trata de local de trabalho. O que significa que eu sigo fielmente o princípio de "onde se ganha o pão, não se come a carne". A maior parte dos caras que trabalham aqui na Boate da Jill sabe que eu sou bi, e apesar de um ou outro já ter insinuado descaradamente que toparia… qualquer coisa comigo, eu deixei claro que não estou interessado em nada do tipo.

Eu chego, danço, conto a gorjeta do dia e vou embora.

Ah, e às vezes balanço uma mangueirona de bombeiro e finjo jogar água nos meus colegas de trabalho cobertos de óleo de massagem.

Mas primeiro preciso da minha fantasia. Visto uma regata; usamos uma marca barata que vou literalmente rasgar do meu corpo daqui a pouco. E aí vêm os gritinhos de felicidade da mulherada.

Em seguida, visto a calça amarela de bombeiro com os suspensórios vermelhos presos. Tem um casaco com botões que posso abrir um a um quando a hora chegar. *Nós vamos apagar esse fogo… no rabo!*

Não é de se estranhar que eu não conte para ninguém na Alpha Delta com o que trabalho de verdade. Este emprego não é nada tranquilo. Amanhã estarei destroçado. Domingo vai ser ainda pior. Mas pelo menos vou ter dinheiro para comida, aluguel e gasolina. E vou ter parte do dinheiro de que preciso para o evento da fraternidade que vou organizar.

Só que agora é hora de uma Batalha de Dança da vida real. Quem ganhar mais gorjetas vence.

MINHA SÍRIA MENTAL
Keaton

Acordo no domingo de manhã quando meu alarme toca, às dez.

Meu pai veio para Darby. Essa é a única explicação pela qual eu ligaria meu alarme na manhã seguinte a uma vitória do time e uma noite intensa — e merecida — de festa.

Annika está dormindo do meu lado. Nós dois estamos pelados, mas tenho quase certeza de que bebemos demais ontem para termos feito alguma coisa.

Nada como o presente, então.

Rolo na cama em direção a ela e coloco meu braço ao redor de seu corpo adormecido. Meus olhos se fecham de novo, mas não pego no sono. Minha mente volta às mensagens que troquei. E à lição de casa que o Pecador3 me pediu para fazer.

Continuar a cena, disse ele.

Tentei não pensar nisso nos últimos dois dias. Assim, isso de ménage é pela Annika, não por mim. Não é para eu ficar intrigado com o Pecador3, nem ficar me perguntando como seria pegar esse cara.

Por outro lado, ele tem razão. Se a gente for colocar isso em prática, eu deveria mesmo ter uma ideia de até onde quero ir.

Então, beleza. Faço a lição de casa. O que de tão ruim poderia acontecer? Eu acabar tendo um orgasmo? Nossa, que pavor. Ok... hummm. Como eu quero que o Pecador3 seja? Musculoso. Isso é óbvio. Passo muito tempo malhando, então boa forma é importante para mim. Homens precisam se cuidar. Fora isso, não sei se tenho preferência. Atleta ou artista? Tatuagens e piercings ou pele limpa? Existe uma versão sexy de basicamente tudo, né?

Uma mão masculina. É tudo de que preciso para esta fantasia. Uma mãozona forte segurando a base do meu pau.

E o dito cujo pulsa.

Ah. Então tá. Acho que gostamos disso. Abaixo a mão e esfrego a parte de baixo do meu pau, que está ficando mais grosso. Desbloqueei um novo poderzinho.

A questão é que eu geralmente evito esses pensamentos. Sinto muito tesão em suruba, mas homens não fazem parte das minhas fantasias. É como se fosse um país perigoso e destruído pela guerra, do qual tenho que manter distância. Mas o Pecador3 disse que eu preciso. O que torna as coisas um pouco menos estranhas.

Eu me permito imaginar uma boca. Lábios beijando meu pau. E não são apenas lábios — há também a aspereza de uma barba por fazer. Roçando minhas coxas...

E eu fico duro, quase que instantaneamente. Me surpreende o quanto passar essas férias nesse território perigoso mental me excita.

Solto meu pau e beijo a parte de trás do ombro de Annika.

— Acorda, princesa. — Cutuco a bunda macia dela com a minha rola, brincando.

— Soninho — resmunga ela.

Ah, então vai ser assim.

Só um babaca acorda a namorada para transar. Faço um chamego nela e me levanto da cama para ir tomar banho e fazer a barba.

Ela ainda não se mexeu quando já estou quase acabando.

— Annika! — grito para dentro do quarto. — Bora, soldada. De pé! Ligeiro.

Um grunhido abafado é o único som que escuto em resposta. Minha namorada ama encher a cara também, mas não é tão habilidosa quanto eu. Annika sempre acorda acabada.

Enquanto lavo a espuma do rosto, percebo que vou ter que tomar medidas drásticas.

Entro de fininho no quarto e puxo o edredom, expondo as costas nuas dela. Depois, pego o celular na cômoda e encontro uma música agitada que sei que ela gosta. "Crazy in Love", da Beyoncé, começa a tocar nos meus alto-falantes bluetooth de última geração.

— Eu te odeio — fala ela do meu travesseiro.

Tenho jeito com as gatas ou não tenho?

Olho de relance para o relógio e vejo que já são quase onze.

— Levanta, princesa. Você sabe que ele fica puto quando eu me atraso.

Annika vira o rosto grogue para mim e fala as três palavras que eu estava com medo de ela dizer.

— Vai sem mim.

Merda.

— Você disse que iria.

— Tá cedo.

— Não tá. — Aumento a Beyoncé. — Por favor, vai? — imploro. — Quero mesmo que você vá.

Por um milagre, Annika tira o travesseiro do rosto perfeito.

— Tá bem. Mas só se você aumentar a música para eu conseguir ouvir do banho.

— Claro, meu amor. — É um pedido simples. Aumento o volume.

Annika sai da cama, pega minha toalha do gancho, enrola no corpo nu e cambaleia até o chuveiro.

Caralho, essa foi por pouco.

Estou abotoando a camisa quando ouço uma batida e um grito vindo do outro lado do corredor.

— ...merda, que porra é essa? Eu vou... — E seja lá o que for que o imbecil do meu vizinho diz é abafado pela Beyoncé.

O rosto carrancudo de Luke Bailey aparece na minha porta aberta. Ele está sem camisa e fico me perguntando mais uma vez como é que ele é tão sarado se não pratica nenhum esporte. O seu cabelo escuro está todo bagunçado e tem uma marca de travesseiro descendo pela bochecha, dando a ele um ar de ser mais jovem que o normal. Mas ele estraga o efeito gritando comigo.

— Abaixa essa merda!

— Não posso — grito mais alto que a batida.

Ele arregala os olhos e então, pisando duro até meu alto-falante, arranca o aparelho da tomada.

O silêncio recai sobre o quarto e eu preciso admitir que não me importo. Mas aí...

— Ei, a gente fez um acordo! — grita Annika do chuveiro. — Cadê a Beyoncé?

— A Beyoncé — retruca Luke — saiu pra tomar café! É domingo de manhã, cacete, e eu cheguei em casa às quatro!

— Calma — respondo com os dentes cerrados. — Não é culpa da Annika você ter passado a noite inteira metendo o louco.

— Passado a noite inteira *metendo o louco*. — Ele cerra os punhos. — É, eu fiquei mesmo na rua até tarde curtindo *horrores*.

Tá, cara, deixa a gente em paz.

— Fica de boa. A gente já vai sair, de qualquer jeito.

Ele me encara e não de um jeito bom. Fita minha camisa da Zegna e minhas calças Armani.

— Tem chá da tarde com a rainha hoje?

— Brunch com meu pai.

— Legal — fala ele, mas vejo o revirar de olhos. — Passe o tempo que quiser fora. — Ele me dá as costas, desaparece dentro do quarto e bate a porta com tudo, fazendo ela tremer.

Carinha gente boa. É mesmo um mistério o pessoal da casa não gostar mais dele. Se bem que isso significa que a minha vitória presidencial já está garantida.

Annika começa a cantar Beyoncé no banho.

Reviro os olhos para o mundo inteiro.

Quarenta minutos depois, estou pedindo desculpas ao meu pai pelo atraso.

— A culpa é minha — confessa Annika. — Não saio de casa sem maquiagem.

— Vale a pena esperar por você — diz meu pai, tranquilizando-a, dando um beijo na bochecha dela.

Ele odeia quando eu me atraso, mas é doido por Annika. Então acho que desta vez estou perdoado.

— Boa jogada no segundo tempo ontem — fala meu pai quando me sento. — Foi uma ótima partida.

— Valeu! — Abro o guardanapo no colo, tentando não demonstrar o quanto o elogio significa para mim.

Patético, né? Tenho 21 anos e ainda estou tentando agradar o papai.

Na verdade, li recentemente um estudo no qual um cientista fez ressonâncias magnéticas em alguns cachorros (honestamente não consigo imaginar como. *Fica parado... Bom garoto!*) e descobriu que o cérebro deles se acende com elogios da mesma forma que se acende para comida.

Em outras palavras, sou tão inteligente quanto um golden retriever.

Minha namorada abre o cardápio.

— Sempre peço os ovos beneditinos. E Keaton sempre pede os waffles com bacon. Mas talvez seja hora de mudar...

— Você diz isso toda vez. — Largo o guardanapo no colo. — Depois pede a mesma coisa de sempre. Talvez eu pegue os ovos beneditinos dessa vez.

Ela arqueia uma sobrancelha perfeita para o cardápio.

— Nem ouse. Preciso dar uma beliscada no seu waffle com bacon.

Meu pai dá uma risadinha bem-humorada.

— E seu pai como está? — pergunta. — Faz um tempo que eu não acabo com ele no campo de golfe.

— Ele que tem acabado com o senhor? — pergunto.

Meu pai me chuta debaixo da mesa de brincadeira. Por isso que eu queria Annika aqui. Ela suaviza nossa relação a um nível mais suportável para mim. Meu pai fica mais brincalhão quando tem uma garota presente. Qualquer pessoa, na verdade.

Annika não faz ideia do quanto meu relacionamento com ele está fragilizado. Apesar de ainda faltar um ano e meio para eu me formar, sinto a colação de grau se aproximando. A interferência do meu pai na minha vida só vai piorar, não melhorar.

Por sorte, o garçom volta para pegar nossos pedidos. Meu pai pede uma quiche e uma mimosa.

— Uma taça para a senhorita também? — pergunta, depois franze o cenho. — Mas vou precisar ver documento.

Minha namorada balança a cabeça.

— Em janeiro eu peço, então, quando finalmente tiver idade para beber. Vai ser só um prato de ovos beneditinos para mim, por favor, e um copo do suco do dia.

Depois que o rapaz se retira, meu pai faz uma pergunta simples.

— Algum plano especial para o aniversário?

Annika arregala os olhos, e quando tento engolir, minha água desce pelo lado errado.

Bom, pai, vamos chamar um cara para ficar pelado com a gente e nos dar prazer ao mesmo tempo. Nada de mais.

Passo os segundos seguintes tentando não tossir, mas Annika me dá cobertura contando uma história sobre fazer o design de camisetas para sua sororidade. Finalmente recupero o controle do meu esôfago bem quando ela joga uma piada.

Já falei que devo muito a essa garota?

— Como foi sua semana, sr. Hayworth? — pergunta Annika quando nossa comida chega.

— Eu te conheço desde que você prendia o cabelo em maria-chiquinha e usava aparelho nos dentes. Quantas vezes vou precisar lembrá-la de me chamar de Keat? — provoca meu pai.

— Darei o meu melhor, sr. Hayworth. — Ela dá uma piscadinha, mas apesar da resposta descontraída, sei que ela jamais vai chamá-lo de "Keat". Annika já confessou para mim que acha estranho chamar meu pai pelo mesmo nome que usa para mim. É confuso para ela.

Felizmente, ela nunca precisou estar no mesmo ambiente que eu, meu pai *e* meu vô Keaton. Isso daria nós demais na cabeça dela.

— Minha semana foi bastante normal — fala meu pai. — Fiquei enchendo os ouvidos dos administradores do Hospital Presbiteriano da Universidade de Columbia sobre o nosso teste clínico. Mas chega de falar de mim. Me conte você da campanha, Keaton. Já decidiu o que vai fazer para a Batalha de Dança?

Beberico o café de novo, enrolando.

— Ainda não — confesso, quando não consigo mais estender o gole. — Quero organizar algo diferente, alguma coisa que não tenha sido feita na fraternidade ainda, mas tô empacado.

— Como foi o seu quando concorreu à presidência? — pergunta Annika ao meu pai, curiosa.

Ele abre um sorriso.

— Não é querendo me gabar, mas foi a melhor festa que eu já organizei. Na verdade, foi a melhor festa a que eu já fui.

A melhor noite da minha vida, para ser sincero. — Ele ri. — Passei seis meses planejando.

Meu estômago embrulha. *Seis meses?* Já ouvi meu pai falando dessa festa antes, mas só agora me dou conta do quanto ele se esforçou para fazê-la acontecer.

— No verão anterior, minha irmã Rosie e eu fomos a um espetáculo do Cirque du Soleil, e tínhamos assentos VIP com uma festa posterior para conhecer os artistas.

É óbvio que eles tinham assentos VIP. Meu pai compra a opção mais cara de tudo.

— Fiquei muito impressionado. Achava que circos só tinham cachorros treinados e palhaços. Mas o espetáculo deles foi tão misterioso e bacana. E quando li o folheto no intervalo, tive uma ideia. Eles iam passar pela Nova Inglaterra durante o ano letivo. Ofereci duas noites gratuitas de alojamento na Alpha Delta para uma dúzia da equipe em troca de uma apresentação particular.

— Que legal! — responde Annika. — Uma apresentação na casa?

— Em uma tenda no gramado — explicou meu pai, dando um gole na bebida. — Mas não tinha assentos. Estava mais para uma rave na qual uma dúzia dos convidados eram contorcionistas, malabaristas e acrobatas. Contratei um DJ que realmente entendeu o espírito da coisa. E nossos convidados só usaram vermelho e azul, como os artistas. Foi uma experiência e tanto ver aquilo.

Sei que ele não está mentindo. As fotos são épicas. Eu fico exausto só de pensar. Como é que vou bolar alguma coisa única? E agora a pressão aumentou. Não é só a ideia de Luke Bailey que vou ter que superar, mas também o circo das maravilhas do meu pai.

E só tenho duas semanas para conseguir isso.

Inferno.

Bebo o resto da água, desejando que o garçom venha logo trazer a mimosa que acabei cedendo e pedindo. Ao contrário de Annika, *eu* já tenho 21 — e, olha, se tem uma coisa da qual preciso agora, é álcool.

O celular do meu pai vibra e ele bisbilhota a mensagem que chegou.

— Peço desculpas. Vocês sabem que eu não costumo tolerar celulares à mesa, mas os médicos da Columbia estão me atualizando sobre o teste de hora em hora.

— O teste é do quê? — indaga Annika.

— Estamos na terceira fase de testes para um medicamento de controle da diabetes. Ele funciona fazendo o metabolismo acelerar durante o sono.

Ela se inclina para a frente.

— Caramba, é fascinante.

— Sério? — Meu pai ri. — Bem, estou contratando. Keaton não se interessa muito pelos negócios da família. Quem sabe você não carrega a tocha.

E aí está — a singela mudança no clima que chega na hostilidade que sempre existe entre nós dois. E embora eu saiba que não deva, mordo a isca.

— Eu nunca disse que não tinha interesse. Falei que queria trabalhar para outra pessoa primeiro.

Mas ele tem razão. Eu *não* tenho interesse. Estou me formando em biologia, como ele queria. Só que não quero lançar cada vez mais remédios no mundo. Simplesmente não quero. Eu quero me formar e fazer pesquisas, de preferência no campo da biologia marinha. A ciência pura me interessa muito mais do que enganar pessoas da terceira idade para fazê-las tomarem medicamentos a rodo.

Então estou enrolando. E nós discutimos por isso. Com bastante frequência.

— Que bom — fala ele, sem perceber meu sofrimento. — Estou arrumando estágio para você durante as férias do meio do ano no departamento financeiro. Seu superior vai ser o Bo, então você vai conseguir o que quer: vai trabalhar para outra pessoa.

Esse é o maior abuso de semântica que já ouvi na minha vida. Bo trabalha para o meu pai, portanto, eu estaria trabalhando para ele, só que... espera.

— Em qual departamento? — pergunto. Ele falou mesmo "financeiro"?

— Você me escutou. Sei que gosta mais de ciência. E haverá muito tempo para isso. Mas para entender o mundo farmacêutico, você precisa ver o lado econômico da indústria também.

— Mas... eu vou me inscrever para outros estágios — resmungo.

— Tipo...? — pergunta meu pai.

Nossa. Não estou pronto para discutir a expedição de pesquisa em que estou interessado até ter uma reunião com o aluno da pós-graduação que a está organizando. Além do mais, ainda é novembro. Quem é que já tem planos para as férias do meio do ano seguinte em novembro?

— Foi o que imaginei — responde meu pai ante meu silêncio. — Depois falamos disso. Ah, e o RH precisa do seu currículo, está bem? É parte do processo seletivo padrão. Mande para mim antes das festas de fim de ano.

— De boa — falo com um grunhido. Mas não está nada de boa. Das duas uma: ou vou acabar cedendo ou deixando meu pai puto quando der um perdido nesse estágio dele, entrando no que eu realmente quero fazer.

E esse é um belo resumo da nossa relação: eu o decepciono e depois fico com peso na consciência. Sou jogador de futebol — o esporte predileto dele. Mas o time teve duas temporadas de derrotas desde que entrei na Darby e duvido muito que ganhemos o campeonato este ano. Então, para ele, eu só estava no meio do caminho do sucesso. Ele queria que eu fosse cientista, então passei em biologia. Mas não em bioquímica, que teria sido a primeira escolha dele.

Um trabalho na empresa dele pode ser nossa prorrogação. E eu realmente não sei quem vai ganhar.

SEUS SHORTS MÁSCULOS DE LAGOSTA
Keaton

Só relaxo completamente à noite, quando finalmente estou sozinho em casa.

Agora que a reunião do grupo de estudos acabou, eu deveria estar trabalhando no discurso da minha campanha e colocando no papel algumas ideias para a Batalha de Dança, mas não estou no clima de pensar no planejamento de uma festa. Meu pai acabou com toda a minha alegria.

Então, pego o celular e abro o aplicativo que tem chamado meu nome desde que o baixei. Recebi mensagens de alguns caras. São apenas os "e aí?" e "tudo certo?" genéricos, então não perco tempo com eles. Vou direto para a conversa com o Pecador3.

Ele não me mandou nenhuma mensagem nova. É estranho eu me sentir decepcionado?

Deixando essa ideia de lado, digito um cumprimento.

ShortsDeLagosta: E aí, cara. Domingo à noite. Era pra eu estar estudando, mas fiquei pensando no que você me perguntou.

Mando a mensagem e me ajeito na cama. Tem sido um dia frustrante. Estou tenso e preciso me aliviar.

O Pecador3 me pediu para ponderar sobre o que eu acharia de ser chupado por um cara. Ainda é algo hipotético, mas o meu eu hipotético não odeia a ideia. Assim, no fim das contas, uma mamada sempre cai bem, né? Importa tanto assim de quem seja a boca? Não vai ser gostoso de qualquer forma?

Existem tantos fatores nessa hipótese... Que bom que sou cientista. Porque cientistas não têm medo de experimentar, certo?

Então é isso que eu faço ao fechar os olhos. Estou imaginando um cara vagamente bonito se inclinando sobre mim. E estou pensando no quanto a mamada de um cara pode ser gostosa. Ter um pau deve vir a calhar para essa habilidade, né?

Depois subo mais um degrau e me deixo fantasiar um rosto masculino erguido para olhar para mim enquanto engole meu pau com um brilho safado nos olhos.

E... hummm. Essa visão está mais para arte do que ciência. E eu gosto muito da ideia.

Meu celular apita com uma nova mensagem. Pego imediatamente. E fico um pouco animado demais pelo Pecador3 ter me respondido.

Pecador3: E aí? Deu pra tirar 10 na lição que eu te passei?
ShortsDeLagosta: Estou fazendo agora mesmo.
Pecador3: E?
ShortsDeLagosta: Estou indo bem.
Pecador3: Bem? Tipo um 8?
ShortsDeLagosta: Na minha família, uma nota 8 é digna de sermão e humilhação pública. Sempre estudo para tirar 10.
Pecador3: Vocês são um bando de nerds, é?
ShortsDeLagosta: Pode apostar. Mas não do tipo que sofre bullying. É para eu ser o tipo de filho que domina todas as competições só porque pode.

Eu, hein, não sei por que compartilhei isso. Estamos fugindo do tópico. Entrei para falar de rola, não da minha família disfuncional.

Pecador3: Podia ser pior. Babacas inteligentes são mais divertidos que babacas burros. Vai por mim.

ShortsDeLagosta: Anotado. Você é cercado de babacas burros?

Pecador3: Só quando volto para casa. O que eu evito ao máximo.

ShortsDeLagosta: Garoto esperto.

Pecador3: Mas chega de falar de idiotas. Vamos voltar a um assunto mais divertido. Tá pronto?

ShortsDeLagosta: Pra quê?

Pecador3: Eu, caindo de joelhos na sua frente. Tirando seus shorts másculos de lagosta.

Eu me sento e mando outra mensagem.

ShortsDeLagosta: Espera aí. Tá zoando meus shorts favoritos?

Pecador3: Você tá me enrolando? Estou a segundos de pegar no seu pau e você quer falar desses seus shorts de mauricinho?

Acho que ele tem razão. Mas ele não me conhece.

ShortsDeLagosta: Se você estivesse mesmo a segundos de pegar meu pau, eu não acho que pararia pra ficar de conversinha. Mas só pra você saber, lagostas são legais. E não precisam de um app pra encontrar sexo.

Pecador3: Tá bem, eu fui fisgado. Como que as lagostas encontram parceiros pra se divertir?

ShortsDeLagosta: A fêmea mija no abrigo do macho. E o cara fica todo AINNNN. Aí eles mijam um no outro. Ela entra na toca dele e troca de casca. Ele chuta a roupa dela pra longe como se fosse um vestido de baile. E aí eles fazem o papai e mamãe.

Pecador3: Cara, quantos detalhes. Não sei se fico aterrorizado ou excitado.

Ótimo. Agora provavelmente assustei o cara com o meu conhecimento enciclopédico de sexo de crustáceos.

ShortsDeLagosta: Por favor, continua. Meus shorts de lagosta estão descartados.

Pecador3: Tá em casa agora?

ShortsDeLagosta: Olha só quem está pedindo detalhes agora. Importa tanto assim onde essa mamada fictícia vai acontecer?

Pecador3: Tô perguntando se você tá em casa DE VERDADE. Pra você fechar a porta e bater uma enquanto converso com você.

Eita! Meu pau fica duraço antes mesmo de eu terminar de ler a frase. Mas ao levantar da cama e trancar a porta, fico meio indeciso. Conversar é uma coisa, tocar é outra...

Eu vou mesmo cruzar esse limite agora, como ele está sugerindo que eu faça?

Abro o zíper da calça jeans e a tiro. E — foda-se, vai — arranco a cueca também. Fico sentado na beira da cama, nu da cintura para baixo. E aí respondo ele.

ShortsDeLagosta: Beleza, a porta tá trancada. Meus shorts foram com Deus também.

Pecador3: Muito bem, novato. Não sabia se você ia mesmo topar.

Eu não sei de nada, para ser sincero. Mas estou curioso pela minha resposta à lição de casa que ele me passou. E acho que esta é uma maneira bastante inofensiva de explorar a ideia.

ShortsDeLagosta: Então, bora. Fala pra mim como você quer.

Pecador3: Acho que deveria ser o contrário. Você me diz o que tá fazendo e o que eu deveria fazer com você.

Ah.

Daí a história muda, né? Essa fantasia tem que ser nas minhas palavras? Boto o celular no mudo e fico pensando em como começar. Bater punheta no meu quarto não é bem uma novidade para mim, mas ainda assim meu coração está acelerado. Porque bater uma com a ajuda de um cara, isso sim é novidade.

E talvez eu esteja demorando demais, porque ele manda outra mensagem.

Pecador3: Eu tô pelado também?

ShortsDeLagosta: Não. Mas agora eu te peço pra tirar a camiseta. E puxo ela do seu corpo.

Clico em enviar e olho para a foto de perfil do Pecador, imaginando aquele abdômen trincado na minha frente. E é desconcertante pensar que eu consigo mesmo imaginá-lo tirando a camiseta lentamente, flexionando o peito para se exibir para mim.

Solto um suspiro, me perguntando até que ponto estou disposto a chegar com isso. E por que é tão fácil visualizar o encontro na minha cabeça como se fosse um filme.

Então continuo digitando.

ShortsDeLagosta: Tô sentado na beirada da cama. Você se ajoelha na minha frente.

Pecador3: Boa. Gostei. Contanto que eu não precise te chamar de "mestre". Não curto isso.

ShortsDeLagosta: Pode deixar.

E agora estou imaginando ele ajoelhado à minha frente. O rosto levantado para mim, esperando um sinal.

Caramba. Esquentou aqui.

ShortsDeLagosta: Preciso abrir as pernas um pouco pra você chegar mais perto.

Pecador3: Abre bem, tá? Estou ajoelhado entre as suas pernas. Boto as mãos nas suas coxas. E você já tá ficando duro pra mim.

De repente, eu me vejo abrindo as pernas mais depressa do que uma líder de torcida fazendo espacate. Porque quero muito as mãos dele no meu corpo. Mas como, exatamente?

Estou começando a perceber que passar três anos transando com a mesma pessoa deixa alguns buracos na imaginação de uma pessoa. Não que minha vida sexual não seja satisfatória; eu só não sei como sexo casual funciona.

ShortsDeLagosta: Só continua.

Pecador3: Ok. Talvez você queira que eu só engula seu pau inteiro de uma vez. Para pular a parte vergonhosa. Mas não faço isso, porque estou curtindo seu nervosismo. Primeiro boto uma das mãos na sua coxa e você só olha para ela.

É, acho que é mesmo o que eu faria. E cacete. Praticamente consigo sentir. Aperto minha coxa nua, mas não basta. Quero mais.

Pecador3: Depois, bem devagar, uso a outra mão pra fazer carinho nas suas bolas e seguro elas.

Juro que começo a suar, baixando a mão para fazer exatamente o que ele descreveu. Minha respiração fica mais ofegante quando massageio meu saco sensível.

Pecador3: Tá aí? Brinca com elas pra mim, vai? Depois desliza o dedão pelo pau.

Solto um arquejo enquanto me toco. Depois digito a resposta com o polegar trêmulo.

ShortsDeLagosta: Aham.

Meu pau está duro feito pedra agora. Não que precise de muito.

Pecador3: Agora eu me abaixo e te seguro com as duas mãos. Você é circuncidado?

ShortsDeLagosta: sou

Pecador3: Brinco com o dedão na parte de baixo do pau. Depois vou pra cabeça. Até finalmente me abaixar e sentir seu gosto.

Sozinho no quarto, solto um gemido, desejando que houvesse mesmo uma língua de verdade lambendo a cabeça do meu pau. Meus dedos não são substitutos à altura. Pego o celular e digito com uma só mão.

ShortsDeLagosta: o que mais

Pecador3: Ainda tá gostando?

ShortsDeLagosta: Gostaria mais se você estivesse mesmo aqui ajoelhado com meu pau na boca.

Caralho, não acredito que digitei isso mesmo. Mas... é a verdade. Vai entender.

Pecador3: Que bom. Bate um pouco mais rápido. E eu tenho uma pergunta.

Com um grunhido, aumento o ritmo.

Pecador3: Me diz aí. Você continuaria com tesão quando eu olhasse pra cima? Porque você não está só vendo uma boca talentosa. Tá olhando pra um cara que quer te comer se um dia tiver a oportunidade. Não que eu vá estragar o clima e falar. Sou mais esperto que isso. Vou te chupar primeiro. Mas quando você estiver perto de gozar, vou brincar com o seu cu. E se isso te fizer gemer, vou tentar a sorte e enfiar a pontinha do dedo.

Fecho os olhos, como se tivesse medo de ler mais alguma palavra. Essa falação de putaria do Pecador me deixou duro a ponto de latejar. Não sei o que isso significa. Mas eu até queria poder ouvir a voz dele. Por algum motivo o tom dele não me incomoda. É honesto. *Isso aqui é o que eu quero de você e é assim que eu vou conseguir.*

Pelo visto tenho tesão em honestidade. Quem diria?

Quando abro os olhos, chegou uma mensagem nova.

Pecador3: Ainda tá aí?

Não é fácil digitar com apenas uma das mãos.

ShortsDeLagosta: Aham. Tá batendo também?

Pecador3: Quem me dera. Não tô em casa agora. Quero que você goze pra mim. Me diz se isso ajuda...

Alguns instantes se passam e eu continuo na minha punheta lenta. Mas sinto o calor no meu rosto e meu corpo todo parece pulsar. Preciso me aliviar.

E aí aparece uma foto na minha tela. Vejo uma calça jeans e uma camiseta preta levantada para mostrar um tanquinho. O zíper da calça está aberto. E o cara está usando uma cueca cinza com um inchaço *proeminente*. A mão dele está aberta de forma que apenas o polegar toca a ereção. Ele está brincando de leve por cima do tecido.

É aí que minha ficha cai — deixei um cara de pau duro. Um cara que quer me chupar e brincar com o meu cu.

Meu celular escorrega da cama e cai com tudo no chão enquanto acelero os movimentos. Ele está ajoelhado na minha frente, com as mãos nas minhas coxas. A cabeça dele sobe e desce enquanto ele me bota inteiro na boca. Coloco a mão na nuca para prendê-lo bem onde eu quero. Sinto músculo, não maciez...

E então gozo na minha mão toda, sem parar de bater, querendo que o Pecador3 estivesse aqui para engolir tudo.

E acaba. Estou sentado sozinho aqui com a mão grudenta, o coração disparado. Levanto e pego um pedaço de papel-toalha do rolo que deixo na cômoda.

Não sei o que acabei de aprender, só que... não se passou um único pensamento na minha mente nesses últimos dez minutos que tivesse a ver com Annika e seu aniversário.

A POLÍCIA VAI AMAR ISSO
Luke

Três ou quatro minutos se passam e o ShortsDeLagosta não me responde. Disfarcei e subi o zíper da calça de novo debaixo da mesa da biblioteca. Guardei todos os livros.
E nada. Tela em branco.
Não sei por que eu deveria me importar, mas estou começando a gostar do cara. Tipo... sexo de lagostas! E eu aqui achando que nerds eram chatos. Admito: quero conhecê-lo.
Meu celular apita e eu o pego imediatamente. Porém, é só um lembrete da reunião da fraternidade. Vou voltar agora para lá para participar.
Quando saio da biblioteca e caminho pela escuridão, começo a quase me arrepender da decisão de concorrer à presidência. Reuniões são um porre e estou basicamente assinando um contrato para participar de um número infinito delas. Não ter que pagar aluguel durante um ano inteiro é o paraíso na Terra, mas será que vale mesmo a pena lidar com a dor de cabeça de ter que comandar uma fraternidade?
Droga. Sim. Acho que vale. Porque se eu não estiver pagando aluguel, posso diminuir minha carga de trabalho para

uma noite por semana. E se eu economizar o suficiente durante o verão, talvez eu não precise trabalhar *nunca*. Poderia passar meu último ano focado na faculdade, em me formar e nos meus planos de carreira.

E na Alpha Delta. Mas aposto que os deveres do presidente não vão ser tão estressantes quanto trabalhar em horários quase vampirescos o fim de semana inteiro.

Quando chego em casa, vejo que já tem uma reunião rolando na nossa sala de jantar. Acho que hoje é a noite das reuniões. Jako, meu gestor de campanha, ainda não chegou, então faço hora bisbilhotando a discussão do Comitê de Ingresso.

O líder do comitê é Judd Keller. E por isso resolvi não participar este ano.

— Quem quer ir primeiro? — pergunta Judd para os caras ao redor da mesa. — A gente joga algumas ideias para a iniciação e escolhe a melhor e mais porra-louca.

Selecionamos os classificados em setembro e desde então eles são membros provisórios. Agora, fazemos um inferno na vida deles durante sete dias antes de transformá-los oficialmente em irmãos. No ano passado, participei do comitê porque todos os membros precisam se voluntariar para alguma coisa e pelo menos o Comitê de Ingresso é um comprometimento de curto prazo. Mas foi um pesadelo, principalmente porque Judd é insuportável.

— Talvez os ingressantes possam fazer o desafio do clipe de papel — sugere um aluno do quarto ano chamado Paul.

— Que porra é essa? — pergunta Judd. — Algum tipo de exercício físico?

— Não. A gente divide eles em equipes de três ou quatro. Cada time recebe um clipe de papel. Eles têm três dias para trocá-lo por algo valioso. Nesse caso, deveria ser algo que eles possam doar pra caridade. Trocam o clipe por um lápis. Depois trocam o lápis por uma caneta. Depois a caneta por um grampeador. E assim vai. — Paul dá de ombros. — Aprendi isso em uma das minhas aulas de administração.

— E isso serve pra quê? — indaga Judd.

— Pra algumas coisas. Isso te torna mais confortável com o ato de pedir coisas, o que é uma habilidade boa de se ter na vida. Tem que estar disposto a ouvir um "não" se um dia quiser ouvir o "sim".

Judd começa a desdenhar.

— Acho que já li isso em um livro de autoajuda.

— Sei lá — fala Ahmad Mithani. — Eu até que curti. Seria bom dar uma folga para as Regras de Trote de Haggar.

Dou risada, porque não consigo me segurar.

— Espera aí, existe um manual de trote?

Judd vira a cabeça na minha direção.

— Qual foi, Bailey. Você nem faz parte desse comitê. Vaza.

Reprimo um sorriso.

— Foi mal. Tô só esperando *o meu* comitê chegar. Que tanto brota de comitê nessa casa, hein?

Paul dá uma risadinha.

— Vou ficar na minha — tranquilizo-os. Fecho um zíper imaginário na boca. — Boca de siri.

Embora Judd esteja com o rosto vermelho, ele não discute. O que poderia fazer: me expulsar da minha casa? A sala de jantar fica colada com a sala de estar, que é onde eu marquei de encontrar meu gestor de campanha.

— Eu topo o desafio do clipe de papel — fala Ahmad, dando de ombros. — É uma humilhação leve, mas com um propósito real.

— Os caras poderiam simplesmente dar dinheiro para caridade sem esse rodeio todo — resmunga Judd. — Mas beleza. Coloca aí na lista de possibilidades.

Ahmad se levanta e vai até o quadro branco na parede. Ele apaga um desenho enorme de uma piroca sacuda, porque o que mais as pessoas desenhariam no quadro de uma fraternidade?

Com o marcador, ele escreve o título IDEIAS e, embaixo, *Desafio do clipe de papel.*

— Pois bem, quem aí tem uma ideia que não me dê sono? — pergunta Judd.

— Eu tenho uma boa — fala Owen Rickman, um dos colegas de time de Judd. — Chamo de Mãos Ensanguentadas.

Judd assente em aprovação.

— Gostei do nome. Fala mais.

— Então, a gente tira aqueles pentelhos da cama às, sei lá, duas da manhã, e leva eles pra fora. Eles formam uma fila na frente da parede dos fundos da casa e esfregam os punhos no tijolo.

Não vou mentir, estou fascinado.

Pelo tanto quanto essa ideia é estúpida.

— Pra que isso? — pergunta Tim Hoffman, do último ano.

— Pra ver o tempo que eles aguentam, o quanto são fortes. Eles vão esfolar a mão. Vai ser sangue pra todo lado, cara.

Judd está assentindo de novo, os olhos reluzindo.

— E o prêmio de quem aguentar mais tempo vai ser ter que limpar o sangue da parede e do quintal.

Tim ri.

— Isso lá é prêmio?

— Não é — responde Judd, revirando os olhos. — Porque não existe *prêmio* na Semana dos Infernos. Aqueles manés têm que sofrer.

Por quê? Quase pergunto. Por que eles precisam "sofrer"?

Para ser sincero, nunca entendi o conceito de trotes. Era para ser um momento de estabelecer conexões, não? Criar amizades para a vida toda com os seus irmãos de fraternidade?

Mas já moramos na mesma casa. Fazemos refeições juntos. Compartilhamos banheiros. Somos os psicólogos uns dos outros. Metaforicamente seguramos o cabelo do nosso irmão quando ele está abraçado com a privada depois de encher a cara (literalmente, no caso dos cachos de surfista de Jon Munsen).

Está me dizendo que isso não cria uma conexão para a vida toda? Precisamos mesmo ver nossos irmãos deixando a mão em carne viva na parede de tijolos em plena madrugada só para solidificar essas amizades?

— E aí?

Viro ao ouvir a voz baixa de Jako. Ele deve ter acabado de voltar da academia, porque está usando uma regata encharcada de suor, calça esportiva e tênis de corrida.

— Tudo certo? — murmuro de volta para não atrapalhar a reunião de Judd.

— Se importa se eu for me trocar rapidão? — pergunta Jako. — Desço em cinco minutos.

— De boa — respondo.

Enquanto Jako sobe, olho de volta para a sala de jantar.

— Mithani, bota aí Mãos Ensanguentadas na lista — fala Judd. — Próxima ideia?

Na sequência do grupo está Paxton Grier, o herdeiro de uma fortuna do setor tecnológico. O pai dele é do Vale do Silício e inventou um algoritmo que comprime arquivos de imagens, então era de se esperar que o filho dele também fosse inteligente e criativo, né?

— Na fraternidade do meu irmão, fazem um negócio chamado Piquenique do Sexo com Melancia.

Seguro um suspiro.

Ahmad gargalha.

— Parece nome de banda emo. — Eles fazem um cumprimento no ar.

Judd, é óbvio, está atento a cada palavra que Grier diz.

— Fala mais.

— A gente pega um monte de melancia e leva os ingressantes pra um piquenique, então, tipo, basicamente só botar alguns cobertores ou toalhas de mesa para conter a bagunça.

A *bagunça*? Ih, já estou vendo o rumo que isso vai tomar.

— A gente faz buracos nas melancias, manda os otários tirarem a roupa e obriga eles a foder as melancias.

Owen grita em aprovação.

— E o cara que durar mais tempo tem que comer as sobras.

Ahmad começa a se engasgar.

— Caralho, mano. Que nojo.

— Curti demais! — declara Judd. — Escreve isso no quadro.

Estou enojado de verdade, e olha que eu sou um cara que engole no boquete com o maior prazer. Pior: eu sou um cara que, antes desta reunião, estava falando putaria com outro cara. Mas a ideia de forçar outros caras, sejam héteros ou gays, a comerem melancias cheias de sêmen me revira o estômago.

Apesar de não estar no comitê, vou até eles e dou um pigarro.

— Não escreve isso, não — falo para Ahmad.

Judd olha feio para mim.

— Você não é o presidente da fraternidade, Bailey.

— Ainda — provoco.

— Não, você nunca será — vocifera ele. — E você não é o mestre dos ingressantes. *Eu* é que sou. Não vem querendo dar pitaco aqui, não.

— Sabe quem vai adorar dar pitaco? A polícia. — Cruzo os braços sobre o peito. — Contato sexual forçado durante trotes é contra a lei.

— Eles vão foder *melancias* — retruca Judd. — Não um ao outro.

— É forçar eles a engajar em uma atividade sexual, o que a maioria vai topar fazer porque querem muito entrar na fraternidade. Seria abuso de poder da nossa parte e — paro, percebendo que preciso usar uma estratégia diferente com Judd. O cara tem *sede* de poder. Então preciso apelar para o... senso de autopreservação dele, decido. — E se um ingressante sequer falar do que aconteceu ou julgar o trote como assédio sexual e dar com a língua nos dentes para a polícia, você pode dizer adeus à Alpha Delta.

— Dedo-duro morre cedo — fala Owen de um jeito tenebroso.

— Isso, dá mesmo uma surra neles até chegarem à beira da morte — digo com um sorriso educado. — A polícia vai amar isso também.

Owen revira os olhos para mim.

Para a minha surpresa, Judd cede, provando que não é um completo idiota.

— Não, pior que Bailey tem razão. A gente não pode induzir os pirralhos a fazerem nada que seja descaradamente ilegal.

Jako aparece no pé da escada, então deixo Judd e seus parças bolando outras ideias que não envolvam penetrar melancias.

— Aquele cara é uma peça, viu... — murmuro para Jako.

— Né. Mas essa peça também tem direito a votar nessa eleição e adivinha quem precisa ganhar esse voto, Luke? Você.

Dou uma risada sombria.

— Até parece. Nem se eu virasse um gênio e concedesse três desejos a ele, Judd jamais votaria em mim. Ele tá fechado com o Keaton Hayworth.

Jako assente.

— Pode até ser, mas isso não significa que você não possa fazer ele mudar de ideia.

Até parece. Fazer Judd Keller mudar de ideia a meu respeito? Seria mais fácil participar de uma temporada do *Dancing With the Stars*.

Uma hora depois, estou vasculhando a cozinha atrás de algo para beliscar. Agora que tenho um maço de dinheiro forrando a carteira, posso me dar ao luxo de pegar um saco de batata chips. Temos uma dispensa comunal de besteiras da qual todos podemos usufruir, contanto que façamos contribuições ao fundo. Geralmente eu me abstenho. Hoje, jogo uma nota de dez no jarro e me esbaldo.

Puta que pariuuu. Eu tinha me esquecido do tanto que batatinhas são gostosas. Talvez seja bom estar sem grana demais para gastar meu dinheiro e consumir carboidrato. Meu ganha-pão depende do meu abdômen continuar sarado e lambível.

Ainda assim, cá estou chafurdando no pacote e amando cada segundo. Enquanto mastigo, pego o celular, mas não tem nenhuma mensagem do ShortsDeLagosta. Será que assustei ele? Releio as mensagens, mas pelo que me parece, ele estava de acordo com cada etapa. Ele parecia estar curtindo.

Se bem que minha última mensagem foi ousada.

Quero que você goze pra mim. Me diz se isso ajuda...

Talvez ele não tenha gostado da foto que mandei?

Cogito a ideia, depois franzo o cenho. Ah, que se dane. Meu corpo é foda. É lógico que ele curtiu.

Por outro lado, ele admitiu nunca ter flertado, muito menos ter ficado com um cara. Talvez a mamada virtual não tenha deixado ele com tesão. Vai ver ele tentou, mas não conseguiu ficar duro. Ou talvez tenha ficado tão excitado que se acanhou?

Não posso negar que estou decepcionado com a possibilidade de ele ter sumido de vez. Ele não desfez o *match* no *Fetiche*, então acho que é um bom sinal. Só que também não mandou mais nenhuma mensagem.

Dou outra olhada na conversa, mas, quando ouço passos perto da porta, deslizo o dedo na tela rapidamente para fechar o app.

— E aí? — falo com um grunhido quando Keaton Hayworth aparece, mas ele não responde.

Sigo o Zé Maromba com o olhar quando ele entra na dispensa. Está usando calça de moletom e uma regata vermelha, o que me deixa na primeira fileira do espetáculo de bíceps. Os braços do cara são incríveis. Pena que a personalidade dele é uma merda.

— Fala aí? — grunhe ele de volta depois de um tempo, enquanto enfio outra batatinha na boca. Mastigo alto, continuando a observar Keaton.

Ele sai da dispensa com uma barra de granola. Daquelas sem graça, com castanhas e frutinhas secas.

Nenhum de nós dois fala. O que é normal, eu acho. Keaton e eu não temos nada em comum, então é raro a gente conversar. Não temos problema nenhum em trocar farpas quando o outro está ouvindo música alto demais, mas trocar palavras significativas? Não é do nosso feitio.

Mesmo assim, eu o chamo antes que ele possa sair da cozinha.

— Ei, espera aí.

Quando ele se vira, percebo que seu rosto está corado, e ele parece um tanto fora de si.

— Tá precisando de alguma coisa, Bailey? — rebate.

Abaixo o pacote de batatas.

— Teve uma reunião hoje. Do Comitê de Ingresso.

— Aham? — Ele franze o cenho. — Eu não faço parte. O que é que tem?

E agora que eu preciso pisar em ovos.

— Sei que você é próximo do Judd e achei melhor te avisar de antemão. Talvez você possa conversar com ele quando estiverem no vestiário, batendo na bunda um do outro com a toalha.

Um canto da boca de Keaton se curva.

— É isso que você acha que jogadores de futebol fazem no vestiário?

Os jogadores de futebol americano que eu já vi no PornHub fazem muito mais do que só dar tapas na bunda um do outro. Eles fodem. Mas guardo para mim.

— Bom, a julgar pelo tesão dele mais cedo pensando em ver os ingressantes metendo a pica em melancias, eu diria que sim. Então não me surpreenderia nada se Judd curtisse umas brincadeiras com a bunda no vestiário.

Keaton arregala os olhos.

— Como é que é?

— Seu amigo tem umas ideias muito deturpadas de como os trotes dos ingressantes deveriam ser. Pensei que talvez você pudesse dar um "chega pra lá" nele. — Dou de ombros. — Sei lá, lembrar a ele de que consentimento e "não é não" também se aplica a homens. Eu acho que seria melhor para todo mundo se a gente passasse a semana de iniciação deste ano sem levar um processo.

Sério, se eu quisesse problemas jurídicos, poderia simplesmente voltar para a casa da minha família.

Keaton cruza os braços impressionantes e me olha de cima.

— Tá tirando uma comigo, né?

— O quê? Claro que não! Fala sério. Pergunta pra ele. Tenho mais o que fazer do que ter ideias horríveis, Hayworth. Mas nós dois sabemos que Judd só dá ouvidos a um de nós dois, e essa pessoa não sou eu.

Ele passa a mão no cabelo bagunçado. Está indo em direção à porta, como se não visse a hora de sair daqui.

— Tô te mandando a real, Hayworth.

— Beleza, beleza. Vou tentar falar com ele. — Hayworth para e me encara. — Mas se estiver só tentando causar discórdia entre mim e meu colega de time...

— Ah, faça-me o favor — gaguejo. — Estou tentando nos manter *longe* de problemas. Não dou a mínima para a Semana dos Infernos contanto que ninguém acabe sendo *processado* depois.

— Calma aí — resmunga Hayworth. — Judd adora abrir o bocão, mas é inteligente demais para prejudicar a gente de verdade.

— Inteligente?! — repito antes que possa pensar melhor. — O cara meteu uma carreta alta em uma garagem subterrânea, arrancando a parte de cima como se fosse uma lata de sardinha. E a ex-namorada dele precisou trocar o chip do celular porque ele não parava de ligar para ela de números aleatórios.

Meu vizinho delicioso balança a cabeça. Ele está com a barba por fazer, o que só realça sua boa aparência. Algumas pessoas têm todas as vantagens na vida.

Exceto bom senso.

— Judd se importa com a Alpha Delta — fala Hayworth. — Tenho certeza de que ele vai criar juízo.

— Eu não apostaria nisso — digo, só para deixar explícito. — Se isso acabar sendo um show de horrores, eu me recuso a levar a culpa pela merda dos outros.

— Não vai ser um show de horrores. — Ele franze os lábios. — Já acabou?

— Eu, hein. Alguém tá mal-humorado hoje. O que foi, Hayworth? — provoco. — Tá com dor nas bolas? Sua namorada anda economizando nos boquetes?

O rosto de Keaton fica um pouco pálido e, por um segundo, eu me sinto mal por não ter segurado a língua. Mas meu remorso dura pouco, porque Hayworth me dá um sorrisinho maldoso e recorre à respostinha mais infantil do mundo.

— Pelo menos eu tenho namorada.

O filho da mãe arrogante vai embora com a barrinha de granola.

Observo a bunda dele enquanto ele sai, só porque eu posso.

SEXO DE LESMAS DO MAR
Keaton

— **Vamos tomar café da manhã** juntos amanhã? — A voz de Annika apita no meu ouvido enquanto me apronto para dormir. São onze e pouco, mas decidi ir para a cama. Hoje foi um dia longo pra caramba e eu produzi quase nada.

— Não dá — respondo, mudando o celular de orelha para puxar a roupa de cama. — Tenho treino às seis, depois vai rolar uma reunião com o monitor de uma das minhas disciplinas.

— Quem liga pra monitoria? — resmunga ela. — Não é como se ele fosse seu professor.

— Não, mas ainda assim é importante. — Mais que nunca, na verdade. Charlie disse que talvez tenha novidades amanhã a respeito de um estágio que estou participando da seleção.

Só que Annika não sabe disso, porque não contei a uma vivalma sequer. Duvido que eu vá conseguir. A coisa toda está mais para uma fantasia arriscada do que uma opção realista.

— Por que é tão importante? — indaga ela.

E, apesar do interesse da minha namorada, pelo qual eu sou grato, não dou detalhes. Pelo contrário, eu minto na cara dura.

— Ele vai me ajudar com um trabalho que vale metade da nota final.
— Tá. Nada de café da manhã, então. E que tal a gente sair para jantar com a Lindy e o Max?
— Achei que você estivesse brava com a Lindy. — Tiro a roupa até ficar só de cueca e me deito.
— A gente *tinha brigado*, mas agora está tudo certo.
Quase consigo *ouvi-la* revirando os olhos.
— Beleza. Então acho que vamos de encontro em casais amanhã à noite.
— Faço reserva para às oito?
— Por mim tá ótimo, amor.

Nós nos despedimos, e em seguida desligo e fico encarando o teto por um instante. Por que ainda não contei a Annika sobre a viagem de pesquisa de campo no Chile? A princípio, eu disse a mim mesmo que não havia razão para mencionar o programa de verão a menos que estivesse tudo confirmado, porque de fato está mais para um sonho bobo do que qualquer outra coisa.

Mas ultimamente eu tenho brincado com a ideia de me inscrever na pós-graduação ano que vem. Meu pai surtaria. Mas a vida é minha, né? E a herança que meu avô me deixou cobriria minhas necessidades, mesmo se meu pai parasse de me bancar.

E seria bem a cara dele fazer a escolha nuclear, caso eu decidisse não trabalhar para ele. Meu pai tem me enchido o saco para assumir os negócios da família desde o segundo em que decidi cursar biologia.

A questão é que... eu não quero o trabalho dele. Não quero a vida dele.

Quero passar três meses navegando pela costa do Chile, em busca de uma espécie não documentada de orca. É o tipo de programa de pesquisa prático que faz biólogos melarem a cueca de tanta animação.

Falando nisso... Não cheguei a mandar mensagem para o Pecador3 depois do nosso experimento. Fiquei sem saber o que dizer.

Nem para ele nem para mim mesmo, sendo sincero. Me surpreendeu o quanto fiquei excitado conversando com ele. Quando Annika pediu para eu fazer o aniversário dela ser divertido, eu sei que ela não estava me pedindo para explorar minha sexualidade com um estranho em um aplicativo.

Então, depois do que rolou, precisei de um minuto para esfriar a cabeça e assimilar a experiência toda. Pior: ainda preciso.

Pego o celular da cômoda e abro o aplicativo. Como esperado, tem uma mensagem nova na caixa de entrada. Não recebo notificações do *Fetiche* — eu teria muita vergonha do barulhinho tocar enquanto estou com meus amigos —, então não sei há quanto tempo a mensagem está ali esperando.

Dou uma olhada rápida na hora e fico um pouco aliviado. Ele mandou há apenas quinze minutos.

Pecador3: Por favor, não me diga que o orgasmo te matou. Assim, já me disseram que minha boca é um perigo, mas não imaginei que fosse fatal.

Estremeço de vergonha.

ShortsDeLagosta: Foi mal, digito.

Pecador3: Ele tá vivo!

ShortsDeLagosta: Tô vivo! Desculpa te deixar no vácuo. Precisei ir jantar, depois fiquei resolvendo algumas paradas, falando com a minha namorada etc., etc.

Pecador3: Pensei que tinha te assustado.

Hesito. Digo a verdade? Acho que é justo.

ShortsDeLagosta: Eu que me assustei, talvez.

Há uma breve demora, seguida de:

Pecador3: Porque... foi avassalador o poder da minha gostosura em você? Gozou?

O calor sobe pela minha espinha. Ele foi direto ao assunto mesmo, hein? Se bem que... por que ele não faria isso?

Estamos conversando em um aplicativo de pegação, afinal de contas.

ShortsDeLagosta: O que você acha? Claro que sim.
Pecador3: E aí?
ShortsDeLagosta: E aí o quê?
Pecador3: Como foi? Mudou sua vida?

Como foi? Não sei nem como começar a responder. Foi uma delícia, sem dúvidas. Eu curti, obviamente. Mas se me perguntar como eu *me senti* sobre qualquer parte do que rolou... ainda não sei dizer. E mesmo que ele esteja brincando, não quero que isso transforme minha vida. A ideia é me divertir sem que a minha vida precise mudar.

ShortsDeLagosta: Foi gostoso.
Pecador3: Pessoalmente seria ainda mais.

Tenho a impressão de que ele está certo. E isso é *mais uma coisa* sobre a qual eu também não sei como me sentir, então não respondo de imediato. Mas, de alguma forma, o cara consegue ler minha mente, mesmo que por mensagem.

Pecador3: E você concorda.

Respiro fundo, depois digito com cuidado:

ShortsDeLagosta: Sim, eu acho que poderia ser ainda mais gostoso pessoalmente.
Pecador3: E? Acha que tá a fim disso?

Titubeio por um instante. Merda. Talvez... Ah, que se dane.

ShortsDeLagosta: Acho que... sim. Tô sim.

Antes que ele possa responder, acrescento outra frase depressa.

ShortsDeLagosta: Acho que minha namorada vai gostar de assistir.

Quase que na mesma hora, a confusão cresce dentro de mim. Eu confundi *a mim mesmo* falando de Annika. Mas o fato de que não pensei nela nem uma vez durante a putaria virtual ainda não me cai bem.

Pecador3: Me fala dela.

Agora tomo mais cuidado.

ShortsDeLagosta: Como assim? Pergunto e continuo: O que quer saber, exatamente?

Pecador3: Relaxa, cara. Não tô perguntando o nome dela nem o CPF. Só me diz como ela é na cama. Como gosta de ser tocada, comida... Ou então me conta mais sobre sexo de lagostas, se quiser. Não sou exigente no papo sobre sexo contanto que alguém esteja fodendo.

Dou uma risada. Esse cara é engraçado, isso eu preciso admitir.

ShortsDeLagosta: Tô zerado de fatos sobre sexo de lagostas no momento. MAS... deixa eu te contar sobre lesmas do mar.

Pecador3: Agora simmm, hein. Mal posso esperar. Aguenta aí, vou só abrir a calça.

Desta vez dou uma gargalhada. Sei que ele está brincando, mas vou no embalo.

ShortsDeLagosta: Na verdade, eu também vou. Acho coerente nós dois estarmos com o pau pra fora diante desta curiosidade.

Pecador3: Tirei da cueca. Pronto. Sexo de lesmas. Manda ver, gostoso.

ShortsDeLagosta: Beleza. Tá pronto mesmo?

Pecador3: Vai com tudo. Acaba comigo.

ShortsDeLagosta: Lesmas do mar fazem lutinha de pênis.

Minha revelação é seguida por um silêncio sepulcral.

Vejo três pontinhos aparecendo na tela, indicando que ele está digitando. Depois eles desaparecem. E voltam. E somem.

Finalmente, vem uma mensagem.

Pecador3: Eu não sei nem o que falar. Tipo... Por quê?? Como?? Por quê?!?

Não consigo evitar e rio sozinho enquanto digito a resposta.

ShortsDeLagosta: É exatamente o que você tá pensando. Tipo duas espadas ressoando em um clangor quando batem uma na outra.

Pecador3: CLANGOR? Os pênis deles são feitos de metal??

ShortsDeLagosta: Não hahah. Tá, a analogia foi péssima. Basicamente, eles lutam esgrima com os paus. A competição determina quem é o ativo e quem é o passivo.

Pecador3: Tá brincando? É sério?

ShortsDeLagosta: Juro. Pesquisa aí "platelminto esgrima pênis". Eu espero.

E as pessoas não entendem por que estudo comportamento animal. É infinitamente fascinante.

Tem mais uma pausa antes de ele dizer alguma coisa. Espero que esteja olhando para uma foto de pênis de lesmas agora mesmo.

Pecador3: É divertido flertar com você, Lagostão.

ShortsDeLagosta: Não é querendo me gabar, mas...

Pecador3: Eu estava prestes a sugerir da gente fazer isso quando se conhecer de fato. Decidir quem de nós dois leva pica, mas acho que não faz sentido.

Meus batimentos aceleram no mesmo instante. Este tópico não deveria ser tão interessante assim para mim.

ShortsDeLagosta: Por quê?

Pecador3: Porque nessa situação eu te comeria. Fim de papo.

Engulo em seco, percebendo que não odeio a ideia. Experimentar de tudo, né? Pela ciência.

ShortsDeLagosta: Ah, é assim agora, é? Você que dá as ordens?

Pecador3: A maioria, sim.

ShortsDeLagosta: E se eu não gostar disso?

Pecador3: Daí não seríamos sexualmente compatíveis. Mas tenho a impressão de que você vai, sim. Curtir, quer dizer. Ou pelo menos você tá mais disposto a tentar do que um ménage de presente de aniversário sugere.

Baixo a cabeça para onde minha boxer já está ficando apertada. Está dureza rebater o que ele diz. Está duro, e ponto.

Pecador3: Imagina isso: eu por trás com a minha mão segurando seu pau duro feito pedra, batendo uma pra você enquanto te como com força.

Não consigo nem engolir mais. Minha boca foi de seca a completamente árida. Parece estar cheia de algodão. Cada palavra que ele digitou mandou um choque de tesão pelo meu corpo. Eu consigo *imaginar*. E ele está certo... Acho que talvez eu queira mesmo saber como é a sensação.

Mas não é tudo que eu quero e, apesar de meus dedos estarem tremendo enquanto digito, consigo expor objetivamente minhas necessidades.

ShortsDeLagosta: De fato é tentador. Mas o inverso também é — eu comendo seu cu enquanto você goza na minha mão. Então acho natural acender uma luzinha no meu cérebro científico e surgir a questão: qual opção seria mais gostosa? Minha solução é a gente tentar as duas coisas.

Na cara e na coragem. E bem fora da minha zona de conforto. Não saio por aí propondo sexo a homens. Só que eu precisava tentar. Digitar faz tudo parecer mais real ainda e me enche ainda mais de tesão. Fico me perguntando se eu tenho mesmo a audácia de encarar isso ou se vou acabar morrendo na praia.

Mas, nossa, eu gosto da ideia. Gosto mais do que já me permiti antes. O que Annika pensaria de mim agora?

Annika! Lembrar dela me tira do eixo mais uma vez. O que está acontecendo? Essa conversa começou com o Pecador me perguntando do que Annika gosta na cama e, de alguma maneira, tomou o rumo de discutirmos como ele e eu treparíamos.

Respiro fundo, tentando digerir nossa situação, quando até que enfim chega uma resposta.

Pecador3: Já que essa provavelmente é só uma hipótese científica, eu topo um acordo. Da primeira vez, eu é que como seu cu. Se tiver uma segunda, você come o meu.

Ele tem razão. Isso tudo não passa de conversa de putaria, de qualquer modo. Se um dia eu conhecer o Pecador3, a estrela da noite vai ser Annika.

Então por que é tão difícil me lembrar disso quando estou falando com ele?

Meu pau está muito duro dentro dos shorts. Sem perceber, passo a mão por cima, e minhas bolas começam a pulsar.

ShortsDeLagosta: Tô indo nessa, digito. Tá ficando tarde.

Pecador3: Aham. Fique à vontade para rever minhas fotos quando for aliviar a tensão daqui a alguns minutos.

Puta merda.

ShortsDeLagosta: Para de ler minha mente.

Pecador3: Não é a cabeça de cima que me interessa. Durma bem e sonhe comigo, gostoso. Ou com lesmas do mar.

O pontinho verde do lado do ícone dele desaparece.

Largo o celular, depois enfio a mão por baixo do elástico da cueca. E faço o que homens fazem quando precisam se aliviar. E tento não pensar muito na razão de eu estar precisando tanto.

FAZ UMA LAMBANÇA
Luke

Mais uma semana de matar, cheia de trabalho e de projetos da faculdade. Os turnos de bartender estão acabando comigo. Mas pelo menos meus planos para a Batalha de Dança estão indo bem.

Infelizmente, o motor da minha moto está estalando toda vez que viro em um cruzamento. Talvez seja só a corrente precisando de ajuste, mas todas as minhas ferramentas estão na garagem da minha mãe.

E é por isso que me pego indo para lá no domingo, como minha mãe tinha pedido. Além do mais, comida de graça é comida de graça.

Só que me sentar à mesa ao lado de Joe não é nada fácil. Sempre foi tão claustrofóbico aqui? E a única pessoa falando é minha mãe. Meu irmão só enfia comida na boca e assente quando acha que precisa.

Não é lá uma estratégia de todo ruim, para falar a verdade.

Joe se reclina na cadeira feito um rei enquanto minha mãe coloca mais um pouco do macarrão com queijo no prato dele.

— Tem mais ovo recheado — oferece ela também.

Juro por Deus, enquanto Joe estava preso, minha mãe ficava zanzando pela casa, preocupada. Mas uma coisa que jamais passava pela cabeça dela era uma reflexão, do tipo: *Por que meu menino viraria um criminoso?*

Não nossa mãe. A única coisa em que ela pensava era se ele estava comendo direito.

Ela não pergunta se eu também quero repetir, e sou orgulhoso demais para pegar eu mesmo. Portanto, engulo o resto da água no meu copo e peço licença.

— Preciso passar na garagem para procurar minha chave de torque, tá? — Afasto a cadeira.

— Espera! — pede ela. — Eu ainda não contei nossa novidade.

Paro, desconfiado.

— Certo. O que foi?

— Vamos abrir um negócio de consertos! — anuncia ela, dando palminhas. — Vou cuidar dos agendamentos e o Joe vai sair para fazer os reparos.

Puta que pariu. Com certeza, porque todo mundo vai amar deixar um criminoso entrar em casa.

Preciso fazer um esforço descomunal para não dizer o que penso da ideia.

— Que ótimo, mãe. Pode ser bom para vocês dois. — E é verdade que não é fácil para Joe encontrar emprego. Quando você marca um X em "condenado por um crime" no questionário de admissão, não há RH no mundo que ligue de volta.

Se bem que, se ele tivesse pensado nisso antes de invadir domicílios para roubar televisões de tela plana, talvez não fosse um encostado de vinte e seis anos vivendo na barra da saia da mamãe, né?

Faço menção de me levantar, mas minha mãe coloca a mão no meu punho.

— Meu bem, preciso de um favor. Você teria quinhentos dólares para investir no nosso negócio?

— Investir — repito o absurdo. Essa é uma palavra que poderia ser usada para se referir a uma conta conjunta de investimento, talvez. Dar dinheiro para minha mãe e Joe seria tão produtivo quanto tacar fogo nas cédulas.

Não, *menos* produtivo. Com o fogo, pelo menos daria para assar um marshmallow.

— É só um empréstimo — garante ela. — Temos custos para começar. Precisamos de uma escada extensível, e temos que colocar um anúncio no jornal.

— Um anúncio virtual não seria mais barato? — pergunto antes de conseguir sequer pensar melhor. Negócios são do meu interesse, mas não posso oferecer uma mão a essa empreitadazinha. Eu é que não vou deixar os dois me meterem nos problemas deles.

E olha que problema é o que não falta.

— Talvez! — fala minha mãe, agarrando meu punho. Deve ter ficado óbvio o tanto quanto quero dar o fora daqui.

— Não tenho nenhum dinheiro extra no momento — falo, torcendo para isso botar um fim à conversa. — Adoraria ajudar, mas não posso.

Ela me olha. Começa a me encarar, piscando repetidamente. Lá vem mais uma performance de culpa e lágrimas.

— Tenho que pagar setecentos contos pra fraternidade até sexta — digo, o que é verdade. — E também preciso comer e colocar gasolina na moto... — Suspiro.

— Só dessa vez — implora ela. — Por favor, pensa com carinho.

— Vou pensar, sim. — Meu tom sai mais sombrio do que eu queria. — Vou ver o que dá pra fazer.

A verdade é que se eu pegar mais turnos de bartender na semana que vem, poderia emprestar o dinheiro para ela. Mas já me vi nessa saia justa antes e sei que ela nunca devolve o dinheiro.

Por que isso é aceitável? Sério mesmo. Se ela simplesmente dissesse que seria um presente, não um empréstimo, eu não me sentiria tão usado sempre que ela me pede dinheiro.

Escapo para a garagem em paz. Se eu tiver sorte, o barulho da moto vai ser só uma corrente solta. Encontro a chave de torque e me ajoelho no chão para ver melhor.

De fato, a tensão está um pouco frouxa. Eu consigo ajeitar.

Ou talvez não. É preciso que alguém esteja fazendo peso na moto para acertar a tensão. Talvez haja uma alternativa? Pego o celular para procurar uma solução no Google. Cá entre nós, equilibrar tijolos aqui em cima seria mais fácil do que pedir a ajuda de alguém da família.

Vejo que tem uma mensagem nova no *Fetiche*, então abro, porque não tenho autocontrole nenhum. O ShortsDeLagosta e eu continuamos conversando essa semana. É divertido falar com ele. Nossas conversas sempre começam com um tópico aleatório antes de inevitavelmente caírem em sexo.

É um padrão, eu já percebi. O Lagosta se sente atraído por mim, e por homens em geral... mas sente culpa por isso. Todas as vezes que eu o deixo com tesão, ele toma um chá de sumiço por um dia ou dois. Depois sempre volta.

ShortsDeLagosta: A curiosidade de comportamento animal do dia é sobre cangurus.

Há um link, então eu clico. A tela carrega um vídeo de um canguru, de fato. E ele está...

Não é possível.

Pecador3: O canguru tá se masturbando?

A resposta dele vem tão rápido que eu sei que ele estava com o aplicativo aberto, só esperando eu dar sinal de vida.

ShortsDeLagosta: Claro que sim. Achou mesmo que apenas humanos descobririam que dá para polir o próprio mastro?

Pecador3: Parando pra pensar, já vi um cachorro lambendo as bolas. Mas achei que era preciso ter polegares opositores para botar a mão na massa.

ShortsDeLagosta: Golfinhos gostam de sarrar em qualquer objeto inanimado. Vez ou outra, em um mergulhador.

Pecador3: Para! Sarrada de golfinho? Tá de brincadeira.

Estou tendo uma crise de riso no chão da garagem.

ShortsDeLagosta: Muitos primatas se masturbam, incluindo as fêmeas. Morcegos fazem isso até quando estão de ponta cabeça. E, sim, faz uma lambança.

Morri.

— Tá rindo do quê?

Levanto a cabeça depressa e vejo meu irmão chegando.

— Nada, não — respondo, e digito rapidamente.

Pecador3: Preciso ir, o trouxa do meu irmão veio me encher o saco.

Enfio o celular no bolso e fico de pé.

— Olha só, o negócio do dinheiro... — começa Joe.

— Era disso que você queria falar comigo? *Quelle surprise.*

— Ele fica doido da vida quando demonstro que estou estudando francês. O fato de eu ser bom em qualquer coisa tira ele do sério, na verdade.

— Então — acrescenta, sem cair na pilha —, eu tenho uma ideia melhor.

Lá vem, mal posso esperar.

— Você não mora em uma casa de fraternidade, com aquele bando de playboyzinho? A gente só precisa de um computador, Lukey. Só um vai valer mais do que os quinhentos dólares que a mãe quer.

Minha pressão quadruplica em questão de dois segundos.

— Essa é a *pior* ideia que você já teve. Todos os notebooks agora vêm com um aplicativo... *Encontrar meu dispositivo*. Os policiais não levariam nem uma hora para aparecer na sua porta. Quer mesmo voltar pra cadeia?

— Ah, não gostou da minha ideia? — debocha ele. — Então dá a grana pra gente, seu viadinho arrombado. Nós dois sabemos que você tem dinheiro, sim.

Tento controlar a raiva. Só meu irmão mesmo para me xingar enquanto tenta me convencer a dar dinheiro para ele.

— Eu tô pensando, tá bem? Me faz o favor mais simples do mundo e senta na moto. Preciso ajustar a tensão.

Ele espera um instante, e acho mesmo que ele é tão cabeça-dura a ponto de se recusar fazer isso por mim, mas então ele joga uma perna por cima do assento e faz peso na moto.

Grato, abaixo e encaixo a chave de torque nos parafusos.

— De verdade, não é como se eu tivesse quinhentos dólares dando bobeira. Eu precisaria fazer hora extra. Isso se eu conseguir pegar uns turnos a mais.

— E daí? Faz isso então. Do contrário, vou contar pra mãe como é que você ganha a maior parte do seu dinheiro, porque como bartender é que não é.

Que bom que ele não consegue ver meu rosto, porque faço um péssimo trabalho escondendo minha surpresa. Como é que ele sabe do meu trabalho na boate?

Respiro fundo e devagar, e pago para ver.

— Não ligo se você contar pra mãe. Ela não dá a mínima, contanto que possa continuar me fazendo de caixa eletrônico.

Mas eu também estou blefando. Eu me importo muito com quem sabe do meu trabalho. Se Joe contar para meus irmãos da fraternidade, pode ser prejudicial para o meu futuro. Se decidissem fazer graça tirando alguma foto ou me filmando no palco, o conteúdo pode acabar indo parar na internet. E se houver uma conexão ao meu nome verdadeiro...

Não posso deixar que isso aconteça. Ano que vem vou me candidatar a vagas no país todo. E "stripper" não pode ser a primeira coisa a aparecer quando alguém pesquisar meu nome.

Não tem nada de errado em ser dançarino. Stripper. Que seja. Mas não posso me dar ao luxo de virar chacota.

— Seiscentos, então — fala Joey enquanto mexo na corrente da moto. — Os cem de bônus você entrega diretamente para mim.

Vai tomar no cu!, quero gritar. *Que se foda você, que se foda a mãe, que se foda o mundo inteiro.*

Mas fico na minha.

— Beleza — digo.

Como se eu tivesse escolha.

DE VERDADE, LAGOSTÃO?
Luke

Interagir com a minha família nunca falha em me deixar com um humor do cão, o que dificulta minha tentativa de estudar à noite. Depois de um tempo, desisto. Meu trabalho de história da economia pode esperar até amanhã. A verdade é que só me resta amarrar melhor alguns parágrafos, escrever a conclusão e revisar. Se eu tentar fazer qualquer uma dessas coisas com a mente dispersa, vou acabar tendo que refazer tudo amanhã de qualquer jeito.

Portanto, eu me jogo na cama e abro o *Fetiche*. Conversar com o ShortsDeLagosta sempre me anima. Abro a conversa e sorrio quando vejo que já tem uma mensagem dele esperando por mim.

ShortsDeLagosta: Acordei hoje e bati uma vendo a foto do seu tanquinho. E aí pensei... Caralho, tô mesmo batendo uma encarando essa barriga? Por que esse filho da mãe ainda não me mandou foto do pau?

Dou uma gargalhada. Isso aí, em dois segundos o cara já conseguiu me arrancar uma risada. Na minha vida normal, quase nunca dou risada, e quando acontece, na maioria das vezes é por pura ironia. Mas o Lagosta cria uma diversão genuína. Ele é abobalhado e sexy, e é exatamente disso que preciso hoje. Dane-se o trabalho; isto é muito mais legal.

Pecador3: Hum. Por que você não me mandou foto da rola?

ShortsDeLagosta: Ué, você nunca pediu.

Óbvio, achei que ele fosse voltar a hibernar se eu pedisse. Mas se ele está animado de novo, eu topo sem nem pensar duas vezes. Quem sabe ele não me deixa falar putaria até fazê-lo gozar de novo.

Pecador3: Vou te propor uma coisa. *Quid pro quo.* A gente troca foto do pau. E, se sua namorada quiser, eu não me importaria de ver os peitos e a bunda dela.

Como as mensagens anteriores dele chegaram em poucos segundos, a demora me deixa um tanto preocupado. Será que passei dos limites?

Mas não, não pode ser. O Lagosta propôs um ménage, e até agora só vi a garota na foto de biquíni. Se eu vou dormir com os dois, seria bom ver fotos — dos *dois*.

E, que curioso, você em momento algum falou putaria que envolvesse esse suposto ménage...

Enrijeço. E não onde eu queria. Meus ombros ficam tensos quando assimilo esse pensamento.

ShortsDeLagosta: Deixa eu ver o que consigo descolar.

A resposta vaga me faz franzir os lábios. Tem coisa aí. Talvez minhas suspeitas sejam absurdas, mas não consigo me segurar, e pergunto na lata:

Pecador3: Essa namorada existe de verdade, Lagostão?

Desta vez, a demora não me surpreende. Na verdade, estou convencido de que ela dá ainda mais razão ao meu questionamento. O Lagosta quase nunca fala da namorada. Beleza, a foto dele mostra duas pessoas, sendo que uma delas evidentemente é uma menina gostosa. E eu não acho que seja um caso de

Photoshop nem nada do tipo — tenho certeza de que ele já teve namorada. Ou, vai saber, talvez ainda tenha e só a parte do sexo a três é que seja papo furado.

Mas estou começando a achar que esse cara não quer que eu transe com ele *e* com a namorada. Ele quer transar comigo e pronto.

ShortsDeLagosta: Foi mal, fiquei confuso. Eu tenho, sim, namorada — não mentiria sobre isso. E não entendi por que você acha que eu faria isso.

Decido ser cuidadoso com minhas próximas palavras. Porque, no fim das contas, eu *gosto* de falar com ele. Não estou pronto para perder esta conexão ainda. Só que eu também não tenho tempo para ser feito de tonto.

Pecador3: É que você nunca fala dela quando a gente conversa.

A resposta aparece enquanto ainda estou digitando.

ShortsDeLagosta: Não é verdade. Uma vez eu disse que ela gostaria de assistir à gente se pegando.

Pecador3: Tá, você falou mesmo, mas... você não a inclui nessas putarias virtuais nossas. Se essa ideia de ménage for adiante, não era para a gente discutir como a terceira pessoa desse rolê se encaixa na história?

ShortsDeLagosta: Sim, você tem razão. É só que eu pensei que a gente ainda estava tentando investigar se eu conseguiria transar com um cara sem sair correndo e gritando.

Pecador3: Ô, meu anjo. Isso ficou óbvio pra mim depois da nossa primeira conversa. Você não vai sair correndo. Gritando... talvez ;) Na verdade, tá mais pra gemendo. Alto.

ShortsDeLagosta: Eita! Como se garante.

Pecador3: Eu me garanto mesmo. Mas enfim... é isso. Se você vai ou não gostar da minha presença não é uma preocupação minha. O que me preocupa é como você vai reagir ao me ver com a sua namorada.

ShortsDeLagosta: Como assim?

Pecador3: Tipo, você sabe que eu vou tocar nela também, né?

ShortsDeLagosta: Óbvio.

Franzo os lábios mais uma vez. Tem alguma coisa muito esquisita na forma como ele respondeu. Não sei dizer se ele está bancando o liberal que não se importa com a ideia da namorada dormir com outra pessoa, ou se realmente não dá a mínima.

Pecador3: Eu vou beijar ela. Vou botar a boca nos peitos dela, no clitóris dela. Pode até ser que o meu pau esteja dentro dela em algum momento.

ShortsDeLagosta: Sim, estou ciente disso.

Ele está sendo seco? Me soou muito na defensiva. Merda, queria que fosse mais fácil decifrar o tom de mensagens.

ShortsDeLagosta: Sexo a três é isso, Pecador. Você vai tocar ela, eu vou tocar ela. Você vai me tocar, e nós vamos tocar você.

Pecador3: E você tem zero problema com isso?

ShortsDeLagosta: Eu estaria neste aplicativo se tivesse?

Tento pensar na melhor forma de responder, mas enquanto estou digitando, ele bate de frente de novo.

ShortsDeLagosta: Por que mais eu teria baixado o app?

Pecador3: Muitos caras bi com curiosidade de experimentar, e até gays não assumidos, usam apps como esse para fantasiar com as coisas que eles não podem fazer na vida real. E tudo bem, sabe. Não tem nada de mau em falar putaria. Não ligo para o motivo que trouxe alguém aqui. Acho que o que tô tentando dizer é que, se você fosse um desses caras curiosos e não existisse namorada, eu não teria problema com isso e não teria por que fingir.

ShortsDeLagosta: A namorada existe. Prometo.

Pecador3: Ok.

ShortsDeLagosta: Você ficou decepcionado por isso? Hahah não sei dizer.

Será que fiquei? Não consigo decifrar o que está me incomodando. Eu gosto de conversar com ele. É tranquilo. E está na cara que nós somos compatíveis sexualmente, pelo menos em teoria. Só que, na época, eu curti o perfil dele porque eu *de fato* estava a fim de uma noite a três. Eu gosto de comer mulher. Pra caralho. E não posso negar que a namorada do cara tem um corpo que me dá tanto tesão quanto o dele.

Pecador3: Nada de decepção por aqui. Eu não vejo a hora de botar a boca em vocês dois.

ShortsDeLagosta: Ah, é?

Pecador3: Pode apostar. Os peitos da sua namorada são fenomenais. Eles são tão gostosos por baixo do biquíni quanto parecem ser?

ShortsDeLagosta: Aham. São de encher a mão. Os mamilos são rosinha-escuro, e eles ficam muito duros quando ela tá excitada.

Pecador3: Faz quanto tempo que vocês estão juntos? Se não se importa de eu perguntar.

Uma vozinha na minha cabeça diz que estou fugindo do tópico sexo, mas eu estava me coçando para perguntar, então precisei digitar. Não faria mal ter uma ideia de a quantas anda o relacionamento dos dois antes de eu me jogar no meio.

ShortsDeLagosta: Faz alguns anos. Desde o ensino médio.

Pecador3: Você só transou com ela?

ShortsDeLagosta: Isso. E imagino que você já tenha chegado na casa dos cem, né?

Pecador3: Dos cem? Tá doido?

Pecador3: Tá mais pra milhares... ;)

ShortsDeLagosta: Revirando os olhos.

Pecador3: Mas sério, já transei com muitas mulheres. Mais mulheres do que homens, na verdade.

ShortsDeLagosta: Caramba. Isso até que me surpreende.

Pecador3: Por quê?

ShortsDeLagosta: Porque você é muito confiante nisso de transar com um cara. Fala como se já tivesse feito isso inúmeras vezes.

Pecador3: Bom, de fato já fiz. Só que não tanto quanto com mulheres.

ShortsDeLagosta: De qual dos dois você gosta mais?

Pecador3: Perguntinha difícil. São duas experiências bem diferentes.

ShortsDeLagosta: Você já namorou sério? Seja com homem ou com mulher?

Pecador3: No ensino médio, passei um ano com uma garota. E dois meses com um cara no primeiro ano da faculdade.

ShortsDeLagosta: E nesse departamento de namoro, há alguma preferência?

Pecador3: Não necessariamente. Mas às vezes é mais fácil conversar com caras. Não dizendo que homens não sejam tão sentimentais quanto mulheres — é óbvio que temos emoções. É só que eu sinto que é mais difícil ter conversas profundas com garotas. Tipo, elas ficam esperando que eu leia a mente delas, ou que eu sinta o mesmo que elas em certas situações.

ShortsDeLagosta: Sei bem como é. Minha namorada quer que eu adivinhe o que ela tá pensando e sentindo o tempo todo. Se bem que a gente já tá junto há tanto tempo que eu meio que consigo adivinhar mesmo hahah.

Pecador3: Haha!

ShortsDeLagosta: Mas é verdade — não é tão simples conversar com ela. Ela é do tipo que acha que todo problema tem só uma solução, e não é sempre assim. Às vezes existem muitas soluções, e é melhor analisar cada uma antes de decidir o que vai fazer.

Pecador3: Eu sempre esqueço que você é um cientista chato. Sua namorada é uma nerd da ciência também?

ShortsDeLagosta: Nada, ela não é nem de longe tão legal quanto eu.

Pecador3: Revirando os olhos em dobro.

ShortsDeLagosta: Ela é muito legal. É inteligente, fala o que pensa, não leva desaforo pra casa... Você vai gostar dela.

Titubeio só por um momento antes de digitar:

Pecador3: E imagino que você ame ela?

ShortsDeLagosta: Amo.

Zero hesitação da parte dele. Só que aí ele emenda com:

ShortsDeLagosta: Ela é minha melhor amiga. Faz um tempão que a gente tá junto.

Pecador3: E o que que ela acha dessa história de ménage?

ShortsDeLagosta: Foi ideia dela, esqueceu? Ela pediu de aniversário.

Pecador3: Claro que lembro. Mas o que ela acha do ménage ser COMIGO? Você falou de mim pra ela, né?

ShortsDeLagosta: Então...

Ergo as sobrancelhas. Ele está brincando? Não contou para o terceiro elemento do ménage sobre o cara com quem ele está de conversa há quase duas semanas?

ShortsDeLagosta: Antes que chegue a conclusões precipitadas, não tem nada a ver com o que você falou antes, sobre caras bi curiosos e namoradas falsas. Ela existe. E é incrível. Eu só não contei de você pra ela porque até agora eu estava meio que, sei lá, te "avaliando". Ela é tudo pra mim e eu não quero que um cara qualquer fique com ela, entende?

Tudo que ele diz faz todo o sentido.

Ainda assim... não acredito nele.

Pergunto com cuidado:

Pecador3: Tá. Quando você acha que vai contar de mim? Quando que isso entre nós três vai rolar?

ShortsDeLagosta: Vou contar essa semana, se te tranquiliza.

Não sei se me tranquiliza ou não, então só não respondo. Deixo que ele continue digitando.

ShortsDeLagosta: Agora sobre quando... O aniversário dela é logo depois do recesso de Natal. Dia 4 de janeiro. Vai até cair num fim de semana. Acha que funciona pra você?

Fins de semana são complicados para mim, porque é quando eu danço na boate. Mas se for rolar mesmo, dou um jeito.

Pecador3: Beleza. Vou anotar na minha agenda o compromisso de sexo estrondoso com vocês dois no dia 4 de janeiro.

ShortsDeLagosta: Perfeito. Essa semana eu converso com ela sobre isso tudo.

Pecador3: Não se esquece de contar pra ela da minha piroca enorme.

ShortsDeLagosta: Soltei arzinho pelo nariz. Vai ser o primeiro tópico da pauta. Que tal agora você botar a rola pra fora e me mandar aquela foto, hein?

Pecador3: Em breve. Fala com ela primeiro.

ShortsDeLagosta: Fechou.

FOGUETE NÃO TEM RÉ
Keaton

— **Ingressantes!** — **grito** na direção do bar montado no canto da tenda enorme. — Vocês têm dez minutos para arrumar esses barris de cerveja.

— Quantos pra começar? — pergunta Jimmy, com o sotaque sulista arrastado.

— Três. Não, quatro. A gente já bota essa festa pra ferver logo quando as portas abrirem, daqui a dez minutos.

Essa última semana tem sido um inferno, entre o treino de futebol, as horas de estudo para as provas finais do semestre e o planejamento desta festa. Mas dei meu nome, viu. Vai ser do caralho.

— Keat? — chama Tanner da entrada da barraca. — Você por acaso está esperando uma florista?

— Puta merda, é mesmo. Tô sim. Desenrola lá pra mim? É pra receber cem leis.

Tanner franze o cenho.

— Leis, tipo, do código penal?

— Não, seu boçal. É tipo um colar de flores. Do Havaí.

— Ah, beleza. — Ele sai andando.

— Flores? — pergunta Luke Bailey, seco. Ele está parado no meio da tenda, analisando meu trabalho. — Isso não deve ter sido nada barato.

Eu o ignoro, embora ele tenha razão. As flores me custaram um rim. Mas tudo certo. Tem um orçamento estabelecido para a festa, mas não tenho dúvidas de que o extrapolei. A única forma de planejar isto em tempo recorde seria evitando olhar as etiquetas de preço. Além do mais, meu pai não vai se importar. Não se eu estiver gastando para garantir a presidência.

— Keat! — Tanner volta, trazendo uma caixa gigante de cordões de flores para a tenda. — Cara, tem umas cento e cinquenta minas de sororidade lá fora, esperando pra entrar. — Ele sorri de orelha a orelha.

— Só isso? — provoco. Mas se a competição for entre qual festa vai estar mais cheia, eu ganho de lavada. — Deixa isso aqui perto da porta. Entrega uma pra cada garota que entrar. E não esquece da regra, beleza? Só entra com roupa de banho. Não, melhor, roupa de praia — digo, mudando de ideia. Nem todo mundo quer usar roupa de banho em público. — Tem que parecer que a pessoa pelo menos tentou.

— A gente vai morrer congelado, é? — reclama Jako, que está ao lado do Luke, o coleguinha dele, e os dois estão de cara emburrada.

— Acha que eu não pensei em tudo? Porque eu pensei. — Estalo os dedos para os ingressantes no canto. — Agora, pessoal. Liguem aí os aquecedores.

Jimmy sai alvoroçado para fazer o que eu mandei. Alguns instantes depois, o brilho laranja cálido das lâmpadas de calor ilumina nossos rostos.

Luke e Jako inclinam os queixos para cima, admirando meu trabalho duro. Jako até dá um assovio.

— Porra — resmunga Bailey. — Maneira aí na admiração.

O amigo dele ri.

— Cara, a gente tá na praia. Em pleno inverno de dezembro.
— Superoriginal, hein — debocha Luke com um sorrisinho. — Uma festa de fraternidade com temática de praia. Que inovador e revolucionário. — Ele revira os olhos arrogantes.

Está parcialmente certo. Muitas fraternidades dão festas assim — só que *na primavera*. Encher nosso quintal com duas caçambas de areia não é novidade, mas nesta época do ano? Diversão garantida.

— Olha, Bailey, agradeço a crítica construtiva, mas isso aqui vai ser foda. A única festa de inverno do campus com todo mundo seminu até o amanhecer. E não vai nem bagunçar o interior da casa, como a maioria das festas de inverno. De nada.

Luke olha ao redor, com um lampejo de raiva em seu semblante, mas também consigo distinguir uma pontinha de inveja.

E essa inveja é totalmente justificável. Eu pensei em tudo. Além da cerveja de qualidade, os copos de drinque estão enfeitados com guarda-chuvinhas. A banda de tambores de aço que eu contratei está se aquecendo, dando um ar tropical a tudo. Quando terminarem o set deles, meu DJ entra para levar a galera ao delírio.

Os irmãos já estão impressionados. E como conheço todo mundo bem, escolhi os detalhes com cuidado. Metade dos barris estão cheios com a cerveja favorita de Paxton, e a outra metade com a predileta de Reed. Tem rum no ponche, que Owen e Zimmer adoram. E chamei o DJ favorito de Munsen. Até comprei bambolês para uma competição mais tarde, porque Mithani ama descer até o chão.

A melhor parte é que organizei a coisa toda em três dias. Quando parei de surtar pensando em como dar uma festa original de cair o queixo e comecei a me perguntar do que meus amigos gostam, ficou fácil.

Quem não curte uma praia, né?

Luke Bailey, pelo visto. Mas o cara também não gosta de nada, então não movi um dedo para tentar impressioná-lo.

— É bom se preparar — ameaça —, porque tem 150 mulheres lá fora.

— Eu sei. — Sorrio.

— De biquíni — acrescenta ele. — No *frio*.

Cacete. Confiro meu relógio.

— Tanner! Abre as portas mais cedo. Não posso deixar meu público esperando.

— Beleza, cara — concorda meu amigo. — Mas, hum, você não tá pronto.

— Quê? — Olho ao redor mais uma vez. Estou pronto, sim. A areia está perfeita. O calor está nos conformes. As bebidas estão prontas e a música já está rolando.

— Você pentelhou todo mundo pra usar roupa de banho — fala Luke, tirando a camiseta e exibindo o tanquinho que ele tanto ama ostentar por aí. — Cadê a sua?

Olho para baixo Estou usando calça esportiva e tênis de corrida.

Desgraça.

— Já volto — digo e dou uma corridinha até a parte de trás da tenda.

Ouço o cuzão do Bailey rindo atrás de mim. Que se dane. A festa vai ser incrível e ele só não sabe perder.

— Roupa de banho? — pergunta Annika quando passo correndo por onde ela e sua amiga Lindy estão prendendo o último fio de luzinhas em formato de pimenta ao redor do espaço.

— Aham! — grito de volta. — Já volto!

— Parabéns pela festa, amor! — grita ela. — Guarda a primeira dança pra mim?

— É sua, gata! — Zarpo pelo gramado e subo as escadas dois degraus de cada vez.

É sempre assim com as festas que dou na Alpha Delta — sempre tem um pequeno detalhe que se perde na correria. Enquanto destranco a porta do meu quarto às pressas, fico me perguntando onde é que eu enfiei meus shorts. Não uso desde o verão.

Assim que entro, abro a primeira gaveta, jogando as cuecas de lado e procurando pela estampa de lagosta. Mas não encontro nada. Abro a segunda, já eufórico. E a terceira.

Nadica de nada. E é aí que me dou conta — estou procurando a coisa errada. Os shorts de lagosta ficaram na nossa casa dos Hamptons. Abro a primeira gaveta de novo e logo de cara encontro meu outro par de shorts favorito — o tecido é azul, e tem estampa de barquinhos amarelos e brancos.

Tiro a roupa, visto os shorts azul e suspiro de alívio.

Minha festa é um sucesso sem tirar nem pôr. Foguete não dá ré. Fico em quarto na competição de bambolê, porque o anfitrião precisa representar. O DJ está a mil e os ingressantes estão fazendo um ótimo trabalho servindo todo mundo. Os elogios à festa vão só se acumulando.

Quando dá uma da manhã, já estou para lá de alegrinho, cheio de areia entre os dedos dos pés. O ponche acabou, mas ainda tem cerveja. A pista de dança está lotada, com Annika e eu no centro.

— Olha — fala ela, apertando meu braço que está ao redor dela. — O Tanner está se divertindo.

Dou uma rápida olhada ao redor e encontro ele esparramado em um tubarão inflável, ficando com uma menina gata de biquíni. *Boa, Tanner!* Às vezes ele é meio inseguro. Mas hoje não, pelo visto.

Viu só? Minha festa na praia faz bem para a alma. Estou me sentindo bastante presidencial.

A música desacelera, e puxo Annika para o peito, levando uma mão ao seu quadril. Observo meu domínio e desfruto da felicidade da galera.

— O que está olhando? — pergunta Annika por sobre o ombro. — Estamos parecendo qual animal hoje? Nenhum, né? Animais são inteligentes demais para se prestarem *àquele* tipo de coisa ali. — Ela aponta para alguns ingressantes bebaços tentando fazer queda de braço no bar.

— Que isso, são nada. — Dou um beijinho no canto da testa dela. — Eles são os macacos da Ilha de São Cristóvão, que roubam drinques e enchem a cara. A tolerância deles para álcool é distribuída entre a comunidade, assim como com os humanos. Tem os que bebem socialmente; que formam a maioria. E aí tem um ou dois gatos pingados que não curtem álcool, e alguns membros de fraternidade que chapam o coco.

Annika se vira nos meus braços e sorri.

— Você não cansa de me fascinar, Keaton Hayworth Terceiro. — Ela encosta o corpo no meu e dançamos colados. Apoio o queixo no ombro dela e giramos devagar com os pés descalços na areia.

Ela é macia e quente, e sinto os seios empinadinhos dela roçando meu peito. Faz mais de uma semana que a gente não transa, porque minha libido tende a cair drasticamente quando estou estressado. Também não tenho falado putaria com o Pecador3. Trocamos algumas mensagens, mas senti que ele andava tão ocupado quanto eu.

Annika também estava atolada e, como estamos juntos há cinco anos, uma semana sem sexo não é motivo para esquentar a cabeça. Já passamos por períodos de seca muito mais longos, e nenhum dos dois nunca reclama.

A festa vibra ao nosso redor. Vejo Dan Zimmer, o único irmão da Alpha Delta abertamente gay. Nunca vi ele na caça antes, mas — cacete —, ele está com a língua dentro da boca de um cara. Enquanto eu observo, eles inclinam a cabeça para mudar o ângulo do beijo.

O outro cara, um loiro com bermuda de tactel amarela, envolve a cintura exposta de Dan com um bração. Eles estão com os peitos colados enquanto devoram a boca um do outro em uma sequência de beijos famintos.

Quando o peguete de Dan agarra a bunda dele e dá uma apertada safada, começo a sentir meu pau ficar pesado e cheio. Sei que eu deveria parar de olhar. Baixo os lábios para o pescoço de Annika e beijo sua pele quente.

Mas ainda consigo vê-los. Estou olhando descaradamente enquanto eles se pegam, os peitos nus se chocando. E fico pensando em como deve ser a sensação de um peitoral definido encostado no meu. Pelos no umbigo formando um caminho da felicidade, talvez.

Puta que pariu. Eu me forço a fechar os olhos, mas a imagem ainda está ali, me provocando. Essa minha curiosidade está começando a beirar a inconveniência. E minhas conversas com o Pecador3 só a intensificaram.

Prometi que contaria a Annika sobre ele esta semana, mas estou enrolando. Com o tesão fazendo meu sangue latejar ao ver a pegação pública de Dan e a sensação dos peitos grandes de Annika pressionados no meu peito, decido que agora pode ser a hora.

— Acho que encontrei um candidato pra gente. — É o que me ouço sussurrando no ouvido de Annika.

— Como assim? — murmura ela de volta, fazendo carinho na minha nuca com as mãos entrelaçadas.

— Seu presente de aniversário?

Ela se retrai de repente e olha para mim.

— Tá falando de...? — Ela fica ofegante, e eu não consigo decifrar o que os olhos dela dizem. Acho que é uma ansiedade boa?

No entanto, assim que ela pergunta a quem me refiro, eu acabo me fechando.

Por alguma noia, não quero contar para ela o quanto o Pecador3 é incrível. Annika e eu somos um time desde o ensino médio. Fazíamos — fazemos — tudo juntos. Compartilhamos amigos, comida, experiências. Essa conexão de aplicativo que tenho com o Pecador... Por enquanto, é só *minha*. Sei que logo não vai mais ser assim. Em breve terei que dividir ele com ela.

E eu só... Não. Ainda não.

Não sei o que pretendia dizer quando abro a boca, mas por sorte sou poupado de ter que falar.

— Hayworth — soa a voz relutante de Luke Bailey.

Meu pau já estava quase todo ereto, mas a flacidez vem com tudo assim que Bailey se aproxima. Ele deve ter esse efeito em muita gente.

— Que foi? — Arqueio uma sobrancelha. Será que ele veio para me falar que a festa está ruim? Que ele está achando *um porre*? Porque, da última vez que eu o vi, ele estava flertando com uma das irmãs de sororidade de Annika debaixo de uma palmeira inflável enorme.

— Você pode até ser um bosta, mas a sua festa não. — É a resposta que recebo.

Inevitavelmente, dou um sorrisinho. Vindo de Bailey, é um baita elogio.

— Quer dizer então que vai renunciar? Se sim, é uma honra aceitar a presidência.

Ele dá um sorrisinho de volta.

— Teu cu. Ninguém aqui vai renunciar. Um bom político sabe ser cortês com seus oponentes até mesmo quando está prestes a acabar com eles.

Gesticulo para a festa bem-elaborada que planejei com tanta maestria.

— Acabar comigo? Cara, dá uma olhada. Eu te botei *no chinelo* hoje.

Bailey não tira o sorrisinho prepotente do rosto.

— Se você acha...

Ele sai andando, e Annika e eu observamos as costas dele enquanto ele se afasta. Os músculos definidos flexionam a cada passo que ele dá, e... admito, a bunda dele fica bonita nos shorts azuis justos.

Ao meu lado, Annika suspira de leve.

— Aquele cara pode ser um otário, mas é *forte*, hein?

Brinco com uma mecha de cabelo dela.

— Nem inventa. Nenhum de nós dois vai transar com ele.

Ela levanta a cabeça, surpresa, e levo um instante para perceber que ela foi pega desprevenida pela tranquilidade das minhas palavras, a naturalidade — e facilidade — com que falei sobre fazer sexo com outro cara.

Ela arqueia lentamente uma sobrancelha fina.

— Hummm. Você *tem mesmo* pensado bastante nesse pedido de aniversário... — Ela titubeia. — E se a gente subir para fazer um aquecimento?

— Aquecimento?

— Exercícios familiares — fala ela, beliscando minha bunda. — Só para se preparar para o grande evento. Não dá pra gente chegar em campo fora de forma.

Beijo o pescoço dela.

— Acho que entendi o que quer dizer. Bora lá, então. O treinador precisa que você bote na boca o apito dele.

Annika dá risinhos escondida no meu peito, depois eu a viro em direção à saída e nós subimos.

ATÉ TU, JUDD?
Keaton

A festa do Bailey é no domingo à noite.
    Não, esse não é o início de uma piada — Luke Bailey *é* a piada.
    Quem é. O imbecil. Que planeja. Uma festa. Num domingo à noite?
    Não, e até aí tudo bem. Não só Bailey marcou seu evento da Batalha de Dança para um domingo (duas noites após o melhor rolê do mundo, graças a este que vos fala), e não é nem uma festa de verdade. É um *jantar*. E ele não deixou a gente convidar mais ninguém.
    Não tem jeito... A presidência está no papo.
    Judd e eu trocamos um olhar de cumplicidade ao nos sentarmos. A sala de jantar não é grande o bastante para acomodar todos os nossos irmãos, então Bailey alugou mesas compridas para colocar na sala de estar. E embora haja lugar para todos, não é lá o arranjo mais confortável do mundo.
    — Que clube do bolinha agradável — fala Judd para encher o saco de Bailey.

Luke apenas o encara. Está vestindo uma camisa azul-marinho com um blazer por cima e calça de alfaiataria. Pediu que todos usassem vestimenta semiformal — ternos, paletós, a firula toda. Então estamos apertados como em uma lata de sardinha ao redor dessa mesa de jantar improvisada, vestidos como um grupo de jovens Republicanos. Uhul!

Quando Bailey se senta à ponta da mesa, percebo alguns outros caras trocando olhares. Parece que meu concorrente não está ganhando pontos com seus constituintes. Eu literalmente meti uma praia em Darby no meio do inverno. Ele planejou um jantar de negócios.

Xeque-mate.

— Vinho barato? — reclama Owen em voz alta, pegando uma das garrafas sobre a mesa. — É sério que você vai servir esse mijo pra gente? Não podia se dar ao trabalho de comprar algo melhor?

Mais uma vez, Luke não se deixa abalar pela crítica.

— Foi o melhor que deu pra fazer com o orçamento que a gente tinha. — Ele dá de ombros. — E eu não vou servir nada. A equipe de bufê vai cuidar disso.

Dito e feito, a porta que separa a sala de jantar da sala de estar se abre, e duas loiras gatas saem. Atrás delas, vêm duas morenas trazendo bandejas de aperitivos.

— Ah — solta Owen.

Não sei se ele está respondendo Bailey ou dando voz a sua surpresa, que só se sustenta em sua expressão por um nanossegundo antes de seus olhos ficarem obscuros de admiração.

As quatro garotas são lindas e cumprimentam a todos com sorrisos de arrancar o fôlego. Duas começam a servir o vinho nas taças de cada irmão. As outras duas — não, são quatro. *Quatro* minas lindas agora estão servindo petiscos com uma cara ótima, enquanto todos os caras olham embasbacados. Até Dan, que nem curte mulher, parece ficar intrigado com nossas atendentes.

Fecho a cara e lanço a Bailey um olhar de "o que é que você está aprontando?", mas ele só dá de ombros de novo como quem não quer nada. Em seguida, dá aquele sorrisinho arrogante à morena boazuda, cujos peitos são tão grandes que quase pulam para fora da camisa branca.

Todas as seis — ô, cacete, agora são oito. *Oito* garçonetes estão zanzando ao redor das mesas, sorrindo enquanto nos servem. Elas estão com uniformes idênticos: camisas brancas enfiadas em saias pretas curtas. E todas estão com saltos pretos, sendo que alguns me parecem altos demais para quem vai servir comida. Porém, como Annika sempre me diz, saltos combinam com *qualquer* ocasião.

Meus irmãos da Alpha Delta estão mandando ver nos aperitivos. Tiro um camarão com alho frito do espetinho e o coloco na boca. Que delícia. Bailey pode ter economizado no vinho, mas fez um trabalho até que decente com os petiscos.

Dito isso, não tem a menor chance de um *jantar* superar minha festa na praia. Nem se esse camarão tivesse sido importado do Golfo do México e preparado pelo próprio chef Thomas Keller. Praia é muito melhor que um jantar.

— Hmmmmfhfhg — grunhe Judd, enfiando uma bolinha de queijo na boca e tentando falar enquanto mastiga.

— O que você disse? — pergunto, achando graça.

Ele engole e volta a ser inteligível.

— Falei pra experimentar a bolinha de queijo. Boa pra cacete.

— Obrigada! — agradece uma voz feminina satisfeita. Uma das loiras toca o ombro de Judd. — Eu mesma fiz.

Judd olha para ela, sorrindo feito um bocó.

— Uma mulher que sabe mexer com bolas. Curti.

Fico esperando a garota ficar horrorizada, mas ela só dá uma piscadinha e segue pela mesa para servir Ahmad. Acho que essa empresa deve ter atendido em tantos eventos universitários que quem trabalha para ela já está acostumado a garotos de fraternidade dizendo coisas inapropriadas.

Judd se inclina para perto de mim e murmura:

— Tá garantido, mano. Esse jantar tá um saco.

No entanto, na ponta da mesa, Luke Bailey está completamente indiferente — ou quem sabe só não esteja reparando nas nossas reações. Não só na minha e na de Judd, mas na de *todo mundo*. Até o gestor da campanha dele, Jako, está com uma cara de espanto, como se não conseguisse entender por que Luke escolheu fazer um jantar chique para a Batalha de Dança.

As garçonetes gostosas retiram nossos aperitivos, enchem nossas taças de vinho e trazem o próximo prato: uma salada com pêssego e abacate deliciosa. Depois disso vem o prato principal, filé mignon *au poivre* com batata fatiada e vagem. Tem até prato vegetariano para Munsen, que não come carne. Não me passa despercebido que os irmãos estejam atacando tudo.

Pela primeira vez na noite, sinto uma pontada de preocupação. *Um homem se conquista pela barriga...* Merda, esse ditado existe por um motivo. Homens gostam de comida. Homens gostam de ser alimentados. Homens gostam *ainda mais* de ser alimentados por mulheres gostosas e peitudas.

Não tem uma atendente sequer que não use pelo menos um sutiã de tamanho médio; e elas parecem não ter problema algum em balançar os seios na nossa cara.

— Deixa eu botar um pouco mais pra você — oferece uma delas, praticamente se jogando por cima dos ombros largos de Paxton Grier.

Eu juro, o seio esquerdo dela encosta na bochecha dele enquanto serve a bebida. Paxton por pouco não deixa a língua cair em cima da metade que ainda falta da carne no seu prato.

Estreitando os olhos, encaro Luke novamente. Ele está engajado na conversa com Tanner, o que não é uma coisa que gosto de ver. Tanner está firme *do meu* lado. Ele é meu amigo mais próximo na casa depois de Judd. Simplesmente *não pode* votar no Bailey.

Fico torcendo para a conversa acabar, mas sem sucesso. Tanner tomba a cabeça para trás e ri de algo que Luke falou. Puta que pariu. Estou perdendo Tanner. E depois uma das musas apoia a mão no ombro de Judd e se inclina para sussurrar algo em seu ouvido. De repente, temo pela alma dele também.

Quando nossos pratos principais são levados de volta para a cozinha, sinto um calor na nuca e meu blazer fica apertado demais. Estou genuinamente preocupado com a possibilidade de Bailey conseguir ganhar o povo. O jantar foi incrível, não dá para negar. Assim como também não dá para negar que esses colírios para os olhos foram uma jogada de mestre.

Preciso que esta noite acabe antes que Bailey fature ainda mais pontos. Terminamos agora o prato principal, então imagino que logo venha a sobremesa e depois essa palhaçada acabe.

Só que Luke tem outros planos.

Após retirarem nossos pratos, ele limpa a garganta para chamar a atenção de todos.

— Cavalheiros — diz quando a sala fica em silêncio. — Se puderem me acompanhar e pegar suas taças.

Judd revira os olhos para mim, e eu o imito. Acho que chegou a hora do discursinho que ninguém faz questão de ouvir.

Mas nós seguimos a cena do cara. Todos pegam a própria bebida e esperam.

O brinde que estou esperando não chega.

— Hum, vai dizer alguma coisa? — zomba Judd.

— Não — responde Luke.

— Você não vai fazer um brinde? — resmunga Owen.

— Não.

— Então por que erguemos a porra da taça? — indaga Tim.

— Ah, não fui claro, peço desculpas. Eu só queria que vocês levantassem as bebidas para abrir espaço na mesa. — Por um instante, ele olha para um ponto atrás da cabeça de Tim.

— Espaço pra quê? — pergunta Ahmad, confuso.

Olho por sobre o ombro para seguir o olhar de Luke. Uma das atendentes, uma ruiva alta, está inclinada sobre um notebook em uma mesa de DJ. A suspeita cresce no meu peito ao mesmo tempo em que uma explosão de música ressoa pela casa.

— Para o entretenimento — grita Luke para Ahmad. Ele direciona seu olhar prepotente para o restante de nós. — Chegou a hora da diversão, rapazes. Podem olhar, mas não podem tocar.

Aquele filho da mãe ardiloso...

Antes que eu possa piscar, três das mulheres pulam sobre as mesas e pisam na toalha branca com os saltos altos. Uma batida sedutora vibra na sala, balançando as paredes e fazendo o chão tremer. Quando a música ressoa um estalo de prato de bateria, uma das garotas rasga com tudo a camisa branca, revelando um sutiã vermelho sexy por baixo. Ele mal segura os seios dela, apertados no bojo com rendas.

— Ai, meu Deus — geme Judd, feliz da vida.

A reação dele é espelhada por todos os outros caras, incluindo Dan. Nosso único irmão gay fica de pé e começa a esfregar o quadril em uma das garotas que ainda está no chão. Ok, ele parece estar curtindo mais a música do que a garota, mas ainda assim. Eu me sinto traído, e Dan e eu nem somos próximos.

O caos irrompe ao meu redor. O trio sedutor em cima da mesa rebola, dançando em movimentos excitantes e sinuosos que evocam gritos e uivos de comemoração dos outros vinte e três caras presentes. E — para o meu azar — elas dançam bem mesmo. É sexy, com as cinturas balançando e as bundas tremendo perto dos rostos extasiados do pessoal. Mas também é um espetáculo de primeira.

Puta que me pariu.

Estou chocado demais com essa reviravolta inesperada para apreciar totalmente as criaturas lindas e seminuas que estão dando um show para nós.

Olho feio para Bailey, que só sorri para mim.

— Quem precisa trocar dinheiro? — grita ele, dando a volta na mesa. — É falta de educação não dar gorjeta para as nossas dançarinas. — Ele passa por todo mundo, oferecendo maços de notas baixas para os nossos irmãos de fraternidade, que pegam as carteiras depressa.

Sou obrigado a tirar o chapéu para esse gênio do mal desgraçado. Comida e strippers. Ele sabe mesmo como conquistar um homem.

— Quem está pronto para jogar strip-pôquer? — grita Jako da porta da cozinha. Ele desapareceu assim que o jantar acabou, e agora eu sei por quê: atrás de seus ombros largos, vejo as três mesas de forro verde que ele montou na nossa sala de jantar.

Aquele negócio de ficar "confuso" com Bailey não passou de encenação. Ele obviamente sabia o que ia rolar.

— Aí *sim*, porra! — grita Judd em resposta.

Ô, inferno, viu. Todo mundo sabe o tanto que Judd ama pôquer. E agora estamos falando de *strip*-pôquer?

Gênio do mal desgraçado.

Judd cambaleia para a frente, lançando um bração ao redor dos ombros de uma dançarina cheia de curvas e olhos verdes. A caminho da cozinha, o traíra do meu melhor amigo para e dá um tapinha no ombro de Luke Bailey.

— Épico — elogia. — Isso aqui é épico *pra cacete*.

Até tu, Judd? Até tu, porra?

Fecho a cara e sinto alguém me olhando. Viro a cabeça a contragosto e vejo Bailey sorrindo para mim de novo. Ele levanta a mãozona e balança os dedos do meio compridos na minha direção. Seus olhos castanhos passam um sentimento bastante nítido.

Eu ainda estou na jogada.

PENA QUE EU ODEIO ME ABRIR
Luke

Na segunda-feira, realizamos nossa assembleia geral, na qual discutimos o calendário, o orçamento e quaisquer problemas que possam surgir. Elas são tão chatas quanto parecem, mas entendo por que são necessárias.

Se você não chega cedo para essas reuniões, fica sem lugar para se sentar, mas, apesar de eu estar cinco minutos adiantado, ainda acabo tendo que ficar de pé próximo à parede.

Até que Tanner, me pegando de surpresa, diz:

— Ei, Bailey, senta aqui. Abre espaço, mané — fala ele para Anthony.

Tento não erguer as sobrancelhas. Os caras têm me botado em um pedestal desde a minha cartada de ontem à noite, mas Tanner é Time Keaton. Desde quando os amigos de Keaton pedem para eu ir me sentar com eles? E chutar Anthony para fora do sofá, mandando o amigo chispar? Será que eu entrei em algum tipo de realidade paralela?

De qualquer jeito, eu é que não vou ficar olhando os dentes de cavalo de fraternidade dado.

Eu me ajeito no sofá ao lado de Tanner, enquanto Anthony, que está no segundo ano, vai cabisbaixo para a parede.

— Cara — fala Tanner. — Adivinha quem me mandou mensagem hoje cedo.

— Quem?

— A Cassidy — responde ele, com um rubor vermelho em suas bochechas. — Vou levar ela pra jantar na sexta.

Assinto em aprovação.

— Boa, cara. Ela é uma querida. — E é verdade, Cassidy é uma das minhas dançarinas favoritas na Boate do Jack. Eu me dou bem com todas as mulheres, mas Cassidy tem um lugarzinho especial no meu coração. Não só porque ela é um amor, mas porque nós dois crescemos em Darby. Moradores locais precisam se unir.

— Não acredito que você é amigo de todas aquelas strippers — fala Paxton, do outro lado de Tanner, parecendo estar com inveja. — Que foda, cara.

Dou de ombros, mas por dentro, me parabenizo com um "toca aqui" imaginário. Dei o nome na festa da Batalha de Dança ontem. Até Hayworth sabe disso — a cara dele estava mais fechada que um céu nublado ao ver os amigos dançando e flertando com as minhas garotas madrugada adentro.

Cassidy e companhia também não estão reclamando. Paguei por hora pelo serviço delas no jantar e além disso os irmãos botaram muito mais grana nas mãos delas. E ninguém extrapolou os limites, graças a Deus. Só precisei relembrar um sem noção bêbado do segundo ano que ele não podia tocar nas dançarinas.

— Bora começar? — resmunga Judd do outro sofá. — Tenho coisas pra fazer.

Brad, nosso secretário, faz a lista de presença em uma prancheta. Fora mandar newsletters para a nossa lista de contatos, acho que esse é o único trabalho dele. *Nada de quarto gratuito pra você, babaca.*

— Certo, moçoilas — começa Reed, nosso presidente. — Temos diversos itens de importância para cobrir antes de nos esbaldarmos com cachorro-quente, cerveja e o jogo de hóquei. Vai, Bruins! Em primeiro lugar: uma investigação de um artigo desaparecido. Alguém por acaso viu o desentupidor que usamos para o vaso do banheiro do segundo andar? Se for algum tipo de brincadeira, dá pra acabar agora?

Vou me aconchegando à medida que diversas teorias são discutidas e rejeitadas. Alguém sugere comprarmos um desentupidor novo e a ideia é aprovada.

Fico viajando, assim como meu olhar. Keaton está sentado em uma das poltronas de frente para o sofá, usando uma camisa de botão engomada, as mangas dobradas algumas vezes para exibir seus antebraços musculosos. Eu me pergunto se ele vestiu aquela camisa para ficar com um ar mais presidencial. Ou se mandar camisas para a lavanderia é só mais fácil para ele do que lavar roupa como uma pessoa normal. Talvez ele só goste de se vestir como um hétero top.

Reluto contra um bocejo, mas pelo menos não sou o único. Ontem à noite foi *o máximo*. Acho que ninguém acordou antes do meio-dia hoje. Exceto, talvez, Keaton, já que ele foi embora mais cedo da minha festa para ficar emburrado no quarto. Reed agora está falando do cronograma de arrumação da cozinha.

— Esse semestre a gente fez na ordem alfabética. Semestre que vem, vamos fazer ao contrário.

Quando eu for presidente, vamos ter que dar um *tchan* nessas reuniões. Tiro a tampa do café que eu trouxe e bebo o resto em uma golada só, a tempo de ouvir Reed dizer:

— E agora cada um dos nossos candidatos à presidência vai ter noventa segundos para responder a seguinte pergunta: Por que você quer ser nosso presidente ano que vem? Vamos começar com o Keaton.

Reed abre o cronômetro no celular e começa a contar o tempo.

Ainda assim, Keaton pensa por um momento antes de abrir a boca.

— Engraçado, mas tenho duas respostas diferentes para essa pergunta. A óbvia é que meu pai foi presidente da Alpha Delta, em 1988, e antes disso, meu avô foi presidente em 1962. É uma tradição de família, o que me dá uma boa perspectiva do que realmente importa aqui: não o sumiço do desentupidor do banheiro verde, mas o que fazer para que a Alpha Delta continue aqui, firme e forte, para mais cem gerações de alunos.

Não tem a menor chance de eu competir com esse tipo de legado. E é por isso que, se ele ganhar, o quarto gratuito vai acabar indo para o morador que menos precisa.

— Só que, honestamente, minha história com esse lugar não é meu motivo real para concorrer à presidência. — Keaton franze o cenho. — E que bom, né? Porque isso não basta. Eu tô aqui porque vocês são a minha galera. Quando volto para casa todos os dias, sempre tenho alguém com quem conversar. Sempre tem um jogo passando na TV e alguém para dizer: "Fala, cara! Senta aí." O motivo real para eu querer ser presidente é porque me preocupo com esse lugar e não consigo pensar em como fazer um uso melhor do meu...

— Tempo! — anuncia Reed.

Keaton aponta o polegar para Reed.

— Isso aí que ele disse. — E todo mundo dá uma risadinha para o nosso herdeiro maromba favorito.

Como é que eu vou superar isso? Esse negócio de "vocês são a minha galera" nunca ia colar saindo da minha boca. Por isso, meu instinto sugere que certo grau de honestidade talvez seja o melhor caminho a seguir.

Pena que eu odeio me abrir.

Todos os olhos se voltam a mim enquanto Reed reseta o cronômetro.

— Beleza, Luke. E você?

Também quero saber. Espero ele clicar, e faço o melhor que posso.

— Minha história com esse lugar não poderia ser mais diferente. — E vamos de sinceridade. — Não tenho nenhum legado familiar aqui. Cresci nesta cidade, na sombra do campus. Quando eu era criança, via os carros europeus lotando o pavilhão de calouros no dia da mudança, com adesivos de escolas de que eu nunca nem tinha ouvido falar. Eu ficava me perguntando: "Onde raios fica essa escola preparatória Choate?"

— Nenhum lugar interessante — fala um irmão, recebendo uma onda de risos.

Ignoro a interrupção.

— Me falaram: "Esquece, moleque, sua escola é essa com as barras nas janelas e os detectores de metais na entrada." Só que, pelo visto, se você tem muita ambição, ainda assim pode entrar na Darby. Eu me candidatei à Alpha Delta quando vim pra cá porque queria a experiência universitária completa. — Ok, neste ponto não estou sendo totalmente honesto, mas também não é como se eu pudesse dizer "me candidatei à fraternidade porque meu irmão é um marginal". — Estou concorrendo à presidência hoje porque acredito que este pode ser um lugar para todo mundo.

Olho os rostos ao redor da sala e vejo algumas cabeças balançando em concordância. Então estou conseguindo convencer algumas pessoas, pelo menos.

— Em outras palavras, bora levar a tocha adiante, para que as noites de frango frito, o pôquer e a festa de primavera sejam o reinado da Terra! — Levanto um braço em um gesto grandioso e meu cinismo é respondido com risadas. Só que mal me resta tempo no relógio.

— E, a propósito, eu por acaso estou me formando em finanças, então eu gosto de algumas das tarefas que outras pessoas odeiam. Durante meu mandato como presidente, quero implementar um novo sistema eletrônico para mantermos as contas em dia e fazer a casa funcionar sem grandes perrengues. Assim teremos mais tempo para curtir. Agradeço a vocês pelo...

— Paro de falar e olho para Reed.

— Tempo! — diz ele, clicando no celular. Em seguida, ele ri. — Viram só? Vocês estão todos em boas mãos, independentemente de em quem forem votar em janeiro, súditos. E com isso, encerro a reunião. Bora para o hóquei e os cachorros-quentes!

Um uivo de comemoração irrompe e eu me levanto.

— Boa, cara! Mandou benzaço — cumprimenta Ahmad, me dando um tapinha nas costas. — E a festa foi irada também.

— Mano, foi *insana* — concorda Owen Rickman, mais um dos parças de Hayworth.

— Que bom saber que vocês curtiram. — Me esforço para manter uma expressão neutra.

— Opa, Bailey? Hayworth? Esperem um pouco. — Tim Hoffman está gesticulando para irmos até ele. — Preciso que me passem as notinhas das festas.

— Ah, beleza. — Enfio a mão no bolso, feliz por ele ter pedido. Paguei do meu dinheiro, e estou contando com o reembolso para conseguir pagar o aluguel do mês. Além do mais, não trabalhei na sexta para ir à Batalha de Dança de Keaton. — Aqui estão todas as notas e eu também imprimi uma planilha com os valores totais.

— Valeu, vai ajudar muito — diz Hoffman. — Keaton?

— Ah, hum... — Ele franze o cenho. — Eu vou subir rapidão e ver o que acho. Qual era o teto de gasto mesmo? Eu te dou as notas que chegarem até essa quantia.

— Mil e duzentos — fala Hoffman. — Mas, mano, esse era o orçamento *total*. Não podia passar disso.

— Relaxa, eu cubro — diz Keaton.

— Não é assim que funciona, cara. — Hoffman balança a cabeça. — O desafio da Batalha de Dança é dar uma festa foda dentro do orçamento.

No silêncio que segue, entendo o que acabou de acontecer. Keaton burlou as regras da campanha. E não foi por pouco, a deduzir pela cor do rosto e do pescoço dele.

E talvez eu tenha acabado de vencer a presidência.

— Isso tá bem explícito no manual da fraternidade — falo devagar. Só que por dentro estou vibrando.

Nosso tesoureiro fecha a cara.

— Ei, Reed. — Ele chama nosso presidente. — Surgiu um pepino aqui. O Hayworth ultrapassou o orçamento, o que vai contra as regras.

— Sério? — Reed se vira para nós dois. — Ultrapassou quanto?

Todos olhamos para Hayworth.

Keaton baixa a cabeça.

— Passou do triplo, fácil.

— É uma violação descarada das regras — falo, tacando lenha na fogueira.

— Eu não sabia! — rebate ele. — Caramba. Eu só tentei dar uma festa boa.

— Aham. Parabéns. — Minha voz é impiedosa. — A gente realmente deveria eleger um presidente que não se dá ao trabalho de ler o manual.

Os olhos castanhos dele me fulminam, e ele abre aquelas mãos enormes, depois as fecha de novo. Dá para ver que o que ele mais quer agora é me agarrar e me jogar para o outro lado da sala.

Então, obviamente, sorrio para ele, porque nunca aprendi a calar a boca.

— Pessoal? — Reed bota dois dedos na boca e solta um assovio estridente em direção à sala de TV. — Voltem aqui, rapidão! Não acabamos.

Um grunhido coletivo se espalha entre os irmãos. Sinto a frustração deles. *Chegamos tão perto da liberdade.*

Depois de Reed explicar a situação, não demora muito para a maioria começar a bater o pé.

Jako, meu parceiro, contribui:

— Não tem jeito, o Keaton precisa sair da corrida da eleição.

— Por quê? — retruca ele.

— Por bom senso, ué — responde Jako com um sorriso. — E por honestidade. Por decência. Respeitabilidade...

— Sair da eleição? — intercede Judd, ultrajado. — Ninguém vai sair de nada.

— O Keaton *trapaceou* — vocifero.

— *Sem intenção!* — emenda ele rapidamente. — Falando assim parece até que eu bolei um plano para usurpar o governo. Que reine o caos! O desentupidor jamais será encontrado! — Ele revira os olhos, mas o pescoço continua da cor de um tomate envergonhado.

— Que perda de tempo — declara Judd. — Quem conhece o Keat sabe o quanto ele é honesto.

— É isso aí — concorda alguém, e surgem ruídos de aprovação. Sinto meus novos aliados se dispersando como fumaça.

Então me dou conta de que não é tão simples assim. Keaton deveria renunciar à eleição imediatamente, mas se ele não fizer isso e eu fizer alarde, vou ficar com fama de birrento por tentar desclassificar meu oponente por uma questão técnica.

Cacete, viu.

— Já sei — fala Owen, mais leve agora. — Bora fazer outra rodada de festas! Uma nova chance.

— *Não* — exclamamos Keaton e eu em uníssono. Depois nos entreolhamos com a mesma cara fechada de irritação. Mas olha só, pelo menos concordamos em alguma coisa.

— Não sobrou orçamento para mais duas festas — ressalto. — E o orçamento importa. Meio que é esse o ponto.

É, estou mesmo parecendo um birrento.

— Sem falar que o recesso de inverno começa daqui a quatro dias — fala Judd. — Deu, né, galera? Keaton cometeu um erro. Ele tá arrependido. Vocês querem mesmo tirar da eleição o provável vencedor por causa de um detalhe?

Que bom que perguntou, eu gostaria sim. Mas está todo mundo me encarando. Os caras só querem comer cachorro-quente e ver TV. E eu sou um empecilho.

— Vamos fazer assim? — decido de supetão. — A gente bota o candidato Keaton para ler as regras da fraternidade que ele está tão ansioso para liderar. Mas é verdade que a Batalha de Dança não é a avaliação mais importante de um homem.

— Pode crer. — Owen assente. — É pra isso que inventaram a comparação de tamanho do pau.

— Então vou deixar essa passar — asseguro, como se a coisa toda dependesse de mim. — Keaton cometeu um erro honesto.

Reed me olha um tanto surpreso.

— Beleza, cara. É a solução mais fácil mesmo.

Coloco as mãos nos bolsos e dou de ombros.

— Bora lá ver o jogo, vai.

A maioria dos irmãos volta para a sala de TV, onde vão ficar todos de pé até a grelha esquentar e os cachorros-quentes ficarem prontos. Estou pronto para segui-los quando Keaton me para.

— Bailey… — Ele dá um pigarro, como se fosse morrer por falar comigo. — Olha, foi mal.

— De boa — falo, sem muito entusiasmo. — Alguns milhares de dólares não te fazem nem cócegas, né? Fazer o quê. Aliás, ótima festa.

Ele estremece.

— A sua, hum, foi muito da hora também.

— Valeu, cara. Mas eu já sabia.

— Não precisa ser cuzão, Bailey. Tô tentando pedir desculpas.

— Não tem como eu ser cuzão se te deixei continuar competindo — chio. — Mas é bom que a gente não se esqueça do que realmente aconteceu aqui. Você fez merda e eu deixei passar. Fim de papo. — Quando termino de falar, esbarro o ombro nele e vou embora.

TÃO GENEROSO
Keaton

É Natal e estou praticamente no paraíso. Estou sentado em uma espreguiçadeira ao lado de uma piscina privativa na *villa* que meus pais alugaram para as nossas férias na Costa Rica. O sol quase se pôs, mas o céu ainda tem um tom rosa e alaranjado, e os ladrilhos azuis da piscina parecem brilhar na luz dourada. Uma brisa densa faz meu cabelo esvoaçar e esquenta meu rosto. O coquetel de manga com abacaxi que estou bebendo é o mimo pós-jantar perfeito.

Por que estou tão triste, então?

Ah, é. Porque minha família me faz querer arrancar os cabelos. Durante o jantar, minha mãe iniciou as frases com:

— Quando você estiver morando em casa no verão...

Mas, se depender de mim, eu não vou para casa. E como estou adiando a discussão, ainda não contei a nenhum dos dois sobre minha inscrição para a viagem ao Chile. Para que ter esse trabalhão todo a menos que eu de fato seja aceito?

Só que então meu pai disse:

— Parabéns pelo estágio no financeiro. Você deve receber a papelada logo depois das férias.

— Eu nem me candidatei ainda — respondi, como o bocó que sou.

E meu pai só balançou a mão no ar, como se não importasse.

— Não mandei meu currículo.

— Eu entreguei por você — foi a resposta dele.

Foi então que fiquei tão vermelho quanto meus shorts de lagosta.

— Você... o quê? *Forjou* meu currículo? — Minha voz ficou aguda e estranha. Felizmente sou jovem demais para ter um aneurisma espontâneo.

— Nada nele é mentira — respondeu meu pai com um tom condescendente que me deu vontade de voar em seu pescoço. — Minha assistente fez um ótimo trabalho. Só fatos, nada de encher linguiça. Além do mais, é só uma formalidade. Acha mesmo que o RH rejeitaria você?

— Sei que não — falei. — Mas a questão não é essa, e o senhor sabe! Não quero o papai escrevendo meu currículo. Nem a secretária dele.

— Olha o tom — repreendeu minha mãe, porque é óbvio que ela ficaria do lado dele. — Algumas pessoas matariam para ter os mesmos privilégios que você.

Foi aí que eu tive que sair de perto. E ainda nem contei sobre os meus planos de verão para aquele babaca enxerido e arrogante. Minha grande mentira por omissão é que quero fazer algo a mais pela ciência.

Então estou sentado sozinho aqui. Cheio de raiva. No Natal. Preciso falar com alguém que me entenda. E essa pessoa é Annika.

Além do mais, precisamos planejar a comemoração do aniversário dela, que está chegando. Essa é minha omissão número dois. Na verdade, vi Annika na casa de seus pais um pouco antes de viajar para cá. A visita ao Hamptons não foi só uma desculpa para buscar meus shorts de lagosta de sempre. Também era para, até que enfim, mostrar a ela o perfil do Pecador3 e contar que encontrei um potencial parceiro para nós dois. Pensei que a gente talvez pudesse tirar uma foto juntos e mandar para ele.

Divertido, né?

Só que daí, de última hora, percebi que tinha um problema. Ela poderia acabar deslizando a tela e vendo as nossas conversas. Nossas conversas bastante longas.

Era para toda a minha comunicação com o Pecador ser apenas uma preliminar, mas, ao subir as mensagens (e subir mais, depois subir de novo) com horas de conversa e putaria, olhei para a situação com novos olhos.

O que exatamente define traição? Porque acho que pode ser isso — falar sacanagem e compartilhar confidências. Conversar até tarde e fazer graça juntos.

Eu não traio. Pelo menos, não quero trair. E como falta só uma semana e meia para o aniversário dela, logo isso será irrelevante.

Portanto, não mostrei o aplicativo para ela. Esperei até agora. Abro o *Fetiche* e tiro prints do perfil do Pecador e das nossas primeiras conversas. E clico em "enviar".

Agora estou sentado, esperando Annika ligar ou responder. Absorto, vejo um lagartinho subindo a parede em direção ao telhado de sapé da nossa *villa*. Ele desaparece em um buraco e fico com inveja por um instante, porque eu também adoraria desaparecer agora. Ficar trancafiado com os meus pais pode ser sufocante. Às vezes, eu queria muito não ser filho único. Seria bom ter um ou dois irmãos para darem uma força quando meus pais me estressassem.

Meu celular apita, e eu o pego depressa. Mas não é Annika. É meu irmão de fraternidade, Munsen. Cara, valeu mesmo. Vou fazer bom uso.

Humm. Não faz muito sentido para mim, mas receber mensagens aleatórias dos meus amigos é algo bem comum.

Só que daí vem mais um agradecimento um momento depois. Grana pra breja! Vocês são brabos.

Grana pra breja?

Meu celular toca e desta vez é Annika.

— Oi! — falo ao atender, animado.

— Achei interessante, Keat — diz ela, mas seu tom é hesitante. — O que você sabe desse cara, além de que ele tem um abdômen sarado?

— Ele é ouvinte em algumas disciplinas na Darby. Da graduação mesmo, eu acho.

— A Darby aceita ouvintes em disciplinas específicas?

— Hum... — Esse detalhe nunca tinha me chamado a atenção, mas parando para pensar agora, não consigo lembrar de nenhuma outra pessoa que só curse disciplinas avulsas. — Acho que sim?

Ela não parece muito convencida.

— O que mais você sabe sobre ele?

— Ele já ficou com casais antes. Gosta da emoção.

— Sabe o nome verdadeiro dele?

— Ainda não, porque esse tipo de coisa é uma troca e eu não ia passar seu nome para um estranho.

— Certo, faz sentido. Mas e se ele for perigoso?

— Annika. — Meu tom é gentil. — Achei que você quisesse isso.

— Eu quero — responde ela depressa. — Só que eu pensei que a gente fosse escolher alguém mais... sei lá, fácil de verificar. Aplicativos assim me deixam nervosa.

Dou uma risada tensa, porque não é como se o receio dela fosse absurdo.

— A coisa toda é uma aventura — admito. — Acha mesmo que eu deixaria alguma coisa acontecer com você?

— Não, claro que não, mas a gente podia chamar algum conhecido.

— Sério? Eu não tenho costume de pedir para os meus amigos ficarem pelados comigo. E se a pessoa sentir nojo? Vou ter que evitar o cara até me formar. Pior, ainda mais tempo que isso, porque daí vai ter o reencontro de dez anos, a gente vai beber a primeira cerveja do fim de semana e eu vou ver ele. E ele vai forçar a vista na minha direção. *Olha lá o pervertido que queria ver minha rola.*

Ela dá uma gargalhada nervosa.

— Tá bem, já entendi. Mas eu podia pedir. Seria menos estranho vindo de mim.

É, acho que ela tem razão.

— Você chamou alguém?

— Não — admite ela. — Eu não sabia se a gente ia mesmo fazer isso.

— Sério? — Annika duvida de mim? — Mas eu disse que topava, então fui atrás. Pelo menos pra tentar desenrolar. Tem sido bem educativo. Ele me perguntou muitas coisas que nós não chegamos a considerar. Tipo quem vai poder tocar quem. Ele disse que isso precisa ser decidido de antemão.

Ela fica quieta por um instante.

— E como a gente decide?

— Bem, a decisão é sua. Você nunca aprofundou o que queria dessa experiência. E tá chegando. Então me diz o que você quer que aconteça.

— Hum, acho que... — Ela ri nervosa mais uma vez. — Eu quero a sensação de estar tomada de paixão. Tipo, o dobro de toques, o dobro de desejo.

Acho que dá para trabalhar com isso.

— Então você topa deixar ele te tocar?

— Claro. Mas você vai deixar ele te tocar também?

— Hum. — Mais uma vez, eu me condeno por não estarmos tendo esta conversa pessoalmente. Preciso ver a cara dela.

— Não tenho problema com isso. Acha que ele deveria?

Não sei quanto tempo leva para ela responder, mas parece um ano.

— Aham. Acho que deveria, sim. E acho que você também deveria tocar ele.

— Isso te... — Minha voz literalmente falha. — ...dá tesão?

— Hum. Sim. Dá. — Ela para. — Mas e você?

Era de se esperar que eu tivesse previsto essa pergunta e estivesse com a resposta na ponta da língua, mas na verdade sou pego desprevenido.

— Eu... — *Jesus.* — Acho que a gente vai descobrir.

É, optei pela covardia.

Ela limpa a garganta.

— E aí, você acha que esse cara parece normal? Tipo, ele é só um aluno de boa que às vezes gosta de ficar com duas pessoas ao mesmo tempo?

— Aham, acho sim. Exatamente isso.

— Tá, mas eu não quero que ele saiba nossos nomes até a gente se encontrar. Só para o caso de ele estar tentando te enganar.

— Bem... — Acho que não sou tão paranoico. — E fotos de rosto?

— Não — responde ela com firmeza. — Acho melhor marcarmos o rolê todo e, se ele aparecer, beleza. Do contrário, não perdemos nada.

Sorrio.

— E se ele aparecer e for um filhote de cruz-credo?

— Daí a gente bebe alguma coisa por pura educação e finge amarelar, pede mil desculpas e dá o fora.

Solto uma risada.

— Dá o fora de onde? Onde que isso tudo vai acontecer?

— A gente precisa de um quarto de hotel, óbvio.

— Óbvio — concordo, embora ela esteja anos-luz na minha frente, como sempre. — Eu vou reservar uma suíte com jacuzzi.

— E se a coisa toda acabar sendo um desastre, ficamos bêbados de champanhe e rimos na banheira.

— Eu sabia que você era especial — digo, e ela ri.

Essa conversa poderia ter sido bem pior.

Depois de desligarmos, estou me sentindo bem com a ideia por alguns minutos, mas então abro minhas mensagens e tem mais uma pilha de agradecimentos. Uma delas é de Tanner.

Cara, sério mesmo? Quanta generosidade, mas... Sério?

Sinto um aperto no peito. Ei, por que eu tô recebendo essas mensagens de agradecimento?, tenho que perguntar.

Quando a resposta dele chega, é ainda pior do que eu pensava.

Seu pai mandou um vale-presente de $50 do Pub de Darby pra cada um. Tô até aliviado por você não saber, porque isso é meio que molhar a nossa mão.

Mas que caralhos.

Diz que você tá zoando. Tem certeza de que é da gente?

Um minuto depois, recebo um print do e-mail de Tanner. *Seu vale-presente está esperando, cortesia de Keaton Hayworth Jr.*

Solto um grunhido alto. Lá se vão meus momentos no paraíso.

Eu me levanto da espreguiçadeira em um sobressalto e entro na *villa* pisando duro. Encontro meus pais um do lado do outro, bebendo café e lendo um livro cada um.

— Você mandou vales-presentes pra todo mundo? — acuso meu pai. — *Subornando* eles? Onde é que o senhor estava com a cabeça?

— Que suborno o quê, filhão — responde ele, rindo. — Foi uma lembrancinha de fim de ano.

— O cacete.

— Olha a boca — repreende minha mãe.

— Desculpa, mãe. Mas pai, isso é uma palhaçada. O senhor está tentando *comprar* a eleição da fraternidade? Como se isso fosse servir de alguma coisa?

— Keaton. — Ele me olha por sobre os óculos de leitura. — Fiz uma coisa generosa e você está irritado por quê? Vai ser ótimo acrescentar a presidência ao seu currículo.

Foda-se meu currículo, caralho!

— É agir de má-fé! — grito. — Aposto que isso é contra as regras! E eu já quebrei uma regra acidentalmente.

Ele me olha sério.

— Você não tinha mencionado isso.

— É, porque é muito divertido passar vergonha na sua frente! — protesto. — O senhor é sempre tão *generoso* com as suas opiniões quando eu cometo um erro.

Meu pai faz cara de quem está sentindo um gosto amargo.

— Abaixe a bola. Não é contra as regras se um ex-aluno dá a todos os membros ativos o mesmo presente. Se tivesse saído do seu bolso, eu até entenderia o estardalhaço, mas...

A raiva reverbera dentro de mim como eletricidade escapando de um fio arrebentado.

— O senhor deveria ter *perguntado*. Essa eleição não é sua. Não tem nada a ver com o senhor! — Só que tem, sim, e nós dois sabemos disso. Eu jamais estaria concorrendo se ele não quisesse. — Agora eu vou ficar com fama de babaca.

Meu pai dá de ombros.

— E daí? Babacas vencem na vida. Você sabe que é o mais qualificado à presidência. Pare de complicar as coisas.

Eu me viro e saio antes que possa dizer algo de que vou me arrepender. Estou preso aqui com ele por mais sete dias — o que são seis dias a mais do que eu consigo aguentar.

DÁ PRA ACREDITAR NESSE BOSTA?
Luke

Dá pra acreditar nesse bosta? Cinquenta contos no Pub de Darby? Se eu recebi um vale-presente, todos os outros membros da Alpha Delta receberam também. Quem é que faz isso? Keaton é um baita de um cuzão.

Rolo na cama e solto um grunhido. Eu não deveria gastar, né? Se eu gastasse, estaria usando dinheiro do inimigo. Quer dizer, dinheiro não. Hambúrgueres grandes e suculentos e o tipo de cerveja que não cabe no meu orçamento.

— Vai tomar no cu, Keaton Hayworth Terceiro! — grito para o teto.

Por sorte, não tem mais ninguém aqui para ver esse meu surto de loucura. Sou o único membro da Alpha Delta que não tem lugar melhor para estar no Natal.

Mais cedo, passei na casa da minha mãe e tive a sorte de encontrá-la sozinha. Deixei que ela me servisse um pedaço de torta de abóbora enquanto eu entregava a grana que ela havia pedido "emprestada".

— Aqui seu presente de Natal — disse eu, colocando as notas na mão dela.

— Lukey! Você sabe que eu ia devolver! Conta outra.

— Feliz Natal, mãe. — Honestamente, é um presente para mim mesmo, para evitar a decepção quando ela *não* me devolver.

O presente de Natal dela para mim é um chapéu de inverno com o logo dos Patriots. Nunca curti muito futebol, então já deixa bem claro como minha mãe é.

Antes de ir embora, coloquei um envelope lacrado em cima do travesseiro de Joe com os cem dólares que ele tinha me pedido. Depois, mandei uma foto para ele, porque não confio que minha mãe não vá pegar.

Sério mesmo, quem precisa de família? Sugam até sua alma.

A coisa toda deve ter durado uma hora, incluindo os percursos de ida e volta. Agora estou perambulando pela casa vazia da fraternidade, me sentindo um fracassado solitário. Como todas as lojas estão fechadas, aproveitei para estocar o necessário ontem. Comprei comida e lá embaixo tenho a TV de setenta polegadas só para mim.

Quando este lugar está cheio de caras, fico torcendo para eles calarem a boca. Mas caramba, está tudo tão quieto agora que o silêncio faz pressão nos meus tímpanos.

Pego o celular e o desbloqueio, querendo saber se o ShortsDeLagosta está on-line. Qual a probabilidade, hein?

Boa, pelo visto. Tem uma mensagem dele.

ShortsDeLagosta: Odeio as festas de fim de ano. Pra quê? Sério?

Dou uma risada alta.

Pecador3: Amém, irmão! Demorei muito para perceber que o Natal é uma porra de um esquema. Finalmente entendi quando tinha treze anos. Não só me caiu a ficha de que ninguém nunca ia me surpreender com um presente decente como também a de que estar perto deixa as pessoas doidas.

Minha mãe e minha avó sempre ficavam bêbadas e começavam a gritar uma com a outra.

ShortsDeLagosta: Putz. Acho que quem vai gritar bêbado hoje sou eu. Minha família é ótima em dar presentes, mas horrível em respeitar o limite alheio.

Pecador3: Pelo menos tem presentes!

ShortsDeLagosta: É... Tô velho demais para ser comprado com o console de videogame de última geração. O presente que eu quero é respeito. Meu pai é um otário. Achei que a gente fosse brigar por causa dos meus planos para as férias de verão, mas ainda nem contei sobre eles e nós dois já estamos nos matando. Qual é o seu presente dos sonhos?

Está aí uma coisa que eu nunca me dei ao trabalho de perguntar a mim mesmo.

Pecador3: Ganhar na loteria. Sei que é clichê, mas pra mim é a mais pura verdade. Só queria parar de me estressar com dinheiro. Conseguir pagar o aluguel todo mês já é uma provação. Sempre acabo dependendo de macarrão instantâneo e feijão enlatado em algum momento do mês.

Releio o que eu escrevi e me pergunto o que raios estou fazendo.

Pecador3: Eita, pesei o clima. Por favor, me conta alguma coisa engraçada sobre animais.

ShortsDeLagosta: Deixa eu ver... Ratos sentem cosquinha.

Pecador3: Mentira!

ShortsDeLagosta: Beija-flores comem o equivalente ao dobro do peso deles todo dia. Se bem que eu também faço isso.

Pecador3: Bem, você é um menino em fase de crescimento.

ShortsDeLagosta: Não só na altura ;)

Ele completa com:

ShortsDeLagosta: Inclusive, estou crescendo agora...

E então — aí sim, *porra* — uma imagem aparece na conversa. De fato, ele está crescendo. O pau duro na foto me dá água na boca. Faz meses que eu não transo. E não por falta de interesse, mas de tempo. O trabalho, a faculdade e a Batalha de Dança consumiram o tempo que eu poderia usar para procurar sexo. E provocar o ShortsDeLagosta pelo aplicativo só piorou a situação. Talvez eu exploda de tanta frustração acumulada.

Na foto, o polegar dele está bem embaixo da cabeça da pica, como se ele tivesse tirado a foto enquanto mexia na parte sensível. Meu corpo responde à visão erótica e meu pau cresce dentro da calça de moletom. É então que reparo no elástico dos shorts que ele abaixou para se expor, e dou risada mesmo enfiando a mão por baixo do elástico da *minha* calça.

Pecador3: Tá usando os shorts de lagosta???
ShortsDeLagosta: Claro. São meus favoritos.

Ele manda outra foto e rio mais ainda. Nessa, ele deu zoom em uma das lagostas vermelhas e está fazendo um joinha com a garra do lado.

Pecador3: Por que você tá usando shorts, seu cuzão? Não me diga que foi passar o fim de ano em um lugar quente enquanto eu estou preso aqui na terra da nevasca.
ShortsDeLagosta: Beleza, não vou dizer.
Pecador3: Então você ainda está em Connecticut?
ShortsDeLagosta: Não. Dei uma fugidinha pra praia. Foi mal?
Pecador3: É bom se desculpar mesmo. Não tô mentindo sobre a nevasca. Deu vinte centímetros de neve ontem.
ShortsDeLagosta: Aqui teus vinte centímetros, ó.

Pior que ele tem mesmo. Pelo menos eu acho que sim. Vou conseguir julgar o tamanho do pau dele melhor quando botar a mão, mas nas fotos parece ser quase tão grande quanto o meu. E eu sou bem-dotado, como as mulheres que balançam cédulas para mim na Boate da Jill podem confirmar.

Pecador3: Eu quero, me dá. Tô num péssimo humor e é fim de ano. Estou implorando pra ganhar seu pau de presente.

ShortsDeLagosta: Logo, logo. Primeiro me mostra o seu.
Pecador3: Vou fazer até melhor. Aguenta aí.

Abaixo a calça e chuto ela para longe, ficando confortável na cama. Enfio alguns travesseiros embaixo da cabeça, agarro-o com uma das mãos e seguro o celular com a outra. Dou uma olhada rápida na tela para ter certeza de que não estou revelando nenhuma evidência incriminadora a respeito da minha identidade. Ele só vai conseguir ver meu pau, minha mão e a estampa da roupa de cama. Acho que está de boa.

Raramente mando vídeos justamente por causa dessa preocupação. Acabar em uma compilação de punhetas qualquer no PornHub não me preocupa tanto quanto a ideia de alguém descobrir quem eu sou. Se quero mesmo ser multimilionário antes dos trinta, não dá para ter nudes meus espalhados pela internet. A menos que eu faça uma fortuna construindo um império como a do famoso playboy Hugh Hefner... Talvez eu considere isso.

No momento, estou ocupado batendo uma em homenagem ao Lagostão.

ShortsDeLagosta: Caralhoooooo, é a resposta imediata dele depois de eu mandar um vídeo de cinco segundos me masturbando devagar.

Depois ele pede:

ShortsDeLagosta: MAIS.

Putinho ganancioso.

Sorrindo, decido provocar mais. Fecho os dedos em punho e desço até a base, depois subo de volta. Quando chego à ponta da cabeça, dou uma giradinha e aperto de leve. A câmera captura perfeitamente a gota de baba que surge.

Aperto para enviar.

ShortsDeLagosta: Que pau gostoso.

Minha respiração acelera. Bato mais rápido, gemendo baixinho, antes de perceber que não estou mais me gravando nem respondendo ao ShortsDeLagosta. O calor no meu sangue e o peso das minhas bolas me distraíram.

ShortsDeLagosta: Que foi, não posso falar isso?

Engulo em seco, sentindo minha garganta feito lixa, e paro a mão.

Pecador3: Foi mal, me distraí na punheta. O que que você não pode falar?

ShortsDeLagosta: Que seu pau é gostoso.

Pecador3: Não, por favor, pode falar sim. Foi isso que fez eu me distrair ;)

ShortsDeLagosta: Que bom. Manda outro vídeo. Quero ver mais.

Pecador3: Tá batendo uma também?

ShortsDeLagosta: Óbvio.

Sorrio para o celular. Ele está ficando mais ousado a cada conversa, a cada mensagem safada. E já faz um tempo que ele não some. Ultimamente, tem me respondido quase que na mesma hora em vez de se esconder por causa da culpa. Eu... não acho que ele ainda se sinta culpado por isto.

Como não posso me gravar e ler as mensagens dele ao mesmo tempo, dependo do meu cérebro para providenciar o estímulo de que preciso. Imagino o Lagostão ajoelhado entre minhas pernas, a cabeça subindo e descendo. Os lábios dele bem firmes ao redor do meu pau, a língua lambendo de cima a baixo cada vez que ele engole mais fundo. Eu me fantasio agarrando o cabelo dele — *será* que dá para agarrar? Será que é comprido ou raspado? Nunca me ocorreu perguntar. E agora não vem ao caso. Beleza. Tem cabelo o suficiente para eu agarrar e puxar enquanto subo o quadril para foder aquela boca.

Suspiros roucos formam a trilha sonora do meu vídeo. Um grunhido. Um gemido torturante enquanto me imagino gozando na boca do Lagosta e ele sedento, engolindo cada gota.

Explodo na vida real, quase derrubando o celular quando o orgasmo avassala meu corpo. Deste jeito, minha gravação sai absurdamente amadora, porque estou tremendo e grunhindo demais para deixar o celular parado. Acho que já era o sonho de ser câmera no set do próximo filme do Martin Scorsese — e, ainda assim, a julgar pela resposta do Lagosta à minha obra de arte, acabei de criar uma obra de arte.

ShortsDeLagosta: Caraaaaaalhooooo.

ShortsDeLagosta: Você tem noção do quanto que isso foi uma delícia?

Não consigo responder, porque meu corpo se afundou no colchão. Meus membros viraram gelatina com a gozada e minha barriga está toda melada.

Finalmente recupero o fôlego quando um vídeo dele chega na conversa. Crio forças para abrir e em um segundo volto a ficar ofegante. Não tem nem dez segundos, mas basta para me fazer começar a endurecer de novo, o que eu achava ser impossível.

Mordendo o lábio, observo sua mão forte subindo e descendo no próprio pau. Ouço o gemido rouco que ele solta quando goza.

Meu coração acelera enquanto digito uma mensagem, trêmulo.

Pecador3: Tá. Cacete. Não dá mais, cara. A gente precisa foder. Pessoalmente. Tipo. O quanto antes.

ShortsDeLagosta: 4 de janeiro, esqueceu?

Pecador3: Promete que não vai me dar bolo? Porque, puta que pariu, eu preciso muito disso.

ShortsDeLagosta: Não vou dar bolo. Também preciso disso.

Não me passa despercebido ele ter digitado "preciso" em vez de "precisamos". O que faz eu me perguntar se a namorada dele está fora de jogo.

Porém, ele poda essa ideia ao acrescentar:

ShortsDeLagosta: Minha namorada e eu pegamos uma suíte no Grand Windsor. Então. Sábado, lá pelas nove?

Hum. Sim, por favor. Só preciso pensar em como fazer isso sem ter que faltar o trabalho. As noites de sábado na Boate da Jill dão uma grana boa. Talvez dê para eu começar o expediente à meia-noite em vez de às dez? Isso *se* três horas forem o suficiente para o tanto de sexo que eu pretendo fazer.

Enfim, dou um jeito. Sempre dou.

Pecador3: Tá combinado.

FAZ UM PEDIDO, MEU AMOR
Keaton

Deixar o paraíso e voltar para a "terra da nevasca", como o Pecador a chamou, não é algo que geralmente me deixaria animado, mas eu preferiria dormir nu em uma cama de neve do que passar mais cinco segundos com meu pai.

Ele ficou insuportável durante toda a viagem, constantemente me alfinetando sobre o estágio no setor financeiro da empresa. E quando não estava botando pressão relacionada a trabalho, estava me enchendo o saco sobre a presidência da Alpha Delta, dando "sugestões" sobre como virar os votos a meu favor.

Nem preciso dizer que fico felicíssimo por estar de volta quando respiro o ar gelado de janeiro depois de descer do jatinho da família. Meus pais vão passar mais uma semana na Costa Rica, então tive o avião só para mim no voo de volta a Connecticut. Isso me deu bastante tempo para pensar em amanhã à noite.

O Dia D. Ou melhor, a Noite M. O ménage. A grande noite de sexo a três.

Se estou nervoso? Sim. Ansioso? Também. Assustado? Talvez um pouco.

Não faço ideia do que esperar. Minha namorada diz que a ideia de eu tocar outro cara e ele me tocar a deixa excitada, mas e se na hora H isso tiver o efeito oposto? E se ela surtar diante da realidade? E se *eu* surtar?

Mesmo depois do meu voo de cinco horas, a sós com meus pensamentos, minha mente ainda está a mil enquanto passo pela alfândega e pego um carro de aplicativo no aeroporto. E continua agitada quando acordo tarde na manhã seguinte. Na manhã de *sábado*.

Também conhecido como o Dia M.

É o aniversário da Annika, seu idiota. Vê se não esquece dessa parte.

Ah, é. Estou me precipitando.

Pego o celular e ligo para a minha namorada.

— Rápido! — grito quando ela atende. — Me encontra na loja de bebidas, aniversariante. Preciso da sua identidade.

A risadinha dela faz cócegas na minha orelha.

— Bobo.

— Isso é um não? Porque agora você tem 21, o que significa que não tem motivo para você não me comprar bebida.

— São onze e meia — provoca ela. — Quer mesmo beber agora?

— Não — falo, rindo, depois me sento na cama e coço os olhos com a mão livre. — A gente deixa isso para mais tarde.

Tem uma pausa curta.

— Amor? — chamo.

— Oi, desculpa. Tô aqui. E sim, acho que vamos beber muito hoje.

Não sei se o tom dela é hesitante ou distraído. A segunda opção, decido, quando ouço um alvoroço de vozes femininas do outro lado da linha.

— O que está rolando aí na sororidade? — pergunto, dando risada.

— As meninas vão fazer um brunch de aniversário pra mim. Mas relaxa, eu vou pegar leve nas mimosas. Espera só um segundo, amor... — A voz de Annika fica abafada quando ela fala com outra pessoa. — Já desço, já desço! O Keaton me ligou para dar parabéns. — Ouço um farfalhar. — Oi, voltei. Mas preciso ir agora. Lindy disse que estão me chamando lá embaixo.

— Espera — digo antes que ela possa desligar. — Tem mais uma coisa.

— O quê?

Ligo o viva-voz e dou play na música que eu já tinha preparado, tocando "Crazy in Love", da Beyoncé, nas alturas no meu celular. Deixo rolar uns dez segundos antes de desligar e falar:

— Feliz aniversário, Ani.

— Ah, Keaton. — A voz dela sai um pouco trêmula. — Eu te amo mesmo.

— Também te amo.

Desligamos e eu cambaleio pelado até o banheiro para esvaziar a bexiga e tomar um banho. Estou secando a bunda quando a porta se abre de repente.

Eu me viro, e ali está Luke Bailey na porta, de cara feia.

— Se toca, pô. Estou quase acabando.

— Se toca *você* — repete ele. — Ou vai insistir em tentar ganhar a presidência na base do suborno?

Merda.

— Não é contra as regras meu pai dar presentes — falo, prendendo a toalha ao redor do quadril.

— Deveria ser — rebate ele.

Ele tem razão. Internamente, ainda estou morto de vergonha pelo comportamento do meu pai. Só que também não sou muito fã da carranca de Luke. E não vou entregar a presidência de mão beijada para ele só porque meu pai é um filho da mãe que não consegue deixar de forçar a barra. Bailey seria um péssimo presidente.

— Você não acha que as pessoas são capazes de decidir por conta própria? — pergunto, abrindo o armário do banheiro para procurar meu desodorante, mas esqueci que ainda não desfiz as malas, então ele não está aqui.

— Acho que você sabe bancar o divertidão muito bem. Mas que não passa de um mimadinho que abaixa a cabeça pra tudo o que o papai faz.

Dou risada, porque ele não poderia estar mais errado a meu respeito. Dou dois passos em direção a ele, porque ele está bloqueando o caminho até minha mala no quarto.

Ele não se mexe.

— É sério? — confronto. — Vai mesmo querer resolver isso bem aqui no banheiro?

A cara dele se fecha mais ainda enquanto ele me dá espaço, mas o filho da mãe continua à porta do meu quarto, onde começo a vasculhar o conteúdo da mala sobre minha cama. Encho as mãos de uns shorts de banho e roupas de praia, pensando em jogar na cama.

Só que daí... bosta. Bailey acha que sou justamente o tipo de riquinho que acabou de voltar de férias tropicais. E eu sou, então não tenho argumentos contra isso.

Jogo as roupas de volta na mala e me viro, bloqueando a visão dele das minhas coisas.

— Tem alguma coisa substancial a dizer? Ou só veio aqui para me pentelhar?

— É só que... — Ele bufa. — Se você precisa trapacear pra impressionar todo mundo, por que se dar ao trabalho?

— É uma ótima pergunta — falo, sem muito entusiasmo. Nem mesmo Luke Bailey vai conseguir estragar meu dia hoje. Ainda que ele esteja certo. Meu humor está bom demais. — Agora, se puder me dar licença, tenho coisas pra resolver.

* * *

A suíte do hotel que eu reservei é irada. Tem uma jacuzzi, uma cama *king-size* gigante e uma TV de setenta polegadas. Até o jantar que eu pedi do serviço de quarto está delicioso.

Porém, em algum momento entre os bolinhos de siri e os pedaços magníficos de bolo de chocolate, percebo que Annika está nervosa.

Notei que ela não comeu muito. E agora, enquanto acendo a vela que trouxe para colocar em cima do pedaço de bolo dela, vejo a incerteza, assim como a luz da vela, bruxuleando em seus olhos.

— Parabéns pra você, nessa data querida... — canto, apontando para ela de um jeito dramático. — Muitas felicidades, muitos anos de...

Ela dá um sorrisinho tímido, mas não olha para mim.

Termino a música incluindo uma adaptação óbvia e propícia com um palavrão fálico, depois digo:

— Faz um pedido, meu amor. Pode ser bem pervertido.

Ela respira fundo, olha para mim e... titubeia.

Espero, impaciente, porque todo mundo sabe que não dá para meter o garfo no bolo antes que a aniversariante autorize. E a fatia está com uma cara ótima. Quase consigo sentir o gosto. Estou uma pilha de ansiedade hoje. Tem sido difícil não ficar olhando para o relógio.

O Pecador já deve estar a caminho. São quinze para as nove.

Annika afasta a cadeira da mesa.

— Sei lá, Keaton. Acho que não consigo.

— É só um pedido, amor. E, cuidado, a cera da vela está prestes a pingar na cobertura de ganache.

Ela se inclina sobre o bolo e assopra a vela depressa. Em seguida, Annika se reclina e bufa.

— Keaton, esse cara está mesmo vindo pra cá?

Assinto.

— Por que eu mentiria sobre isso?

Annika morde o lábio inferior, depois me pega desprevenido.

— Acho melhor você falar pra ele não vir.

— Espera, o quê? — Meu garfo paira sobre minha fatia de bolo.

— Eu... — Consigo ver ela engolindo em seco. — Eu tô dando pra trás.

— Annika! — Baixo o garfo, fazendo barulho. — Foi ideia sua. Não dá para mandar mensagem agora dizendo pro cara dar meia-volta, sem mais nem menos.

— Dá, sim! — fala ela com a voz aguda, levantando da cadeira e atravessando o quarto para olhar pela janela.

Está escuro lá fora, então ela não consegue ver muita coisa. Quando se vira para mim, a tristeza está nítida em seu olhar.

— Eu estava errada — choraminga ela, as bochechas vão ficando vermelhas pouco a pouco, ou de vergonha ou de raiva. Acho que a primeira opção. — Eu não sou assim. Achei que poderia ser outra pessoa por uma noite, e só Deus sabe o quanto nossa vida sexual precisa de novos ares, mas não posso ir para a cama com um estranho. Não vai rolar.

— Mas... — Respiro fundo e percebo que meu coração está disparado. De jeito nenhum que eu posso dar um bolo no Pecador agora. — Era para isso ser uma aventura. Você só está nervosa, tipo daquela vez que a gente fez a aula de mergulho. E acabou dando tudo certo, lembra?

— Não. — Ela sacode a cabeça sem parar. — Não tem nada a ver com aquilo. Eu estava tentando ser divertida e ousada, e te dar indiretas de que a gente precisa de uma sacudida estrondosa.

— Uma... sacudida estrondosa? — Estou confuso agora. — Você quer, sei lá, fazer aula de zumba juntos?

— Não! — grita ela. — Estou falando de *sexo*, Keaton. Caímos na rotina. Pensei que se eu sugerisse um ménage, você perceberia que precisávamos nos esforçar mais na cama. Você podia simplesmente ter comprado algemas e óleo de massagem comestível.

De repente, é muito importante que eu seja claro.

— Você me pediu isso — digo com a voz tensa. — E eu fiz acontecer.

— Eu *não consigo*, Keaton. Desculpa.

— Você está só receosa porque ele é um estranho que você nunca viu a cara — tento. — Vamos conhece-lo primeiro e depois a gente decide.

Mais uma vez, ela parece triste.

— E isso vai dar em quê? Só vai me deixar em uma saia justa pessoalmente. Se a gente fizer o que estou falando, ele não vai saber quem de nós dois deu pra trás.

E é justamente esse o problema. Eu considero o Pecador um amigo. E, se eu cancelar tudo agora, ele não vai entender que não fui eu que desistiu.

Não sei por que isso me incomoda tanto, mas incomoda.

— É você quem está me colocando em uma saia justa — retruco. Pego o garfo e o enfio na minha fatia de bolo intocada. Pego um pedação. O sabor de chocolate explode na minha língua, mas não sobrepõe o gosto do ressentimento que estou sentindo.

Não consigo nem olhar para Annika. Se ela nunca tivesse pedido isso, eu nem sequer estaria nesta posição. Não teria conversado com o Pecador e não ia estar desejando tanto conhecê-lo.

— Keaton — fala ela, baixo. — As pessoas provavelmente voltam atrás nesse tipo de coisa o tempo todo. Ele deve saber disso.

— Aposto que sim, mas não sou eu quem volta atrás.

Afasto o bolo. A força das minhas emoções me confunde. Annika está em seu pleno direito de negar uma experiência sexual que ela não quer ter. Só um babaca ficaria bravo com a namorada por expressar seu desconforto, por escolher mudar de ideia. Mas eu *estou* bravo. Estou bravo porque... porra. Não. Não estou bravo — estou inconsolável. O aperto na minha garganta, o tremor do meu pulso.

É decepção o que estou sentido.

E o problema real é esse, né? Eu queria tanto isto. Ela não faz ideia. Pior: *eu* não fazia ideia.

— Por favor, amor — implora ela. — Eu sinto muito. Sei que é uma situação desconfortável. Acho que eu só não tinha imaginado que fosse rolar mesmo.

Mais uma onda de incredulidade avassala minhas veias.

— Eu sempre cumpro minhas promessas. Como que passou pela sua cabeça que isso não iria acontecer?

— Desculpa! — pede ela por entre os dentes, os olhos reluzindo. — Mas você precisa mandar mensagem para ele agora. O cara pode chegar a qualquer momento. Se quiser, eu mando. — Ela vai até o outro lado do quarto e pega meu celular na mesa de cabeceira.

Merda.

Ela desbloqueia a tela e procura o aplicativo.

— Como é o ícone? Vou falar pra ele que fui eu que mudei de...

Uma batida na porta. Três.

Nós nos olhamos de pontos opostos do quarto.

— Posso deixar ele entrar? — sussurro.

Lentamente, ela faz que não.

Merda.

Indo até a porta, tento pensar no que vou dizer quando sair e pedir desculpas. Vai ser vergonhoso, mas pelo menos vou poder me explicar. Talvez ele seja feio mesmo. Pode ser que eu ria disso tudo amanhã.

Quem sabe essa sensação triste que me embrulha o estômago logo passe.

Respiro fundo e abro a porta.

MUITA GENTE FEIA
Luke

Depois de bater à porta do quarto 409, não sei o que fazer com as mãos. Este momento — quando se está do lado de fora da porta, esperando conhecer as pessoas com quem vai ficar... é a parte de maior nervosismo.

Ouço vozes vindo de dentro. Uma de homem e uma de mulher. Devo estar no local certo, então, mas nunca tinha vindo a este hotel. Nunca nem tinha reparado nele. É o tipo de lugar em que os pais ricos ficam no fim de semana de visitas ao campus.

Honestamente, nunca passaria pela minha cabeça alugar um quarto de hotel só para o rala e rola. Quem é que faz isso?

Ouço alguém vindo até a porta e encolho a barriga. Não me julgue — é um reflexo para quem está acostumado a subir no palco sem camisa. Estou botando um sorriso amigável no rosto quando a porta se abre e...

Mas o quê...?

Só pode ser brincadeira.

— Hayworth? — falo. — O que é que... Eu vim... — Meu cérebro está dando ré depressa. Devo ter batido à porta errada. Já estou pegando o celular para conferir.

Mas então vejo a expressão no rosto *dele* e entendo que não houve engano algum. Suas orelhas estão vermelhas e ele não para de abrir e fechar a boca como se fosse um peixe. Rapidamente, ele sai para o corredor e fecha a porta.

— Tá *de sacanagem* comigo? — chia Keaton Hayworth III. — É algum tipo de piada?

— Não sei — rebato. — É? Me diz você.

— Você armou pra mim, Bailey? — De repente, ele parece furioso.

— Não! — retruco. — Mas agora que tocou no assunto, isso é alguma gracinha *sua*?

— Não! — Em seguida, ele olha para os dois lados do corredor. — E fala baixo.

— Por quê? Não quer que ninguém te veja aqui? — Estou nervoso demais para me portar como um ser humano racional. Chego mais perto.

Ele abaixa a cabeça. Nossos peitos quase se encostam.

— Dá pra ficar na sua?

— Por quê? Não vai me convidar pra entrar? — Eu não imagino que isso vá dar em alguma coisa, mas quero vê-lo dizer isso na minha cara. — Foi tudo ideia sua. Arregou?

Ele fica um tanto mais vermelho.

— Houve uma mudança de planos.

— Aposto que sim. — Estou a uns cinco centímetros do rosto dele, e vejo tanto a raiva quanto a frustração que ele emana. — Que bom que cancelei um turno do trabalho por causa da sua aventurazinha.

Ele parece não saber o que fazer e vejo o suor em sua testa. A ficha está começando a cair: Keaton é o ShortsDeLagosta. *Ele* é o cara que odeia Natal e sabe quais animais se masturbam?

Ele me fez rir e eu fiz ele *gozar*? Se fosse possível cabeças explodirem como nos desenhos, a minha estaria em picadinhos pelos ares agora.

Mas então ele abre o bocão e me lembra de como as coisas funcionam entre nós dois.

— Se for embora agora, talvez consiga descancelar.

Reviro os olhos, porque é típico de Keaton Hayworth III dizer algo assim. Aposto que ele nunca passou muito tempo em um trabalho na vida.

— Talvez, mas vão ficar fulos comigo mesmo assim. E ainda estarei atrasado... — Percebo que não faz sentido me explicar.

— Sinto muito — diz ele, rígido.

Dou um passo para trás. Depois mais um.

— Sério? Você sente muito por eu ser alguém que você já odeia, né? Boa sorte com o próximo match, então.

Viro as costas para ele e me encaminho para os elevadores.

— Não foi isso que aconteceu! — grita ele.

Mas não me dou ao trabalho de esperar para ouvir que desculpinha ele tem para me dar.

— Não entendi — fala Lance, várias horas mais tarde. Ele balança a cabeça loira, confuso. — Por que concordou em trepar com o seu irmão de fraternidade se vocês não se bicam?

— Eu não concordei em trepar com ele! Eu... — Enfio o rosto nas mãos e tento me recompor.

Era de se esperar que quatro horas depois do grande choque eu já teria conseguido me recompor, mas não. Ainda estou abalado. Assim que os seguranças fecharam as portas da boate, eu me joguei no banquinho mais próximo do bar e comecei a me servir de tequila.

A maioria dos funcionários já foi embora, mas alguns outros dançarinos ficaram para me fazer companhia. Brock e George não pararam de rir desde que contei o que rolou no hotel mais cedo, mas Lance ainda não entendeu.

— Foi um encontro anônimo, Lance — falo em um grunhido abafado pelas mãos. — A gente tava conversando no *Fetiche* e ia se encontrar pela primeira vez hoje.

— Você, o cara da fraternidade e a namorada dele — relembra Lance.

— Isso. — Levanto a cabeça e pego a garrafa de tequila da mãozona de George. Paramos de usar copos de shot faz uma hora. Já são quase três da manhã, estamos seminus, ainda com os corpos cobertos de óleo e discutindo o fato de que por pouco não transei com o meu maior rival hoje. É o tipo de situação que pede uma bebedeira direto do gargalo.

— Então você foi encontrar eles e descobriu que já conhecia os dois na vida real.

— É.

Ele abaixa a cabeça.

— Não entendi.

— O que você não entendeu? — rebato.

— Vocês trocaram fotos?

Faço que sim.

— Mas não de rosto.

— Não de rosto?! — repete ele, incrédulo. — Por que não?

— Tô com o Lance nessa — intercede Brock de detrás da bancada. Todos os bartenders já foram embora, então ele usurpou o domínio deles. No momento, está girando uma coqueteleira de aço inoxidável como se fosse o Tom Cruise em *Cocktail*. O seu peito nu reluz com a iluminação néon das placas de cerveja atrás de si. — Por que você iria ao encontro de uma foda em potencial sem saber o rosto das pessoas? Você *queria* ser assassinado hoje?

— A namorada dele não se sentia confortável com a ideia de eles mostrarem o rosto — resmungo. — E agora sei por quê. Annika Schiffer é a herdeira de uma fortuna de uma empresa de móveis planejados que vale *bilhões*. O pai dela é a versão estadunidense de sei-lá-quem que é dono da IKEA. Óbvio que ela não quer que o próprio rosto seja exposto em um aplicativo de pegação aleatório.

Meu Deus. Quem poderia imaginar? Annika Schiffer curte sexo a três?

E Keaton também.

Resisto à tentação de esconder o rosto nas mãos de novo. Keaton é o ShortsDeLagosta. Este tempo todo, estive falando putaria com meu irmão de fraternidade. Pior: o irmão de fraternidade que está competindo comigo na eleição presidencial. O irmão de fraternidade que eu detesto.

É difícil assimilar tudo. Porque eu *não detesto* o ShortsDeLagosta. Porra, eu *gosto* do ShortsDeLagosta. Como pode eles serem a mesma pessoa?

— E se os dois fossem feios? — pergunta George. — Sabe quanta gente feia tem nesses aplicativos?

— Muita gente feia — reforça Lance solenemente. — É uma epidemia.

Dou mais um gole na garrafa de tequila.

— Ele me garantiu que eles não eram.

George faz cara de inocente.

— Ah, mas que alívio! O pervertido anônimo na porra do *Fetiche* te *garantiu* que ele e a mina dele, doida pra levar duas roladas, não eram feios.

Brock ri.

— Mas sério, cara. Todo mundo que é feio vai jurar de pé junto que não é.

— Eu só senti que eles eram gostosos, está bem? — respondo, irritado. Caramba. Hoje estou um bêbado rabugento. Acho que nunca tinha ficado ranzinza bebendo. Geralmente sou o máximo.

Acho que deu minha hora de ir embora.

Levanto meu corpo bêbado de cima do banco.

— Tô indo nessa, gente. A boate está começando a girar um pouco. — Quando meus pés encontram o chão, meu corpo balança um pouco. — Valeu pela companhia.

— Disponha — diz George, e embora minha visão esteja ligeiramente turva, a empatia no rosto dele fica nítida. — Sinto muito pela noite de merda, mano.

— O que você vai fazer quando chegar em casa? — pergunta Lance, curioso. — Tipo, vai falar com ele?

— Hoje? Nem fodendo, já tá tarde pra cacete. — Apesar de que, nem se fosse de dia, ainda não consigo me imaginar conversando sobre isso com Keaton.

Não. Isso nunca mais vai ser discutido. Se ele tocar no assunto, vou me fazer de tonto. Fingir amnésia.

Do lado de fora da boate, eu me jogo no banco traseiro de um carro de aplicativo. Odeio gastar mais grana, mas estou me sentindo zonzo demais para pegar um ônibus. Nunca vomitei no transporte público antes e não pretendo começar agora.

No entanto, quando o motorista para na frente da Alpha Delta, meu estômago não está mais dando piruetas. Na verdade, minha compostura finalmente parece ter voltado ao normal e eu me sinto muito mais centrado — e sóbrio — ao arrastar toda a minha canseira para dentro.

Quando subo, a primeira coisa que faço é tomar um banho rápido. Com as mãos ensaboadas esfregando o óleo do peito, tento processar o que aconteceu hoje, de maneira objetiva. Tipo... é meio engraçado, quando paro e penso. Quais as chances de o casal com que eu queria ficar ser Keaton e Annika? Aleatório pra caramba, né?

E será que importa tanto assim? Apesar de eu ter perguntado se Hayworth estava armando para mim, eu não acho que tenha sido esse o caso. Essa confusão toda não passou de uma baita coincidência.

Estamos na faculdade. As pessoas experimentam as coisas nesse período da vida. Keaton e Annika estavam querendo dar uma apimentada na vida sexual com uma terceira pessoa, e acabou que eu fui essa tal terceira pessoa. Nenhum dos três sabia das identidades em jogo. Foi azar, só isso.

Não, no fim das contas não é grande coisa, a menos que a gente queira fazer um estardalhaço — é o que decido ao sair do banho. Pego uma toalha do suporte e a coloco ao redor da cintura. Depois, passo a mão pelo espelho borrado pelo vapor e estudo meu reflexo turvo. Estou com cara de cansado.

Que noite, viu.

Descalço, volto para o quarto. Quando estou fechando a porta, ela se abre de novo e eu quase caio de bunda no chão.

Agarro a toalha antes que ela possa cair do meu quadril.

— Que porra é essa? — vocifero enquanto Keaton força passagem para dentro do meu quarto.

— *Você* tá perguntando *pra mim* que porra é essa? — retruca ele. — Onde foi que você se meteu? São três da manhã! Eu passei *horas* te esperando.

Eu o encaro.

— Você tá puto porque eu cheguei tarde? Quem é você, minha avó?

— Olha — fala ele, fechando a porta. Reparo que ele faz questão de fechar a tranca antes de levantar o tom de voz. — Por que você foi no hotel hoje, Bailey? Manda a real. Por que caralhos foi até lá?

— Porque você *me convidou* — retruco com os dentes cerrados.

— Não convidei você. Convidei o Pecador3. — A raiva se espalha pela expressão dele. — Por que estava fingindo ser outra pessoa no aplicativo?

Meu queixo cai.

— Tá zoando? Eu não estava fingindo porra nenhuma, Hayworth. Pecador3 é meu nome de usuário. Eu uso o *Fetiche* o tempo todo.

Obstinado, ele balança a cabeça.

— Não acredito nisso. Eu duvido que você transe com homens.

Não consigo conter a risada.

— Por quê? Porque nunca te chamei pra conversar e falei "Ei, Keaton, eu sou bi"? Por que eu faria isso? Não somos amigos.

— Então quer dizer que você *é* bi.

Não sei se isso é uma acusação. Independentemente do que seja, reviro os olhos.

— Sim, eu sou. Algum problema? — Respondo minha pergunta antes que ele tenha a chance de fazê-lo. — Espera, é claro que não tem problema algum, porque aparentemente você também é.

Keaton fica paralisado.

O que me faz perceber que ele estava balançando o corpo antes. Analiso seu rosto perfeito e vejo as bochechas coradas e a falta de foco nos olhos castanhos. Ele também estava bebendo.

— Não sou bissexual — balbucia ele, por fim.

— Pan? Gay?

— Também não — responde ele, rígido.

Dou mais uma risada. Baixa, sem humor.

— Aham. Então por que convidou outro cara para dormir com você e a Annika?

— Não fala o nome dela — diz ele.

— Por que não? Ela tá aqui? — Aponto o queixo para a porta. — Escondida no seu quarto?

— Levei ela pra casa.

— Pena. Ela deve estar desolada por não ter conseguido colocar em prática a fantasia dela. — Inclino a cabeça, desafiando-o. — Ou será que era a sua?

Ele curva os lábios de ódio.

— Vai se foder. Eu fui honesto a respeito de tudo. Ela queria um ménage de aniversário. E deu pra trás no último minuto.

Sorte a nossa, porque, se ela visse *você* entrando no quarto de hotel, teria surtado.

— Ótimo. Maravilha. Então deu certo para todos os envolvidos. Um livramento. — E eu ainda estou segurando a toalha na lateral do corpo. — Dá pra ir embora agora?

— Não. — Ele passa as duas mãos no cabelo loiro-escuro. — Só depois da gente resolver isso.

— O que tem pra ser resolvido? — pergunto, cansado. — Foi uma coincidência boba. Não armei pra você e você não armou pra mim. Sou bissexual, você tem curiosidade de ficar com outro cara. Tá de boa. Já passou.

— Passou? — repete ele, e tem uma nuance de desespero em sua voz agora. — Você tem noção da vergonha que eu estou sentindo? De saber que esse tempo todo era com *você* que eu estava conversando?

Nem me ofendo, porque sinto o mesmo.

— Bem-vindo ao clube, manezão. Também não estou feliz com a ideia. — Contei para ele coisas que eu jamais tinha dito a ninguém. Meu relacionamento com a minha família, os problemas com dinheiro... É. E bota vergonha nisso.

— Se você sequer cogitar contar sobre isso para alguém, eu acabo com a sua raça — ameaça Keaton. Ele dá um passo para a frente, e embora suas pernas pareçam estar mais firmes agora, a respiração dele está curta e pesada. — Tô falando sério, Bailey. Aquelas coisas que a gente conversou. Tudo que a g-gente... fez. Ninguém nunca vai descobrir nada disso, tá me ouvindo?

— Que foi? — pergunto, provocando. — Tá com medo do que o Judd vai pensar se descobrir que você tem tesão em chupar rola?

O maxilar de Keaton fica tenso.

— Tá com medo do Tanner virar as costas pra amizade de vocês se souber o tanto quanto você quer uma pica no seu cu?

Os olhos dele piscam diante do perigo.

— Cuidado, Bailey.

Eu só sorrio.

— Hummm. O que acha que eles diriam se soubessem que faz semanas que você tem trocado mensagens de putaria com um dos seus irmãos da fraternidade?

— Você está... me *chantageando*? — indaga ele.

— O quê?

— Tá ameaçando contar para os meus amigos sobre o que aconteceu se eu não sair da eleição, é isso?

Fico incrédulo.

— É óbvio que não. — Droga, mas dá para entender por que ele pensou que eu estivesse fazendo isso. — Não estou te chantageando, Hayworth. Só sendo um babaca. Acha mesmo que *eu* quero que alguém saiba disso? Viajou, cara. Minha vida sexual é da minha conta e de ninguém mais.

Ao ouvir "sexual", o olhar de Keaton desce do meu peito nu para a toalha, e com vergonha ele o abaixa mais ainda até chegar aos próprios pés.

Fica difícil respirar. Sinto que Keaton está sugando todo o ar do quarto com os suspiros irregulares e ofegantes.

— Olha, não foi nada de mais — digo com a voz rouca. — Foi só... azar.

— Nada de mais? — ruge ele. — Tá falando sério? — Ele respira fundo de novo, depois abaixa a voz, atingindo um tom atormentado. — Nós vimos vídeos um do outro *batendo punheta*! Você ia trepar com a minha namorada! A gente falou *de se comer*.

Ele está em pânico. Vejo no rosto dele, na forma como seu peito sobe e desce a cada palavra sussurrada.

— E eu nem tenho como fingir que aquilo tudo não me deixou excitado, que foi algum tipo de pegadinha maldosa que eu estava pregando em você, porque você *viu* o quanto eu fiquei com tesão. — Ele está agarrando o cabelo com as mãos de novo. O peito largo treme sem parar. — Você *me viu* gozar.

— E daí? — Apesar da minha tentativa de soar casual, meus batimentos aumentaram. Ele está disparando essas sacanagens e, pelo amor de Deus, eu estou ficando excitado.

— E daí que isso não *está certo* — rebate ele. — Não quero que você saiba essas porras a meu respeito. Não confio que você não vá usar essas coisas contra mim. Não confio em você, e não gosto de você, e se eu soubesse que você era o Pecador3, eu jamais teria...

— Nunca teria me dito que meu pau é uma delícia? — provoco.

— Vai se foder...

— Engraçado — interrompo, rindo de um jeito sombrio. — Até ontem era justamente o que *você* queria fazer comigo, lembra, Keaton? Queria me foder. Queria que eu fodesse *você*. Você me *queria*. Você queria *isso* aqui...

Eu agarro a nuca dele e o beijo.

UM PINGO
Keaton

Uma boca quente de repente fisga a minha.
Puta que me pariu.
Ele está me beijando. Luke Bailey está me beijando e meu cérebro não consegue ver sentido nisso. Por que a língua dele está entrando na minha boca como se aqui fosse seu lugar?
Rosnando, empurro seu peito.
— Mas que *caralho*... — Mas paro de falar, porque o corpo firme feito pedra dele nem sai do lugar com meu empurrão e agora minhas mãos estão encostadas no peitoral mais forte que já senti na vida.
Quer dizer, é o único peitoral que eu já senti na vida.
O corpo de Bailey é surreal. E agora a língua desse babaca está na minha boca de novo. Solto um grunhido de surpresa quando o prazer se espalha pelo meu corpo, e juro que consigo ouvi-lo dando uma risadinha, ou talvez seja um grunhido também. Sei lá. Estou fora de mim. Excitado demais, e confuso demais.
Estou arquejando quando consigo arrancar a minha boca da dele. São três da manhã e eu estou bêbado pra cacete. Esse é o único motivo plausível para o que acabou de acontecer aqui.

— Por que parou? — pergunta Bailey, ofegante. — Vai lá buscar sua namorada e vamos mandar ver. Você sabe que quer. — O olhar dele é desafiador, cheio de tesão.

— Ela me largou — disparo. Ou melhor, a vodca me faz disparar.

Ele arregala os olhos.

— Como é que é?

— Ela me largou. Primeiro mudou de ideia quanto ao ménage. Depois que eu te mandei embora, ela disse: "Keaton, eu só estava tentando dar uma apimentada na nossa vida sexual porque acho que a magia acabou. Vamos só ser *amigos*."

Sinto uma facada no coração só de falar em voz alta. Annika acha que não temos mais fogo juntos.

— Cacete. Sinto muito, cara. — Por mais estranho que seja, ele parece estar sendo sincero.

E eu não consigo calar a boca.

— Ela disse: "Não era para você ter se animado com a ideia de transarmos com outras pessoas. Você devia só ter ficado mais animado com a ideia de transar comigo."

— Que papinho, hein — responde Bailey. — Por que ela sugeriu, então? Achei que a coisa toda tivesse sido ideia dela.

— E foi. — Eu me sento na beirada da cama dele, porque continuar de pé não está mais dando certo para mim. E, porra. A roupa de cama xadrez. A mesma do vídeo que ele me mandou. Estava aqui o tempo todo. Eu poderia ter sacado que era ele se tivesse sido um pouco mais atento.

— Que merda — comenta ele.

Quando levanto a cabeça para olhá-lo de novo, ele está vestindo uma calça de moletom. O que significa que acabei de perder a oportunidade de ver a bunda dele.

Puta merda. Não acredito que perdi isso.

— Talvez seja só uma briga? — sugere ele, vestindo uma camiseta sobre o corpo musculoso. — Quem sabe amanhã cedo vocês dois já não fazem as pazes.

— Não sei. Ela fez aquele negócio de insinuar que, se eu estivesse mesmo prestando atenção no relacionamento, teria entendido que o ménage era um pedido de socorro. "Eu só queria dar uma apimentada nas coisas", ela disse. "Achei que você faria uma contraproposta."

— Contraproposta? — repete Luke.

— É, tipo chamar uma menina em vez de um cara. Ou sugerir um teatrinho sexual. Sei lá. — Fico de pé de novo porque me sentar na cama de Bailey é uma péssima ideia. Preciso dormir para o efeito da vodca passar. — Só sei que eu a amava de verdade. E que não foi ideia minha terminar. Mas ela disse que não a deixo balançada mais e eu não sei como dar a volta por cima disso.

— Ela ainda te deixa balançado? — pergunta Bailey.

Estou bêbado demais para conter a careta.

— Às vezes, sim. — Mas estou percebendo agora que falar putaria com o Pecador3 era basicamente a coisa mais empolgante que vinha acontecendo na minha vida nesse quesito.

Isso não é triste?

— Bem... — Bailey limpa a garganta. — Respira fundo.

— É melhor eu... — Faço um gesto vago em direção ao meu quarto.

— Isso — concorda ele. — Ei, falei sério, Hayworth. Eu nunca diria nada. Sobre... você sabe o quê. — Ele pega o celular na mesa para indicar a que se refere.

— Ah, valeu. Também não vou falar nada. — Analiso a expressão séria no rosto dele, e decido que ele está dizendo a verdade. E então cai minha ficha de que minha língua estava dentro de boca dele alguns minutos atrás. Isso aconteceu de verdade?

E, meu Deus, eu gostei tanto assim mesmo? Caralho, gostei. E agora o estou encarando.

— Tá tudo bem? — indaga ele, hesitante.

— Como você descobriu? — pergunto de repente.

Ele revira os olhos.

— Eu falei, eu *não* sabia!

— Não isso. Não foi o que eu quis dizer. Como você descobriu que, hm... — Não consigo terminar a frase. — Deixa pra lá. — Dou um passo em direção à porta.

— Ah — fala ele lentamente, à medida que começa a entender o que eu quero dizer. — Que eu gosto de homem?

Paro e me viro.

— Sim. Isso.

— Percebi jovem, na verdade. Reparar em caras virou um hobby meu a partir do nono ano. E um dos caras no grupinho de amigos da escola se descobriu gay. E ele percebeu que eu tinha uma fixação com o time de corrida. — Bailey dá uma risada esganiçada. — E daí passou a me chamar para ficar na casa dele toda vez que os pais saíam. Ele não fazia bem meu estilo, mas servimos como um treinamento um para o outro.

— E tipo, você aceitou numa boa? — Eu me ouço perguntando.

— Sim. — Ele brinca com os cantos do celular. — Tipo, eu nunca senti que fazia parte de nada. Nem em casa, nem na escola. Então não deixei minha sexualidade me enlouquecer. O que é um pingo pra quem já tá molhado?

— Um pingo — repito devagar.

— Vai dormir, Hayworth — fala ele, apontando para a porta. — Acho que você precisa.

— É — concordo, a voz densa. Acho que é o melhor conselho que recebo faz um bom tempo. — Que dia péssimo.

Ele faz uma careta.

— A gente nunca mais fala disso.

— Beleza. Fechou.

Depois dou o fora do quarto dele. Cambaleio até meu quarto e fecho a porta. Meu celular está na cama, então eu o pego. E por pura força do hábito, clico na tela bloqueada para ver se tem notificações do *Fetiche*.

Claro que não tem.
Passa pela minha cabeça que agora eu deveria deletar o app.
Mas não faço isso. Ainda não.

No dia seguinte, durmo até depois do meio-dia e só saio da cama quando minha necessidade de analgésicos se torna mais forte que minha vontade de desaparecer embaixo do cobertor.

Está tudo chocho. Aos domingos, eu geralmente encontro Annika para irmos ao brunch, ou meu pai, se ele estivesse por aqui. Só que hoje não tenho planos, então peço pizza do único lugar que está fazendo entregas. E nem é das boas.

Acabo encontrando Bailey quando estou pegando a pizza na porta. Ele acabou de voltar do mercado, pelo visto. Subo direto, pensando em evitar esbarrar com ele na cozinha. Mas daí, para o meu azar, ele me segue pelos dois lances de escadas, carregando a sacola de compras.

— Por que não bota isso na cozinha? — murmuro o que na verdade quer dizer: *Por que tenho que ver você quando ainda estou envergonhado?*

— Porque as pessoas roubam minha comida — resmunga ele, abrindo a porta com um empurrãozinho do quadril. — Óbvio. — Ela se fecha com um estalo alto.

E é aí que me lembro do que Bailey — Pecador3 — uma vez comentou sobre dinheiro. Que era uma preocupação constante para ele. Que ele nem sempre tinha o bastante para comprar comida no fim do mês.

Ataco minha pizza de gosto medíocre, me sentindo rabugento e esgotado.

Como é aquela frase mesmo? *Levanta a cabeça, senão a peruca cai.* Tá, não é exatamente isso. Porém, quando abro o e-mail, descubro que não tenho apenas uma, mas duas reuniões da fraternidade hoje. Tem a assembleia geral. E, antes disso, uma conferência com — se liga — os candidatos à eleição.

Então, algumas horas depois, pela segunda vez hoje, eu me pego cara a cara com o homem que eu mais quero evitar. Reed, nosso presidente atual, reuniu a mim, Bailey, e os irmãos que estão concorrendo sem oposição a tesoureiro e secretário.

— Certo, rapazes — fala Reed depois de fechar a porta da sala de jantar. — Em meia hora, a assembleia vai decidir quem vai ser o pastor das ovelhas. Entretanto, antes que a votação aconteça, quero só repassar alguns detalhes. Porque às vezes me parece que alguns irmãos se candidatam por otimismo, lealdade ou sei lá o quê, sem saber que tem trabalho envolvido.

Eu me encolho, sentindo que o comentário foi direcionado a mim. Só que não estou nem um pouco confuso quanto a isso. Já sei que a presidência vai tornar meu último ano ainda mais difícil.

— Aqui estão as descrições de cargo para todos vocês — anuncia Reed. — Devem reconhecer a primeira parte do manual da fraternidade, mas abaixo acrescentei algumas notas sobre considerações práticas.

— Obrigado, Reed — agradece Bailey, baixinho. — Isso é ótimo.

— Valeu, cara — ecoam os demais.

Quando Reed me entrega suas anotações, passo o olho pelos parágrafos longos e tento não bufar. São detalhes que se estendem por cinco páginas.

— A descrição da presidência foi a mais difícil de escrever — diz ele. — Usei muito o termo "manutenção da paz". As ovelhas nem sempre escutam, mas vocês têm que botar um ponto final à bateção de boca. As leis são explícitas quanto a isso. Então, digamos que seu melhor amigo tenha ideias idiotas sobre rituais de iniciação, você precisaria acabar com a graça dele. — Ele me olha com firmeza.

Merda.

— Entendi — respondo, rígido.

— Não é um trabalho que renda muita popularidade — acrescenta Reed.

— Acho que é perfeito para mim, então — fala Bailey, e os demais riem.

— Por outro lado, pelo menos você ganha um quarto de graça — emenda Reed.

— Quarto de graça? — pergunto, levantando a cabeça.

Quatro olhares curiosos me fitam.

— Você não sabia da isenção do aluguel? — pergunta Jon Munsen, que está concorrendo ao posto de secretário. — Quase faz tudo valer a pena.

— Ah, sim. — Sinto como se eu estivesse dez passos atrás de todo mundo. — Aham, lembrei — minto.

— Certo, mais alguma dúvida? — indaga Reed. Ele espera, mas ninguém pergunta nada. — Tudo bem, então. Vou pegar a urna no sótão. E aí a gente toca a assembleia geral em uns quinze minutos.

Um silêncio tenso recai sobre a sala.

Bem, *eu* estou tenso. Munsen e Edwards estão mexendo no celular. Bailey também pega o dele, parecendo despreocupado.

Mas é como se eu estivesse em uma experiência extracorpórea. Não consigo mais me lembrar do porquê eu estava concorrendo à presidência da Alpha Delta. Para agradar ao meu pai, eu acho. Fico pensando no que vai dizer quando eu contar que Annika me deu um pé na bunda. Não consigo nem imaginar a decepção na cara dele.

E por que isso importa? Tenho vinte e um anos, quase vinte e dois.

Meu celular vibra com uma notificação. Não acredito, mas é do app do *Fetiche*. Espio o celular debaixo da mesa e vejo que o Pecador3 me mandou um gif. É de... um pastor guiando ovelhas em uma fazenda.

Pecador3: Que o melhor cuzão vença, digita ele.

Não consigo evitar, acabo erguendo o rosto e o encontro olhando para mim. O filho da mãe tem a audácia de me dar uma *piscadinha*.

Puta que pariu, esse Bailey. Eu não quero *gostar* dele.

A sala começa a se encher com meus irmãos da fraternidade. Primeiro as cadeiras ao redor da mesa são preenchidas, depois a poltrona perto da janela, e, por fim, o espaço em frente às paredes.

— Bora lá, galera. — Reed coloca uma pilha de cédulas na mesa e passa outras pela sala. — Ah, e alguns lápis — acrescenta, colocando uma caneca cheia deles ao lado.

Reed é ótimo nisso, percebo. Ele é um bom presidente e é paciente também. Um pastor de verdade.

Olho para Luke do outro lado da mesa. Ele está com o queixo apoiado na mão. Eu me pergunto se ele sabe que provavelmente não vai vencer. Tem muitos jogadores de futebol na fraternidade, e eles vão votar em mim só pela camaradagem. Além do mais, eu sou mais amigável. Passei mais tempo jogando pôquer e assistindo a jogos na sala de estar.

Bailey não faz nada disso. Ele trabalha muito, eu acho. E percebo de repente que talvez ele trabalhe o tempo todo só para conseguir pagar as contas, sem ficar no vermelho. Foi o que ele me disse quando eu estava conversando com o Pecador3.

Ele está cutucando os dedos agora. Como se não se importasse se vai ganhar ou não. Só que então me dou conta de que talvez importe muito para ele. O presidente leva um quarto de graça no ano que vem.

Essa parte não faz diferença nenhuma para mim. O aluguel aqui nem é tão alto...

— Peço a atenção de todos — fala Reed, calmo. — Pensei em votarmos primeiro para contarmos logo os votos. Alguém tem alguma pergunta sobre a eleição? Seguimos o método padrão de maioria simples. No caso improvável de empate, votamos mais uma vez, e se isso não resolver, os eleitos atuais desempatam. — Ele espera. — Perguntas?

Meu coração acelera e levanto a mão.

— Opa, Reed? — Todos se viram para me olhar. — Eu mudei de ideia. — O restante sai em disparado da minha boca em uma verborragia de puro alívio: — A presidência não tem nada a ver comigo, e eu provavelmente nem tenho a personalidade mais indicada para liderar. Então estou renunciando à minha candidatura. Contem comigo para contribuir com os comitês, mas, hum, pode riscar meu nome das cédulas.

Judd grunhe alto.

Reed apenas me encara.

— Tem certeza, cara?

— Total — digo, me sentindo ótimo pela primeira vez no dia. — Já tenho muita coisa na cabeça. — E meu pai que se dane. Se quer um Hayworth sendo presidente da Alpha Delta de novo, ele que faça o vestibular e volte para a Darby.

Foda-se a opinião dele. Eu quero mais é que tudo se exploda.

Um murmúrio inquietante percorre a sala. E então eu cometo o erro de olhar para Luke Bailey. Acho que eu pensei que veria alívio nos olhos dele, porque agora o quarto grátis é dele.

Mas ele está me encarando com um olhar homicida.

SR. PRESIDENTE
Luke

Não temos uma eleição de verdade. Ninguém se propõe a me enfrentar de última hora. Depois de semanas competindo com Keaton por uma posição que eu só quero porque me faria poupar o dinheiro do aluguel, sou nomeado o presidente da Alpha Delta. Por falta de concorrência.

O rancor ruge no meu estômago enquanto fico sentado, na minha, pelo resto da assembleia. De alguma forma, arrumei forças para não pular sobre a mesa de centro e meter um soco na boca de Keaton Hayworth.

Que joguinho é esse dele agora? Minhas mãos tremem de raiva, então eu as pressiono contra as coxas e mentalmente torço para que Reed pare de tagarelar. Não ligo para a Semana dos Infernos que começa amanhã, ou para os produtos de limpeza da casa estarem acabando. Preciso de respostas de Keaton Hayworth III.

No entanto, quando Reed encerra a assembleia, é impossível conversar a sós com Hayworth. Judd e os outros amigos do futebol o puxam para a cozinha, e seus sussurros raivosos me indicam que eles também não estão superfelizes com a decisão repentina dele.

Com o maxilar travado, não tiro os olhos da porta da cozinha, mas não está com cara de que a conversa já está perto de terminar.

— Sr. Presidente! — Jako vem até mim e me dá um tapinha no ombro. — Conseguimos!

— Não, não conseguimos — murmuro. — Eu ganhei por w.o.

— E daí? A gente atingiu o objetivo. Vem, bora sair e comemorar. Tem uma galera querendo te levar para o Cinnibar, por nossa conta.

Respiro fundo. É um gesto bacana, e em qualquer outra noite eu aproveitaria feliz a oportunidade de beber de graça. Mas Keaton e eu temos questões a resolver. Abro a boca para mentir, depois percebo que não tenho motivo para isso.

— Tô esperando para falar com o Hayworth — digo a Jako. — Quero saber por que ele fez isso.

Jako franze os lábios, pensativo.

— É, foi meio estranho. Mas... você venceu. Quem se importa com o motivo que fez ele dar pra trás?

— Eu me importo. — Atrás dos ombros de Jako, vejo diversos dos nossos irmãos nos cercando, na espera. — Podem ir na frente — sugiro. — Encontro vocês lá depois de falar com o Hayworth.

— Beleza. — Ele bate no meu ombro mais uma vez. — Mas vê se não demora. — Para o resto do pessoal, ele grita: — Vejo vocês no Cinnibar. O último a chegar paga a primeira rodada!

Quase sou pisoteado na debandada que vem em seguida. Apesar da pletora de caras ricos nesta fraternidade, nenhum deles quer gastar suas preciosas mesadas. Enquanto isso, Keaton e os amigos continuam discutindo na cozinha. Quando chego mais perto, ouço Judd resmungando:

— Ele não!

Reprimo uma risada. Ah, pelo amor de Deus. Nem assumi a presidência e já virei hashtag.

Estão levando uma eternidade. Demoram tanto que eu pego o celular no bolso e abro o *Fetiche*.

Pecador3: Preciso falar com você. Agora.

Nada de resposta, obviamente, mas fico feliz ao ouvir o toque da notificação vindo da cozinha. Que bom. Espero que alguém pergunte a Keaton quem está mandando mensagem para ele. Ele vai ficar com vergonha de admitir que está usando o *Fetiche* e apressar o fim da conversa.

Mas isso não acontece. Na verdade, fico incrédulo quando Keaton, Judd e seus amigos saem da cozinha e passam por mim em direção à porta de casa.

— Hayworth — vocifero às costas dele. — Uma palavrinha?

Os ombros largos dele enrijecem. Ele me olha, a expressão um pouco acanhada.

— Não dá. Preciso vazar. Parabéns pela presidência.

E ele vai embora, sem mais nem menos.

Fico encarando a porta. Ele está me zoando? Eu mereço uma resposta, cacete. Ele não pode só sair da eleição de última hora sem explicação. Furioso, digito rápido no celular de novo.

Pecador3: Você é um cuzão.

Como esperado, nada de resposta.

Balanço a cabeça algumas vezes, parado no meio da sala de estar. O silêncio é ligeiramente desconcertante. Cada um dos irmãos ou foi para o Cinnibar com Jako ou saiu com Keaton. E eu não consigo nem aproveitar a solidão, porque ainda estou furioso com as ações de Keaton.

Ele me deu a presidência *de mão beijada*. Por quê? Foi pena? Só pode ter sido. Ele pareceu genuinamente surpreso ao descobrir que o presidente ganha um quarto isento de aluguel e sabe que não tenho muito dinheiro. É óbvio que ele ligou os pontos. Antes do ShortsDeLagosta, eu acharia que ligar pontos seria um feito laborioso para o Zé Maromba, mas agora sei que não é o caso. Keaton não é um atleta sem nada na cabeça. É um estudante de biologia e muito mais inteligente do que leva a crer.

Subo as escadas, o ressentimento ainda atacando meu estômago. Mando mensagem para Jako e digo que vou só trocar de roupa e já saio para encontrar todo mundo no bar.

A primeira parte eu faço, vestindo uma calça jeans rasgada e um suéter preto, mas meu celular vibra antes que eu saia do quarto. É uma notificação do *Fetiche*.

ShortsDeLagosta: Como que eu sou um cuzão? Você queria que eu desistisse.

Pecador3: Eu queria que você desistisse quando quebrou as regras duas vezes em dez dias, como o cuzão que é. Não por pena.

E, no fundo, é isso que está me incomodando. Keaton tinha a eleição no papo. Eu teria recebido uma quantidade aceitável de votos, claro, mas nós dois sabemos que eu teria perdido de lavada.

Pecador3: Eu não preciso da sua pena, cara.

ShortsDeLagosta: Não foi pena. Eu nunca quis ser presidente.

Pecador3: Até parece.

ShortsDeLagosta: É sério. Olha, a gente pode conversar sobre isso depois? Tô com o pessoal.

Pecador3: É, eu sei. Vi você fugindo, esqueceu?

ShortsDeLagosta: Eu não estava fugindo. Judd queria sair. Tá tendo festa do pijama na Beta Kappa.

Pecador3: Tá indo pra uma festa de sororidade? É sério isso?

ShortsDeLagosta: Foi mal. Eu sugeri passar no Cinnibar. Jako mandou mensagem chamando a gente. Mas o Judd ficou... como é que eu digo isso de maneira diplomática... insatisfeito com os resultados da eleição.

O que significa que ele se recusa a prestar apoio ao meu reinado comemorando comigo e com o resto da galera. Não que eu esteja comemorando. Estou sentado na beirada da cama, amuado.

Pecador3: Eu também tô. Aquilo não foi legal.

Desta vez não recebo nenhuma resposta, mesmo depois de cinco minutos. Imagino que Keaton e os amigos estejam cercados por um grupo de garotas da sororidade meio bêbadas e usando pijamas, então me forço a dar um pulo no bar.

O Cinnibar é o melhor bar do campus. Tem outros dois que são majoritariamente frequentados pelo time de futebol (nem fodendo) ou pelo time de remo (alerta de esnobes), mas o Cinnibar tem um público de boa e uma atmosfera tranquila. Na verdade, somos os únicos membros de fraternidade presentes hoje.

Ao longo da hora seguinte, bebo com meus irmãos, desconfortável ao aceitar os parabéns e satisfeito ao aceitar as bebidas de graça. Até mesmo alguns dos caras de quem eu nem sou próximo, como Paxton Grier e Edwards, estão sendo legais comigo, embora no caso de Paxton seja porque ele está tentando me convencer a desenrolar uma das minhas "amigas strippers" para ele. Estou tentando me esquivar das súplicas incessantes quando recebo uma mensagem do ShortsDeLagosta.

— Só um minuto — digo a Paxton, rezando para que ele deixe isso para lá. O que me parece provável, porque eu mal pisco e ele já está indo falar com um trio de morenas.

ShortsDeLagosta: Sinto muito por você estar puto, beleza? Mas não foi por pena nem nenhum plano maligno da minha parte. Eu nunca quis o cargo. Meu pai é que queria que eu ganhasse.

A confissão dele desarma um pouco da minha amargura. O ShortsDeLagosta — quer dizer, o Keaton — mencionou inúmeras vezes que ele não tinha lá um relacionamento muito bom com o pai.

Talvez tenha *mesmo* sido o pai dele pressionando-o a concorrer à presidência. Tipo, aquele vale-presente do sr. Hayworth na semana passada exalava desespero.

ShortsDeLagosta: E sim, a parada da isenção de aluguel pesou na minha escolha de cair fora, mas vai por mim, eu estava pensando em desistir desde que a eleição começou. No máximo, saber que você tá com a grana curta foi a desculpa de que eu precisava para sair.

Bufando, digito:

Pecador3: Tá. Acredito em você. Mas você podia ter me avisado que ia fazer aquilo.

ShortsDeLagosta: Eu não sabia que ia fazer até ter feito. Enfim. Parabéns.

Pecador3: Valeu.

Guardo o celular e aceito a caneca de cerveja gelada que Ahmad coloca na minha mão. Estou na terceira, mas minha tolerância é alta, então nem sinto cosquinha.

Caralho. Ganhei a eleição. A ficha finalmente está caindo agora que minha raiva está se dissipando. Não vou precisar pagar o aluguel no ano que vem, e o peso disso de repente sai de cima do meu peito e me permite suspirar de alívio. Meu Deus. Vai ser uma mão na roda. Real.

— Sua primeira ação é óbvia — diz Ahmad. Ao contrário de mim, ele tem uma tolerância a álcool bem baixa, e está bastante inebriado, com as bochechas vermelhas e nitidamente estabanado.

— É? — Dou risada.

— Aham! Mais um jantar — declara ele. — Aquela comida, cara. Gostosa pra caralhoooooo!

Jako ri do outro lado da mesa.

— Espera, você quer outro jantar pela *comida*? Não pelas garotas?

— Elas podem ir também, eu acho, mas só se levarem as bolinhas de queijo.

Todos gargalhamos, mas minha diversão é interrompida quando meu celular vibra de novo.

ShortsDeLagosta: A festa tá uma bosta. Como tá aí no bar?

Arqueio as sobrancelhas para a tela. Por que ele está me mandando mensagem? Ele está em uma festa. As mãos dele deveriam estar ocupadas com um copo de bebida ou com uma gostosa, não com o celular.

Pecador3: Tá da hora. Tô feliz e alegrinho. Mas como é que uma festa do pijama em uma sororidade tá uma bosta? Elas não estão todas usando lingerie sexy?

ShortsDeLagosta: Pior que estão. Mas... sei lá. Não consigo dar em cima de nenhuma delas, Pecador. Parece errado. Como se eu estivesse tentando substituir a Annika.

Acho curioso ele continuar a me chamar de Pecador. Vai ver ele também está tendo dificuldade de unir minhas duas identidades. Pecador e Luke Bailey. ShortsDeLagosta e Keaton Hayworth. Tem quatro pessoas nesta equação e só deveria haver duas.

Pecador3: Ela te deu um fora, cara. Você precisa lidar com isso e seguir em frente.

ShortsDeLagosta: E eu vou. Mas quem disse que preciso lidar com isso e seguir em frente ainda hoje?

Pecador3: Boa. Dito isso, ficar com uma pessoa para superar a anterior nunca machucou ninguém. Ouvi dizer que faz as pessoas se sentirem melhor.

ShortsDeLagosta: Nada a ver, te falei que me parece errado ficar com uma dessas meninas. Ainda mais uma de sororidade. Eu estaria pensando na Annika o tempo todo.

ShortsDeLagosta: Nada de mulher pra mim hoje.

Pecador3: E homem?

Puta que pariu.

Por que caralhos eu mandei isso? Parece que eu estou flertando. Parece nada, foi um flerte descarado mesmo. E não era para eu estar de conversinha com esse cara. Ainda estou digerindo o fato de ter beijado ele ontem. Foi burrice da minha parte.

Mas o problema de clicar em Enviar é que a outra pessoa recebe a mensagem. Porque você a *enviou*.

ShortsDeLagosta: Isso é um desafio, Bailey?

Xi, rapaz. Ele usou meu nome. Agora a coisa ficou séria.

Pecador3: Tô só falando que se ficar com alguma garota hoje só vai fazer você pensar na Annika, talvez seja melhor pegar alguém que não vá te lembrar dela.

ShortsDeLagosta: Alguém com pênis?

Pecador3: Por que não?

ShortsDeLagosta: Alguém tipo você?

Passo tanto tempo olhando para a tela que chamo a atenção dos meus colegas de banco.

— Bailey! Ei! — chama Hoffman. — Paxton pagou uma puta grana por essa rodada de cerveja. Se não vai beber a sua, passa pro pai aqui.

Paxton reclama:

— Ô! Se ele não quiser, por que *você* vai ficar com ela? Eu que paguei pela porra toda!

Passo a caneca para Paxton, distraído.

— Fica à vontade. Eu já volto.

Ignorando o olhar curioso de Jako, me afasto da mesa e vou até um lugar quieto no fundo do bar. Meu coração está batendo mais depressa que o normal e há um calor nas minhas partes baixas que está tornando bem mais difícil eu me concentrar. Releio a última mensagem de Keaton, pensando em como responder.

Passa um bom minuto antes que eu me force a admitir a verdade, mas quando o faço, não me resta alternativa para o que eu respondo.

Pecador3: A casa tá vazia agora. Eu te desafio a me encontrar lá em quinze minutos.

Agora já foi. Meu pulso acelera, sinto um zunido nos ouvidos. Meu corpo está quente e rígido, e não tem a menor chance de eu voltar para a mesa e beber mais uma cerveja.

Desligo o celular para não me sentir tentado a olhar para a tela.

Saio e vou para casa.

O NOME DA MÚSICA É "GOLD"
Keaton

Olho ao redor da festa e vejo os rituais de acasalamento de sempre. Judd está enchendo mais uma vez o copo de plástico vermelho enquanto conta piadas para uma garota da sororidade que está vestindo uma camisola transparente. Ela ri, e ele estica o braço para tocar o cotovelo dela.

Juro, o ritual de acasalamento dos escaravelhos-sagrados — no qual o macho rola uma bolinha de bosta para impressionar as fêmeas — é menos previsível do que esta festa.

Não consigo nem dar início a uma conversa, porque só fico pensando no infeliz do Luke Bailey e me perguntando se o desafio dele foi da boca para fora ou se ele realmente voltou para casa como disse que faria.

Se eu aparecesse em casa agora, ele estaria esperando por mim? Ou guardou o celular, pediu outra cerveja e disse para si mesmo: *Agora aquele babaca vai aprender?*

Além do mais, ele saiu do aplicativo. Não tem nenhum pontinho verde do lado do nome dele. Ele me desafiou e desapareceu antes que eu pudesse dizer qualquer coisa. Deu a última palavra. Eu odeio esse cara.

Odeio ele, mas também quero que ele me chupe.

Pensando nisso, largo meu copo de plástico e vou para a porta. Nem me dou ao trabalho de olhar para Judd, porque eu certamente não quero que ele pergunte aonde eu vou.

São uns três minutos de caminhada até a casa da Alpha Delta, e eu me forço a andar mais devagar. Não tenho pressa para acabar ficando com cara de mané se ele não estiver lá.

O que é que eu quero? Solto um suspiro quente, e o ar aparece na minha frente como fumaça no ar frio de janeiro. Estou livre, leve e solto hoje. Fico pegando o celular toda hora para mandar mensagem para Annika, e então lembro que não estamos mais juntos. E a mensagem que recebi do meu pai não é conforto algum. Ele me parabenizou pela presidência. Nem perguntou se ganhei — simplesmente deduziu que sim.

A casa da fraternidade está escura quando me aproximo. Destranco a porta da frente e entro no silêncio sepulcral. Quando fecho a porta, o som ecoa.

Merda.

Subo as escadas, porque preciso saber. Não há vivalma nem no primeiro andar, nem no segundo.

Mas então eu ouço música.

Meu coração dispara quando subo o último lance. E, de fato, Bailey está em casa. Botou algum tipo de música house nos alto-falantes, uma batida que é um meio-termo entre R&B e eletrônica.

O que quer que seja, está alto o suficiente para que ele não ouça enquanto me aproximo. Então tenho uma visão privilegiada dele se empoleirando na beirada da cama, levantando e abaixando as pernas enquanto equilibra um haltere sobre os tornozelos, levantando-os durante o treino.

Ele está sem camisa, e as bochechas estão coradas pelo esforço de usar cada músculo para levantar o peso. O abdômen exposto treme enquanto ele faz mais uma repetição com a música estourando ao fundo de maneira sexy.

Por um longo minuto, fico parado bisbilhotando feito um pervertido. E, porra, eu gosto muito do que estou vendo. Talvez seja um efeito colateral da destruição completa da minha vida, mas eu me sinto atraído pelo maldito Luke Bailey.

Esse tanquinho, cara. E o torso sinuoso. Não tem um grama de gordura em nenhum canto do corpo dele.

— Oi — falo por fim, porque seria impossível ficar parado para sempre aqui e não ser pego.

Eu o assustei. Ele vira o queixo para mim e os olhos escuros encontram os meus, fazendo uma carranca. O movimento desestabiliza o exercício que ele estava fazendo. Em câmera lenta, o halter tomba e rola de seus pés. E a perda do peso o desequilibra.

Luke cai do pé da cama direto no chão, fazendo um baque e soltando um "ai".

E eu faço o que qualquer homem de carne e osso faria nessa situação. Dou risada.

— Merda — resmunga ele do chão.

— Não levanta — falo, tentando não gargalhar. Depois eu o assusto novamente quando me sento ao lado dele no chão.

Ele se vira para mim com cara de surpresa.

— Não achei que você viria mesmo.

— É, eu também não.

Ele não diz nada por um momento, e eu fico atento demais ao quanto estamos próximos, e à batida sexy da música que imita o ritmo do meu coração.

— Que playlist é essa?

— É Chet Faker — fala ele com um sorrisinho. — O nome da música é "Gold". Curtiu?

Não respondo, porque a boca de Luke está a poucos centímetros da minha. E agora estou tendo uma vaga lembrança embriagada da noite passada. Da sua língua na minha boca.

Luke inclina a cabeça para o lado, me avaliando. Devo ser sutil feito um tijolo quando olho para os lábios dele, me perguntando se mais um beijo dele teria o mesmo gosto safado e perigoso do primeiro.

Ele chega mais perto, e eu meio que me preparo para sentir seu gosto novamente. Porém, no último segundo, ele vira, e sua boca encontra meu pescoço. *Olá, arrepios*. Ele segura meu queixo, tirando-o do caminho e abrindo espaço para uma fila de beijos lentos, provocativos e de boca aberta logo abaixo do meu maxilar.

Solto um som ininteligível de surpresa. De repente, toda a tensão do meu corpo está me matando. Precisando me mexer, levo as duas mãos ao peitoral forte dele. O calor e os músculos sob meu toque são mais um choque para o meu corpo.

E para o dele também. Ele solta um barulhinho de incentivo quando meu polegar roça um mamilo macio, que logo endurece com o meu toque. Ele sussurra um palavrão contra o canto da minha boca, mas continua me fazendo esperar pelo beijo. Estou vibrando de ansiedade quando ele finalmente acaba com o meu tormento e fica de joelhos para beijar minha boca.

Caralhoooooo. Meu corpo todo treme de expectativa com o arranhar da barba por fazer nos meus lábios. Sinto o cheiro de cerveja e ele intensifica o beijo imediatamente. Minha boca se abre como a de um pássaro faminto, e a língua dele entra e me enche de sensações.

É avassalador. Minha cabeça bate no colchão quando ele vem com tudo querendo mais, lançando um joelho por sobre o meu corpo e montando no meu colo enquanto toma minha boca para si.

Nossos peitos estão colados, e meu pau pulsa com a proximidade. Enquanto isso, minhas mãos cedem à tentação e exploram seu torso, se movendo para trás para estudar a textura das suas costas.

Quanto músculo. E o rosto áspero de barba. É tão diferente de beijar uma mulher. É muito bom. Baixo as mãos para a bunda durinha dele e aperto.

Ele interrompe o beijo, se inclina para trás e me olha de cima.

— Você não tá com medo.

— Que foi? — pergunto, a voz rouca. — Eu deveria estar?

Ele ri de repente, e o som vai direto para o meu pau.

— Não. Deixa pra lá. Tira a roupa se é tão corajoso assim.

— Ele desliza a mão pelo meu peito, e os arrepios duplicam, como se ninguém nunca tivesse me tocado antes.

Reluto contra um calafrio de tesão e depois arranco minha jaqueta de futebol.

— Sai de cima de mim se quiser me foder.

— Ah, eu quero — fala ele, ficando de pé de repente. Sua calça de moletom está nitidamente marcada com um inchaço na frente. Ele me pega olhando e agarra o pau por sobre o tecido, balançando para mim. Em seguida, vai fechar a porta e coloca a tranca no lugar.

Eu me levanto do chão, e o sangue invade meu rosto enquanto tiro a camiseta. Este intervalo me dá a chance de pensar no que estou fazendo. *Tirando a roupa para o Luke Bailey.*

É, pensar para quê?

Por sorte, ele escolhe esse momento para tirar a calça, se inclina de leve e me dá uma visão plena de seus músculos de um novo ângulo, e de um rabão musculoso que mal cabe na cueca boxer preta.

Arranco os sapatos e a calça jeans com as mãos trêmulas, ainda observando-o.

— Você não tem, tipo, nenhum pelo no corpo.

Ele ri pelo nariz.

— Ossos do ofício.

— Como ass...? — Não chego a terminar a pergunta, porque ele se aproxima e me beija de novo. Luke me agarra pelo pescoço com uma das mãos e devora minha boca sem escrúpulos.

Sinto minhas meias caindo das mãos. Ele me empurra e eu caio com força na cama.

— Isso aí — sussurra ele na minha boca. — Deita e me sente.

Tem alguém querendo dar ordens hoje. Era para isso me irritar, mas não me incomoda. Estou ocupado demais deitado no mesmo lençol onde ele fez um vídeo gozando para mim.

Um momento depois, ele cola o corpo no meu, e eu arquejo quando sinto sua pele macia. Recebo um único beijo safado antes de ele enfiar a mão dentro da minha cueca e pegar no meu pau.

Arfo, implorando pelo beijo seguinte, meus dedos dos pés curvando.

Se deixar seu irmão de fraternidade tocar sua pica é errado, então não quero estar certo.

— Você é gostoso demais para um atleta — murmura ele, beijando do meu rosto até o pescoço. — Prova de que nada é justo.

Engulo em seco quando a boca dele passa pela da minha clavícula e continua descendo. Ele me masturba com a mão forte, e eu estou tensionando todos os músculos do corpo, me perguntando o que ele vai fazer em seguida.

Luke me solta e, de repente, se senta no meu quadril, tensionando o abdômen. Ele é ágil, percebo. Ver ele se mover é quase tão gostoso quanto deixá-lo me beijar. Ele belisca meus dois mamilos de uma vez.

— Ah! — As faíscas gêmeas de dor só intensificam meus sentidos superávidos. — Faz de novo.

Em vez de me obedecer, Luke se abaixa e mordisca um dos meus mamilos, roçando o pau no meu. Tem duas camadas de tecido entre nós dois, mas ainda sinto o calor da sua pica esfregando na minha.

— Humm — fala ele, beijando meu peito, os dedos provocando meus pelos debaixo do umbigo. — Você quer a minha boca?

— Quero — respondo com a voz rouca.

— Mesmo? Pede com jeitinho.

Solto um grunhido quando ele puxa minha cueca. Levanto o quadril e o deixo tirá-la e jogar para longe. Meu pau molhado se liberta e bate na minha barriga.

— Delícia — sussurra ele, as mãos apertando minhas coxas. Ele se abaixa e passa os lábios pelo meu quadril, mordendo de leve a pele sensível ao lado dos pelos. Levanta a cabeça e eu me preparo para receber sua boca, mas ela não vem. Apenas sua respiração provoca meu pau enquanto ele brinca com as minhas bolas com uma das mãos. — Eu ainda não te ouvi pedir — fala ele, amuado. — Me fala o quanto você quer.

Muito, aparentemente.

— Por favor — peço em um grunhido. — Chupa.

— Simples e direto. — Ele debocha. — Um homem de poucas palavras. Certo, Keaton Hayworth Terceiro. Você ganhou minha boca no seu pau.

Ergo a cabeça quando ele me pega na mão. *Isso*. E assisto a sua boca faminta se abrindo para envolver a cabeça do meu pau. Na primeira lambida habilidosa, quase grito de tão gostoso que é. Mas então ele sobe o olhar escuro para o meu, com a boca cheia de mim, e preciso enrijecer os músculos da coxa para não gozar na hora.

Cacete. Eu não vou me humilhar. *Ainda* não.

Eu me reclino na cama, me forçando a relaxar enquanto ele me abocanha. Mexo o quadril porque preciso. E, de alguma forma, minha mão vai parar em seu cabelo, como se segurá-lo me desse algum controle da experiência.

O que é uma ideia ridícula. Nunca me senti menos no controle do que agora.

E eu amo isso.

Ele solta um grunhido e continua me engolindo. Sinto meu pau batendo em sua garganta, e volto a curvar os dedos dos pés. O cara é realmente bom nisso. Seguro seu cabelo com mais força enquanto ele segue em um ritmo de chupada e lambidas.

Tento fazer durar, mas é bom demais. Tomou conta do meu corpo inteiro.

— Vou gozar — sussurro, arqueando os quadris sem parar.

— Cuidado.

Ele só geme e me dá uma chupada fenomenal.

Tudo acaba, exceto os gritos. Arqueio as costas e solto cada gota de frustração na sua boquinha gulosa. Estou tonto de alívio, e ele engole tudo. Quando não aguento mais, caio de volta na cama.

Meu deus. Talvez Annika tivesse razão quanto à nossa vida sexual. A música ainda está pulsando nas minhas veias, estou corado e exausto e mais satisfeito do que já me senti um dia.

Mas Luke não está. Ele tirou a cueca e subiu no meu colo de novo.

— Me toca — diz ele, tirando minha mão de cima da cama e a colocando ao redor do próprio pau.

Mal consigo pensar, mas me dou conta então de que estou segurando a rola de outro cara pela primeira vez na vida. Ele apoia as mãos de cada lado do meu corpo e fode minha mão. Os olhos escuros me bebem enquanto ele se move em cima de mim. Aquele olhar de tesão esquenta minha pele ainda mais.

— Tá gostando do que vê? — consigo balbuciar.

— Gostando demais — responde ele, ofegante. — Mas fica calado, a menos que seja pra dizer que quer o meu pau na sua boca. Não, espera. — Os músculos dele tensionam. — Tarde demais.

O pau dele pulsa na minha mão, e ele goza em jatos quentes que se espalham pelo meu abdômen.

No entanto, seu grunhido rouco é abafado pelo som da baderna de risos vindo lá de baixo. *Droga*. Alguém chegou em casa. Muitos alguéns, pelo que parece. Não tendo a entrar em pânico, mas a ansiedade que explode dentro do meu corpo me faz sair de debaixo de Luke e descer da cama dele.

A prova do orgasmo dele está escorrendo pela minha barriga, mas eu estou tão em pânico pela possibilidade de ser pego que ignoro a lambança. Só pego minhas roupas no chão, abro a porta e saio correndo para o chuveiro.

O UNIVERSO DECIDIU
Luke

— **Aumento cinquentão** — anuncia Judd, sorrindo para mim.
Olho para as minhas cartas. Estamos jogando pôquer fechado hoje e estou com dois pares: de dez e de oito. É a "mão do homem morto" a mesma que dizem que Wild Bill Hickock tinha quando levou um tiro na cabeça em algum salão do Velho Oeste. Se eu cobrir a aposta de Judd e perder cinquenta contos, mais os dez que todos jogamos para o ante, *eu* é que serei o homem morto. Meu ano de aluguel gratuito só começa no outono, o que significa que a grana continua curta.
Mas acho que Judd está blefando. E estou me sentindo arrogante hoje.
Na real, eu tenho me sentido arrogante desde que dei uns pegas no Keaton. Faz três dias que ele está me evitando, o que por algum motivo faz eu me sentir... vitorioso, talvez? Como se eu tivesse saído ganhando, o que é algo que eu nunca tinha sentido com Keaton Hayworth III.
— Eu pago — falo, imprudente, botando minhas fichas no meio da mesa.

As sobrancelhas de Judd quase pulam do rosto.

— É sério?

Na cadeira ao meu lado, Tanner começa a rir.

— Acho que você pegou o blefe dele — fala, me cutucando no braço.

Sorrio.

— Mostra aí — digo a Judd.

Travando o maxilar, nada feliz, Judd baixa as cartas. Ele tem um par de rainhas e só.

Boto as minhas na mesa e puxo a pilha de fichas para mim. Aí sim. Tem mais de cem dólares aqui. Vou jantar filé amanhã.

— A mão do homem morto — declara uma voz familiar enquanto Judd vira minhas cartas.

Enrijeço de leve. Keaton aparece, bisbilhotando minha mão vencedora.

— Aham — digo, olhando de relance para ele. — Só que essa não veio com uma bala.

— Uma bala? — pergunta Ahmad, sem entender.

— É a mão que um pistoleiro famoso tinha antes de levar um tiro e morrer — explica Keaton.

Percebo que ele não me olhou nos olhos nem uma vez, nem quando eu me virei para ele. Covarde. Ainda me lembro da forma como saiu em disparada do meu quarto na noite de domingo, como se a bunda dele estivesse em chamas. E olha que eu ainda nem tinha colocado as mãos na bunda em questão.

E a julgar pela maneira como ele tem se distanciado, nunca vou ter essa chance.

Mas, sinceramente, talvez seja melhor assim. Não posso negar que adorei mamar ele, e eu queria mesmo ter tido a chance de comer Keaton, mas claramente o universo decidiu que não era para ser. E tudo bem. Ficar na broderagem com um irmão de fraternidade é uma ideia tão horrível quanto sair com um colega de trabalho. É mexer no que não devo.

Por sorte, parece que Keaton e eu estamos de acordo quanto a não repetir.

— Topa entrar na próxima rodada? — pergunta Judd ao melhor amigo.

Fico esperando Keaton dizer não, e um instante de silêncio se passa com a incerteza estampada em seu rosto.

— Claro — diz ele de repente. — Vou só pegar uma cerveja. Alguém quer mais uma?

Tanner e Jako aceitam, e um momento depois, Keaton volta da cozinha com duas Sam Adams e uma Dos Equis para ele mesmo. *Caramba*. Ele bebe Dos Equis? É a primeira vez que presto atenção na marca da cerveja que ele toma. Também é a primeira vez que eu tenho que me obrigar a parar de secá-lo.

Antes, um olhar rápido de admiração não era motivo para esquentar a cabeça, mas agora eu me pego fazendo questão de *não* ficar encarando a aparência dele. Mas ele está tão gostoso com a calça jeans e o suéter cinza justo que aperta seu peito impossivelmente largo.

Enquanto Judd dá as cartas para a nova rodada, bebo minha cerveja e converso com Jako e Ahmad sobre o novo semestre. Jako faz economia e nós temos uma aula de administração juntos este período — um seminário de marketing. Ahmad está se formando em biologia, e eu quase me arrependo de perguntar sobre a grade dele, porque acaba atraindo Keaton para a conversa. Merda. Sempre esqueço que ele também está cursando biologia.

— Ecologia marinha vai ser do caralho — fala Keaton, vendo as cartas.

— Tá animado para aumentar seu conhecimento sobre acasalamento animal, é? — falo sem pensar, depois me xingo pela decisão burra.

Keaton parece sem reação, mas se recupera rápido.

— Nada, acho que vai ser mais uma matéria sobre padrões ambientais e populacionais, habitats marinhos, esse tipo de coisa.

— É bem fascinante — intercede Ahmad. — Eu fiz essa disciplina no ano passado.

Analiso minha mão, tentando decidir quais cartas baixar. Por fim, baixo duas, bato dois dedos na mesa e pego as substitutas que Judd me passa. Tenho um par de ás. Nada mal. Mas também não é bom o suficiente para cobrir a aposta de vinte dólares de Tanner. Dou *fold*, tentando ignorar o fato de que Keaton está me observando.

A intensidade do olhar cava um buraco na lateral da minha cabeça. Sem pensar direito, arrisco uma espiada. Um arrepio quente percorre meu corpo. O olhar dele está cheio de calor.

Porém, quando nos encaramos, ele quebra o contato visual e baixa os olhos para as cartas.

Judd blefa novamente, mas desta vez dá certo. Tanner, Keaton e Jako foldam, e Judd vence a pilha. Enquanto a próxima rodada está sendo organizada, meu celular vibra. Não preciso nem pegar para saber de quem é a mensagem.

ShortsDeLagosta: Para de me olhar assim.

Preciso me esforçar para não rir.

Sorrateiramente, digito uma mensagem depressa, deixando o celular debaixo da mesa.

Pecador3: Tá zoando? É você quem está me despindo com os olhos. Não sou um pedaço de carne, Hayworth.

Sorrindo de canto, levo a cerveja aos lábios.

ShortsDeLagosta: Então por que eu quero te comer inteiro agora?

Tenho uma crise de tosse. Uma crise alta e incontrolável que faz Tanner se levantar para me dar vários tapas nas costas.

— Tá bem, cara? — pergunta ele, preocupado.

— Tô — falo com a voz esganiçada. Com as bochechas pegando fogo, olho para Hayworth, e agora é ele quem esboça um sorrisinho. Não acredito que ele acabou de falar isso. É uma declaração ousada para alguém que saiu correndo do meu quarto como um atleta olímpico logo depois de fazermos um ao outro gozar.

Meu celular vibra de novo. Estou quase com medo de olhar, mas então percebo que é uma ligação. A preocupação toma conta de mim quando vejo o nome do meu irmão na tela.

— Ei, vou ficar fora dessa — falo quando Judd começa a dar as cartas. — Preciso atender.

Mais uma vez, sinto o olhar de Keaton em mim, mas o ignoro e entro na cozinha para atender Joe.

— E aí? — pergunto com a voz baixa.

— Opa, preciso de mais dinheiro para o trampo — fala Joe, na lata.

Agarro a bancada da cozinha com os dedos da mão esquerda.

— Acho que você está com a impressão de que eu sou um caixa automático, irmão. O que eu não sou. — Meu tom sai mais rígido que meus músculos.

Ele parece irritado.

— O que tem de mais? Eu sei que você tem grana.

— Na verdade, não tenho. E caso tenha se esquecido, eu acabei de dar quinhentos dólares para você e a mãe. — Fora os cem extra para ele calar a boca. — Já gastaram?

— Óbvio que a gente já gastou — fala ele, cheio de sarcasmo. — É isso que acontece quando se toca um negócio, seu imbecil. Gastar dinheiro.

— Sim, e você também *ganha* dinheiro. Como que essa parte tá indo? — Olho para a minha mão e vejo que os nós dos dedos estão todos brancos. Eu me forço a relaxar o aperto na bancada.

— As coisas estão começando agora — retorque meu irmão. — Você não pode esperar que a gente tenha lucros de imediato.

— Claro, e você não pode esperar que eu seja o único investidor desse circo que você está montando.

— Circo? — A fúria ribomba na voz dele. — Seu desgraçado! É assim que vê nossa *mãe*? Acha ela uma palhaça? Ela trabalhou duro para colocar comida na nossa mesa e...

— Não estou chamando a mãe de palhaça — interrompo.
— *Você* é o palhaço, Joey. Não faz a menor ideia de como ter um empreendimento e eu não vou te dar nem mais um tostão, a menos que você me apresente um plano de negócios digno para essa sua empreitada de faz-tudo, junto com um cronograma de quitação de dívida. É a única maneira de você conseguir mais dinheiro comigo.
— Seu viadinho do...

Desligo. Balanço para a frente e respiro fundo. Isso não me acalma. Na verdade, só me deixa mais tonto e ansioso. Da última vez que brigamos por dinheiro, Joe ameaçou contar às pessoas da minha vida que meu ganha-pão é ser stripper, então eu cedi. Mas não vou mais cair nessa. A questão com folgados como Joe é que se você diz sim uma vez, eles sempre vêm atrás de mais.

Foi um erro pagar para calar a boca dele. A esta altura, eu preferiria arriscar ser exposto como stripper do que ficar comendo na mão gananciosa do meu irmão.

— Tá tudo bem?

Eu me viro para a porta. Keaton está parado ali com o que parece ser preocupação genuína nos olhos castanhos.

Por algum motivo, vê-lo me tira do sério. Talvez seja a calça jeans de grife que provavelmente custa mais do que eu ganhei trabalhando o fim de semana passado inteiro. Ou o cabelo perfeito, aparado na medida certa por um barbeiro cujos serviços eu jamais teria condições de bancar. Não preciso da preocupação dele. Nem de sua pena. Nem de nada, na real.

— De boa — respondo em um grunhido.

Ele nitidamente não acredita, porque vem na minha direção. Seus passos são largos, a expressão, inabalada. Qualquer outra pessoa leria minha linguagem corporal, a nuvem tempestuosa escurecendo meu rosto, e seguiria na direção oposta. Mas ele, não.

— O que tá rolando? — pergunta ele baixinho.
— Nada. Tá de boa, Hayworth. — Dou um passo. — Vamos voltar para o pôquer.
— Não.
Reviro os olhos e dou mais um passo.
— Como quiser.
A mão dele se apoia no meu bíceps.
— Qual foi, Bailey...

Baixo o olhar para os dedos dele. O polegar toca meu ombro de leve. Engulo em seco.

— Qual foi o quê? Eu disse, tá tudo bem. — Contra a minha vontade, um aperto me sobe pela garganta. — Além do mais, agora a gente tá se falando de novo, do nada? Faz três dias que você me ignora.

Assim que as palavras saem, eu me arrependo. Não quero que Keaton perceba que eu me dei conta de sua ausência, ou que ela me incomoda.

— Eu não estava ignorando você. Estava fazendo um trabalho e não queria me distrair.

— Trabalho de quê? Boa tentativa, mas é o começo do semestre. — E por que de repente eu comecei a agir como um resmungão? Era para eu estar *feliz* por ele estar me evitando. Significa que eu consegui driblar a conversa matinal mais embaraçosa do mundo, tendo que falar para ele que não estou interessado.

— Eu passei de fase em um processo seletivo de um estágio ao qual me candidatei — diz Keaton com a voz baixa. — Nessa fase, a gente precisa mandar um ensaio de duas mil palavras.

— Aham. — Os olhos dele contam outra história, e como eu nem sempre faço o que é bom para mim, não deixo isso passar ileso. — Se você surtou, podia só ter falado. Não seria o primeiro cara que não consegue lidar com a verdade.

Ele estremece um pouco, bem rápido.

Bufo, porque o que eu disse é verdade, ainda que não tenha sido muito delicado.

— Deixa pra lá. Não é grande coisa. — Dou a volta nele e saio da cozinha em direção às escadas.

Quando termino de subir os degraus, ouço passos atrás de mim. Ele está no meu encalço no patamar do segundo piso, e continua subindo até o terceiro andar. Droga.

— O que foi? — rosno, virando à frente do nosso banheiro. — Tem alguma coisa a dizer?

— Sim. — Ele baixa mais ainda a voz. — Você tem razão. Eu surtei mesmo. Mas não só porque você é um cara.

— Sério? Por quê, então? Já tô por aqui de caras que só querem que eu os faça gozar e depois me dão as costas, dizendo que isso não é *natural* ou alguma merda do tipo.

Keaton ri.

— Qualquer pessoa que chama sexo de algo não natural nunca passou tempo algum na natureza. A natureza é bruta, grosseira e topa qualquer coisa. Eu sou cientista demais para falar uma abobrinha dessas.

— O que foi, então? — Se ele estiver dizendo a verdade, eu provavelmente estou prestes a me ofender ainda mais. Se o problema não é o fato de eu ser homem, então é pessoal?

— Eu surtei por querer... — Uma risada explode de uma das portas fechadas no segundo andar. São só alguns irmãos jogando videogame ou vendo um filme.

Nossos olhos se encontram, o olhar dele cauteloso. Depois ele desvia o rosto. Eu o vejo pegando o quadro branco da porta de seu quarto. É o que usamos para deixar mensagens para ele. Acho que vou precisar de um desses no próximo ano letivo, quando eu for presidente.

Keaton tira a tampa da caneta com os dentes e escreve.

Minha respiração acelera quando leio.

* * *

Surtei por você ser um cara. E por eu ter permitido que você assumisse o controle da coisa toda. Parte de mim quer esquecer o que aconteceu. Mas a maior parte quer muito que você faça de novo.

Ô, cacete. Nossos olhos se encontram mais uma vez, e há calor em seu olhar. Ele apaga o quadro com o punho, tampa a caneta e pendura o negócio de volta na porta. Em seguida, ele se vira e desce as escadas de novo. Para voltar ao jogo de pôquer, eu imagino.

Tudo o que consigo fazer é observá-lo por um longo momento. Estou perplexo, embora faça sentido. Se Keaton tem transado com a mesma garota desde que os dois eram adolescentes, acho que minha persona mandona foi mesmo um tanto educativa.

Pede com jeitinho, mandei.

Por favor. Chupa, atendeu ele.

Um sorriso maldoso se espalha pelo meu rosto, bem aqui no corredor. Quando abro a porta do quarto, gosto da sensação de saber que abalei o mundo dele.

Ele curtiu eu ter sido mandão. Gostou tanto que não conseguiu nem falar. Teve que escrever.

Paro no meio do quarto, assimilando as implicações de tudo. A confusão de Keaton, sua relutância a dar voz a suas necessidades... é um péssimo sinal.

Um sinal muito, muito, muito ruim mesmo.

Não faz mal se divertir casualmente com um amigo que sabe no que está se metendo. E eu entendo a confusão sexual de Keaton, ainda que eu não compartilhe dela.

Mas somos vizinhos, e vamos continuar sendo irmãos de fraternidade por mais um ano e meio. É uma péssima ideia eu abalar o mundo dele. Não se isso for fazer ele surtar real.

Pego o celular no bolso e abro o aplicativo. Só levo um segundo para fazer a coisa certa.

Foi mal, não tô interessado. Nós dois juntos não acabaria bem.

A GRAMÁTICA SALVA VIDAS
Keaton

Coloquei tudo de mim no ensaio que escrevi para o estágio. Tipo, foi o único ponto alto da minha semana de merda. Minha namorada foi vista jantando com um jogador de lacrosse. Corrigindo: minha ex-namorada. Quando é que vou me acostumar a dizer isso?

Enquanto isso, meu vizinho gostoso deixou perfeitamente explícito que não voltarei a explorar meus horizontes com ele em nenhum momento próximo. E em vez de me sentir aliviado, acordo todo dia imaginando os lábios dele no meu pau. E ouvindo a voz dele me dizendo para ficar deitado e senti-lo.

Acho que quero fazer isso de novo. Pelo menos uma vez mais. Ou talvez dez. Não sei o que isso significa exatamente, mas os pensamentos e as fantasias não vão embora.

E como a vida é cruel, acabo esbarrando nele o tempo todo agora. Nossos horários do semestre novo devem estar mais alinhados do que antes, porque ele está pelado no banho sempre que preciso do banheiro. Ou então encontro ele de conversinha com a barista bonita da minha cafeteria favorita quando dou um pulo lá entre uma aula e outra.

Que merda, viu. Estou solteiro, um pouco deprimido e muito excitado, com um extra de confusão sexual também.

Mas eu sou um homem que *não* reclama. Então me recuso a me queixar. Só que a temporada de futebol acabou, e minha solteirice me dá muito tempo livre.

Estou sem nada para fazer até a noite de sexta-feira, quando descubro que é aniversário do Owen.

— Você precisa vir com a gente, Keat! — fala ele. — Vai ser épico.

— Aonde vamos? — pergunto, tentando parecer animado. Talvez uma noite de balbúrdia melhore meu humor.

— Ele vai fazer vinte e um anos — diz Tanner. — Chegou a hora de ir para os bares de strippers!

— Você só quer ver a Cassidy dançando de novo. — Ele já saiu duas vezes com a dançarina que conheceu no jantar que o Luke deu na Batalha de Dança.

— Me processa! — Meu amigo dá de ombros. — A gente vai se divertir muito. Vai ser meio carinho, mas só se faz vinte e um uma vez, né, Owen? — Ele dá um tapa nas costas do cara.

E é assim que eu me pego tomando banho para sair.

Como era de se esperar, Luke está no nosso banheiro, escovando os dentes quando entro. Ligo o chuveiro e fico esperando coberto com a toalha enquanto a água esquenta.

— Vai sair uma galera para o aniversário do Owen — digo, meio sem jeito. — Você devia ir também.

— Preciso trabalhar — responde ele. — Falou! — Ele vai embora sem nem olhar na minha direção.

Então tá.

— Quem é que vai ser o motorista da rodada? — pergunta Owen enquanto nos enfurnamos em dois carros, incluindo o meu.

Silêncio.

Solto um grunhido.

— É sério? Vocês me chamaram só pra eu servir de motorista?

— A gente podia pegar um carro de aplicativo mesmo — ressalta alguém.

Resmungando, dou partida. A boate de strip-tease que meus amigos escolheram não é tão próxima, e acho que eu preferiria dirigir e beber só duas cervejas do que depender de aplicativos de carona.

Eles me levam para o centro, perto dos cassinos, a um estacionamento enorme na frente de duas boates. Uma é chamada Boate do Jack e a outra é Boate da Jill.

Descemos do carro. Tranco e sigo meus irmãos, que vão para a Boate da Jill, na esquerda, em vez de para a direita.

— Hum, gente? — Paro e analiso os locais. Não tem peitos de neon nem nenhuma característica clichê distinguindo os dois estabelecimentos, mas aposto que a Boate da Jill é para atrair mulheres. — Não é melhor irmos na Boate do Jack?

— Bem, o Zimmer não veio — fala Owen. — E claramente o resto de nós prefere as Jills.

Isso é o que você pensa. Mas a questão não é essa.

— Você não leu o nome? A boate é *da* Jill, não significa que *tem* Jills aí dentro.

— Quer dizer que é propaganda enganosa? — zomba Tanner, e todo mundo ri.

— Não, eu... — Bufo. — Vão lá. Vocês vão ver. Vai ser divertido ver vocês aprendendo sobre gramática hoje. Quem vai receber a primeira *lap dance*?

— A Cassidy disse que não tem *lap dance* aqui — conta Tanner. — Infelizmente.

Já, já você não vai mais estar se sentindo mal por isso. Se eu estiver certo, o pessoal não vai querer uma *lap dance* na Boate da Jill.

Tanner abre a porta e gesticula alegremente para que todos entrem.

Sou o último a entrar. Não me passa despercebido o cenho franzido em confusão da moça que nos recepciona.

— Boa noite, rapazes — cumprimenta ela. — Acho que eu deveria avisar que...

Levo o dedo aos lábios.

— Isso aqui não deve demorar, mas vai ser muito engraçado pra mim.

Ela ri e dá de ombros.

— Não vou nem cobrar a entrada, então.

Dito e feito, depois de mais uns três passos, meus rapazes veem o palco, onde quatro homens usando apenas tangas e calças com a frente aberta estão saracoteando com gritos de incentivo do público feminino.

Sete caras da fraternidade ficam paralisados de surpresa.

— Viram só? A gramática salva vidas — grito quando a música termina.

— Puta merda — fala Tanner.

— A gente veio para o lugar errado? — pergunta Owen.

Espero mesmo que os tutores dele estejam afiados neste semestre. Precisamos que o CR dele continue alto para avançarmos na pós-temporada do ano que vem.

Sete caras passam por mim e dão o fora antes que dois segundos se passem.

Rindo, paro em frente à recepcionista novamente.

— Valeu muito a pena. Obrigado mesmo.

— Acontece pelo menos uma vez a cada hora — responde ela com um sorrisinho. — Fico pensando se a gente não deveria mudar o nome para ser mais intuitivo.

— Mas que graça teria?

Damos um soquinho de mão e outra música começa. É aquela de Sam Smith, "Promises". Eu me viro automaticamente para o palco. Um grito de alegria bastante estridente e bem feminino ressoa mais alto que a música quando um cara gostoso de cabelo escuro sobe no palco com uma camisa branca, calça cinza apertada e um blazer semelhante acompanhado de uma gravata vermelha. Preciso olhar duas vezes para ter certeza.

É, a menos que eu esteja perdendo o juízo, ninguém mais, ninguém menos que Luke Bailey.

Estou vagamente ciente do meu queixo caído enquanto ele cambaleia, descalço, até uma mesa e uma cadeira que foram arrastadas para o palco. Sam Smith já está cantando sobre todas as coisas que quer fazer comigo enquanto Luke continua a mexer os quadris ao ritmo da batida sexy.

Cacete. A música atravessa o corpo dele feito uma correnteza. Ele mal está dançando, mas de alguma forma seus movimentos gritam "sexo" enquanto ele tira o blazer e o joga sobre a cadeira. Em seguida, Luke afrouxa a gravata. É quase casual, como se existisse apenas ele e a música, os quadris fluindo ao ritmo da batida.

As mulheres gritam como se tivessem ganhado um carro no programa da Oprah.

Não consigo desviar o olhar. Crio raízes no chão quando Luke tira a gravata de seda do colarinho com uma puxada lenta e sensual. Um arrepio percorre minha espinha, como se eu sentisse o tecido no meu corpo — esse deslizar da seda no algodão.

No palco, o olhar dele é distante. Não mantém contato visual com a plateia. Ele não implora por migalhas de atenção porque não precisa disso. Todos os olhos já estão pregados nos seus dedos desabotoando a camisa sortuda, enquanto ele continua girando e sarrando o ar com os quadris.

O efeito é totalmente voyeurístico, como se eu estivesse assistindo a seus pensamentos íntimos enquanto ele se prepara para o sexo.

Em seguida, ele arranca a camisa e pula na mesa com um movimento rápido que desafia a gravidade. Um holofote ilumina o abdômen dourado enquanto os músculos ondulam e flexionam. E ele passa a mão pelo pau, como se não aguentasse o tanto que é gostoso.

Eu também não aguento.

A multidão vai à loucura quando ele vira e ostenta a calça apertada, fazendo uma centena de mulheres suspirarem. É uma sacada de mestre, porque o espetáculo todo é a realização de uma fantasia safada. Luke está interpretando o papel do CEO sexy. Ele passa o dia ganhando dinheiro para te sustentar, e volta à noite para casa a fim de te fazer gritar.

Ah, e agora também podemos apreciar o fato de ele ser pauzudo, porque a calça apertada revela cada contorno e inchaço do corpo dele.

Tira, implora minha libido. *Depois tira a minha também*.

Eu disse a Luke que a maior parte de mim quer ficar com ele de novo. Não é mais o caso. *Cada parte* do meu ser está desejando ele. Aqui e agora — nunca quis tanto nada nem ninguém.

Lá se vai minha confusão sexual. Porque *confuso* é a última palavra que eu usaria para me descrever no momento. Não tem papo — eu gosto de homem. Principalmente daquele que está no palco.

Enquanto estou tendo meu momento de revelação, Luke respira fundo e se vira na direção do mastro de metal que deve estar a uns dois metros da mesa. O pobre do meu cérebro está tentando entender, quando de repente Bailey avança no ar feito um Super-Homem, na horizontal, agarrando a barra com as duas mãos.

E então ele só fica preso com as pernas estendidas, o corpo perpendicular ao mastro. A manobra requer uma força absurda do tronco ou um pacto especial com a gravidade.

— Não é possível — balbucio, me perguntando como posso estar vendo isso.

Ouço um pigarro ao meu lado.

Eu me viro, mas é só a recepcionista me olhando como quem está achando graça.

— Talvez você tenha vindo ao lugar certo, então?

Merda.

— Foi mal. — Sinto o sangue subindo para o meu rosto enquanto tento me recompor. Meus irmãos de fraternidade já deram no pé há tempos.

Mas não consigo resistir à tentação de olhar para o palco mais uma vez. Bailey agora envolveu a barra com as pernas. Está girando lentamente, quase que sem esforço, os músculos tensionados enquanto as mulheres gritam. Estão chovendo notas de dinheiro em cima do palco.

Eu me forço a desviar o olhar e saio da boate como entrei. O ar frio de janeiro me golpeia quando passo pela porta. Respiro o ar gelado, tentando esfriar meu corpo superaquecido. Levo um minuto para reconstruir minhas feições de vergonha e tesão para uma expressão descontraída.

Até que enfim, vou até a Boate do Jack e abro a porta. Vejo Tanner vindo na minha direção.

— Onde você se meteu, cara? Eu estava prestes a organizar uma equipe de busca.

— Fui dar uma olhada no carro — murmuro. — Achei que tinha esquecido de trancar.

Ele pousa o braço nos meus ombros.

— Entra logo, mano. Peguei cerveja pra você. O lugar é irado.

Deixo que ele me conduza em direção a uma mesa onde todos os meus irmãos de fraternidade estão sentados, olhando e babando por mulheres que dançam ao longo de todo o espaço. Elas estão de calcinha e pouco mais que isso, mas mal consigo vê-las. Estou absorto em pensamentos, e ultimamente minha cabeça se tornou um ambiente complicado.

Luke Bailey é stripper. Dançarino. Seja lá como for que chamam. Por isso ele conhecia as mulheres que contratou para o jantar da Batalha de Dança. São colegas de trabalho dele.

O que é mais chocante... o fato de que Bailey tira a roupa por dinheiro ou eu querer que ele tire a minha?

Eu me acomodo para uma longa noite vendo mulheres balançando a bunda enquanto bebo duas cervejas e guardo um segredo enorme. Dois, na verdade. Um sobre Luke, e o outro sobre mim.

MÚSICA. BEM ALTA.
Luke

No inverno, não ando de moto na estrada, o que significa que estou fadado a ir para o trabalho de ônibus. A pior parte da viagem de volta para casa é o último meio quilômetro. Quando desço do ônibus perto do centro acadêmico, meus músculos já enrijeceram, e o vento gelado de janeiro castiga meu rosto.

Caminho pelo silêncio das duas da manhã. Quando abro a porta da fraternidade, há um brilho azul vindo da sala de TV. Passo por três caras jogando videogame, mas, fora isso, a casa está vazia. Subo os dois lances de escada até meu quarto e abro minha porta no escuro.

Minha cama está chamando por mim, mas primeiro preciso de um banho. Sem cerimônia, tiro toda a roupa e vou para o banheiro. O jato de água quente é como o abraço de um amante. Pego uma quantidade generosa de xampu e tiro todo o suor e o óleo de massagem do corpo até me sentir humano de novo.

Quando desligo o chuveiro, ouço música. Bem alta.

Sério? Keaton está com o volume nas alturas a esta hora da madrugada? Eu vou esganar esse cara.

Depressa, esfrego a toalha na cabeça molhada depois a prendo ao redor da cintura, pronto para soltar os cachorros para cima dele. No entanto, ao sair do banheiro, fico paralisado. A música. É "Promises", de Sam Smith com Calvin Harris.

Um arrepio desce pela minha coluna, porque não tem como ser coincidência. O sr. Rock Clássico não poderia desenvolver um gosto repentino pela minha música solo duas horas depois de eu me apresentar ao som dela.

Ou poderia?

Parado no patamar, tento pensar no que fazer, e percebo que Keaton fechou a porta para a escada, mas deixou a porta do quarto dele entreaberta. Dou um passo em direção a ela, empurrando-a de leve.

Está escuro no quarto, exceto pelo brilho do sistema de som e as lâmpadas do lado de fora. Mas é o suficiente para me mostrar o corpo completamente nu de Keaton deitado entre a roupa de cama emaranhada.

— O que caralhos você tá fazendo? — chio. — Com essa música? Tá me ameaçando, é isso?

Ele se ergue, apoiando a cabeça no braço musculoso.

— Eu pareço uma ameaça pra você? — Ele baixa a mão para o pau duro e se masturba devagar. — Vem cá.

O sangue pulsa no meu... corpo todo. Mas não sei se é por raiva ou tesão. É, a visão de Keaton pelado é algo lindo, mas não aceito que venham de gracinha para cima de mim por causa do meu trabalho.

Atravesso o quarto até os alto-falantes caros e abaixo o volume.

— Desembucha — vocifero. — Por que essa música? Aonde você foi hoje?

— Onde você acha? Os caras entraram na boate errada por um segundo. E meu pau está duro desde então.

Baixo o olhar novamente, porque está tarde e eu sou fraco. A mão grande dele está envolvendo toda a grossura do membro.

A memória de enfiá-lo na boca me atinge como uma lufada de calor. Fecho os olhos e tento me concentrar no que importa.

— Quem estava com você?

— Um pessoal. Mas eles não viram.

— Tem certeza?

— Tenho, nossa! — Keaton se joga nos travesseiros. — E quem se importa? Você é tipo um Homem-Aranha sexy e todas as mulheres estavam gritando por você.

Rio pelo nariz e vou até a cama. Olho para ele e deixo minha raiva falar mais alto.

— Como sempre, Keaton Hayworth Terceiro, você não faz a menor ideia de como o mundo real funciona. Não posso virar uma piada na internet antes de começar a me candidatar a trabalhos.

Keaton suspira.

— Você ficou puto? Claro que ficou. Sua reação padrão para tudo é fechar a cara. — Ele bota as mãos embaixo da cabeça, seu corpo lindo à mostra. — Beleza. Vem cá e me castiga por ter a audácia de te achar gostoso enquanto dança. Acho que então a apresentação particular que eu tinha planejado já era, né?

— Te castigar? — Minha voz falha nas palavras, porque está tarde e...

Ok, eu gosto muito da ideia. Me prenda. Fecho a porta do quarto e passo a tranca.

Quando me viro, ele está sorrindo para mim, como se tivesse ganhado algum tipo de aposta contra si mesmo.

— Presunção não cai bem em você — digo, chegando mais perto para pairar por cima dele. — Tira minha toalha.

— Me cai bem, sim. — Ele se apoia no cotovelo depressa. Em seguida, estende a mão e dá uma puxadinha rápida na minha toalha. — Ahh, olha só quem quer meu corpinho — fala ele quando meu pau já endurecendo é solto.

— Fica quieto. — Apoio o joelho na cama. — Eu sei de algo melhor pra você fazer com essa boca. — Seguro a nuca de Keaton com um agarrão.

Em um rápido movimento, me ajoelho na frente dele na altura certa.

— Caralho — ele sussurra quando enfio os dedos em seu cabelo e o puxo para mais perto.

Só a forma como ele está me olhando — as pálpebras pesadas com curiosidade e tesão — me deixa completamente duro antes mesmo de sentir seu hálito na minha pele sensível.

— Bora colocar essa boquinha pra fazer algo de útil — digo, e a língua dele dá a primeira passada pela minha rola.

E puta que pariu, que visão! O rosto aristocrático de Keaton descendo em direção ao meu pau. Ele geme baixinho e abre a boca, experimentando botar a cabeça do meu pau na boca.

Começo a suar quando a língua dele me saboreia. Mordo o lábio quando suga para me chupar. Enrolo os dedos no seu cabelo macio enquanto ele sobe e desce, procurando um ritmo.

— Bom... garoto — arfo. Pensei que eu estivesse cansado. Mas olá, adrenalina. Eu me pego rebolando devagar com as batidas da música. Da minha música. A mão grande de Keaton encontra meu quadril, e ele vira o rosto para colocar mais de mim na boca.

Isso é bem melhor do que a minha apresentação de sempre da sexta-feira à noite.

Ele não tenta me enfiar até o fundo da garganta, mas não hesita em usar uma das mãos para fazer carinho nas minhas bolas. É sem esforço nenhum, como se ele talvez tivesse passado muito tempo pensando em como queria sentir o gosto do meu pau.

Quase não acredito que isto está mesmo acontecendo. Talvez eu esteja um pouco impressionado demais, inclusive. Depois de só alguns minutos do tratamento cinco estrelas, sinto meu orgasmo se formando como uma tempestade. Só que agora estou desperto e me sentindo ganancioso. Não estou pronto para que isto acabe. Peço para ele parar, e ele me olha com os olhos selvagens e famintos.

— Não tá bom? — pergunta ele, a voz rouca.

— Bom demais — garanto, passando a mão por seu cabelo desgrenhado agora que já o baguncei. — O que você quer fazer?

— Na real? O que você quiser.

Levanto o queixo bonito dele.

— Não fala isso se for da boca pra fora.

— E se não for? — Ele se deita de costas, a expressão é uma mistura esquisita de timidez e autoconfiança. — Tenho camisinha e lubrificante.

— Tá falando sério? — Uma onda de calor passa pelo meu corpo. — Você quer que eu te coma?

— Aham, quero. E logo. — Ele se abaixa em um joelho só, explicitando o convite. — Antes que caia a nossa ficha do quanto as coisas vão ficar estranhas depois.

Ele não está errado. E talvez, se não fossem duas da manhã e eu não estivesse duro feito pedra, eu tomasse uma decisão diferente. O cenário todo é irresistível. Cara de fraternidade gostoso querendo levar pica? Fazem pornôs desse estilo porque a vida real não é assim.

Só que hoje à noite é.

Keaton estica o braço forte para alcançar a mesa de cabeceira. E eu já estou lá, jogando o corpo em cima do peito largo dele, enfiando a mão na gaveta. Agarro um tubo de lubrificante e um pacote de camisinhas, depois coloco tudo ao nosso lado na cama.

As mãos dele estão ocupadas fazendo outras coisas, como acariciando minha bunda e me puxando para perto. Levo a boca à dele em um beijo quente. Ele grunhe de felicidade e eu me aproveito de seus lábios abertos para grudar sua língua na minha. Cacete, como eu gosto de beijá-lo. Nossos paus se alinham, e eu amo o quanto ele está duro para mim.

Quero virá-lo na cama e meter com força, mas não faço isso. É a primeira vez dele, então opto pela abordagem mais lenta, fazendo carinho em seu corpo enquanto nos beijamos. Eu provoco o espaço no meio da sua bunda. Embora meus dedos sejam gentis, minhas palavras saem fortes e safadas:

— Tá pronto pra sentir meu pau preenchendo esse cuzinho?
— Tô — responde ele, engasgado.
— Você vai surtar amanhã?
— Não sei ainda — fala, ofegante, me beijando de novo. — Amanhã eu penso nisso.

Beleza, então. A avidez dele me deixa excitado. Pego a camisinha, me preparando, mas ainda não enfio o pau. Deixo Keaton pronto, metendo um dedo cheio de lubrificante. Provoco e exploro, e ele está arquejando enquanto coloco um segundo dedo.

— Para de me provocar — balbucia. — Vem logo.

Lambo meu lábio inferior, depois me inclino para chupar a cabeça do pau dele. Ele arqueia o quadril, levantando a cintura da cama, mas o gemido sai cheio de frustração.

— A boca não. Me dá seu pau.

Levanto a cabeça e dou um sorrisinho preguiçoso.

— Por que eu deveria fazer isso?
— Porque eu quero. — As bochechas dele estão coradas de tesão, e ele está começando a apertar meus dedos com o cu.
— E acima de tudo, porque *você* quer. — Ele não tira os olhos castanhos da minha ereção.

E então eu me lembro de algo que parece excitá-lo ainda mais.

— Talvez eu te dê o que você quer, se você me pedir com jeitinho.

Ele solta um suspiro pesado.

— Por favor.
— Por favor o quê?
— Por favor, me come — grunhe ele.

Dou um tapão na bunda dele, só uma vez, mas com força.

— Esse cuzinho é meu?
Ele arfa.
— É. Mete.
Caralho, é tão gratificante ver o quanto eu o deixei sedento. Fico de joelhos e boto meu pau onde ele está implorando para entrar. As pálpebras de Keaton pesam enquanto ele espera meu próximo movimento. Ele está gostoso pra porra deitado embaixo de mim. Estou tentado a me esticar para acender a lâmpada que fica do lado da cama, mas a escuridão também tem seu charme. Trepar no escuro sempre faz tudo ser tão... sexy. Perigoso.

Meu coração dispara enquanto começo a enfiar a cabeça do pau no cu mais apertado que já vi. Puta que pariu. Eu não vou durar nada desse jeito. Isso está uma delícia indescritível, e eu só comecei.

— Aiiii, caralho — sussurra Keaton quando entro mais alguns centímetros. — É... diferente.

Eu me engasgo com a risada.

— Diferente ruim ou diferente bom?

— Diferente. Estranho. Mas uma delícia. Vai mais fundo.

Eu vou. Eu me apoio nos cotovelos, e meto devagar, e de novo, até o corpo dele relaxar e eu me enterrar por inteiro. *Puta que pariu.* É, isso não vai durar muito mesmo.

Eu me inclino para a frente até conseguir roçar um beijo nos lábios dele antes de sussurrar:

— Você é apertado pra caralho. Não vou durar nem cinco metidas.

Keaton beija a lateral do meu pescoço.

— Assim não tem graça. — Em seguida, ele mexe os quadris tentando me engolir, e eu vejo estrelas.

Pressiono os dedos no quadril dele para impedi-lo de se mexer.

— Vou te falar o que vai acontecer — começo, a voz rouca. — Você vai começar a bater uma nesse pauzão enquanto eu estou dentro de você. Vai chegar no seu limite, mas só vai gozar quando eu mandar, escutou?

Ele assente sem dizer nada, me observando com os olhos cheios de tesão. A respiração dele fica pesada enquanto ele leva a mão para a própria pica.

Keaton começa a se masturbar, e eu engulo um grunhido. Quero muito me mexer, mas estou muito próximo do orgasmo agora, então me satisfaço assistindo a ele satisfazendo a si mesmo.

Não sei se já vi algo tão gostoso assim.

Respirando devagar, eu me endireito e começo a meter. Envolvo suas coxas grossas com os braços e mexo os quadris. Sei o exato momento em que alcanço a próstata, porque sua mão fica fraca e ele arqueja sem perceber.

— Bem aí — sussurro. — É aí que você precisa de mim.

— Putaquepariu — fala ele em um só murmúrio, tremendo.

Tiro a mão dele do caminho e agarro seu pau.

— Quer gozar?

— Quero — fala Keaton por entre os dentes, mexendo o quadril comigo. — Muito.

— Espera um pouco. — Mordo e lábio e desvio o olhar dele, metendo com força de novo. Não tenho palavras para descrever o quanto ele é gostoso completamente extasiado e ofegante diante de mim. Cada vez que meu pau entra por inteiro nele, eu corro o risco de me desvanecer. Bato uma no pau dele e o como ao mesmo tempo.

Não consigo segurar. É gostoso demais. A tensão se acumula nas minhas bolas e sinto o prazer me cortando por dentro.

— Goza — falo, grunhindo por entre os dentes. — Agora, Hayworth.

Ele solta um gemido sufocado e todos os seus músculos tensionam de uma vez.

E acabou para mim. Meu orgasmo vem com tudo e eu perco o ritmo, gozando sem parar, esvaziando minha alma toda dentro de seu corpo forte e caindo sem jeito sobre seu torso.

Duas mãos grandes me puxam para cima em seu peito. Sua língua voraz invade minha boca enquanto sua porra quente escorre entre nós dois. Eu me esfrego em seu pau e ele geme mais alto no beijo.

— Cacete — falo, enrolado, contra seus lábios um momento depois, enquanto as batidas do meu coração tentam e falham em se estabilizar.

Keaton me cutuca para sair de cima dele, e preciso tirar o pau de sua bunda para me mexer. Com as mãos trêmulas, removo a camisinha e dou um nó, sem nem abrir os olhos direito.

Ele a pega da minha mão e desaparece. Minha cabeça está pesada no travesseiro. Preciso me levantar, mas meus membros estão cansados demais.

Estou contemplando me mexer quando Keaton volta. Ele se inclina sobre mim, e eu me pergunto se ele está prestes a sugerir que eu vá embora, mas ele planta um beijo no meu pescoço. Em seguida, passa uma toalha úmida e quentinha no meu abdômen e no meu peito.

— Valeu — balbucio, ainda sem conseguir me mexer.

Porém, depois de um longo dia seguido por um longo turno, fechado com chave de ouro por um sexo fenomenal, a exaustão finalmente toma conta de mim, e eu pego no sono antes mesmo de Keaton responder.

NÃO SEI QUAL O PROTOCOLO
Keaton

Tem um homem pelado na minha cama.
 E lá vem o minipiripaque.
 Mas só mini mesmo, porque tranquei a porta ontem à noite depois de tudo, então, a menos que um dos nossos irmãos de fraternidade decida arrombar a porta, as chances de alguém encontrar Luke Bailey na minha cama são mínimas.
 Viro de lado e coloco um braço embaixo da cabeça. Luke está virado com o rosto para o colchão, completamente nu, um braço musculoso envolvendo o travesseiro que ele roubou de mim em algum momento da noite.
 Meu olhar viaja pelas linhas sinuosas de seu corpo fora do normal. Agora entendo por que ele é tão sarado — passa os fins de semana dançando, tonificando o corpo definido e fortalecendo os músculos. Sinto um pulsar lá embaixo, e é mais do que só uma ereção matinal.
 O calor faz cócegas no meu peito quando me lembro do que fizemos. O corpo poderoso de Luke esmagando o meu, seu quadril se mexendo no mesmo ritmo sensual de quando

ele dançou para aquelas mulheres que gritavam. Só que ele não estava dançando. Ele estava me comendo até eu perder a noção da realidade.

Beleza.

Então eu sou bissexual. Experimento afirmar isso na minha mente. Cientistas gostam de dar nomes às coisas. Eu sou cientista, mas a ideia de me rotular não é confortável ainda. Além do mais, o conjunto de dados comprobatórios ainda é escasso. Foi só ontem à noite. E aquela outra vez. E o beijo.

Fora todas as mensagens de putaria no aplicativo...

Um grunhido sonolento interrompe meus pensamentos, e de repente ele abre um pouquinho os olhos.

— Tá me olhando dormir, Hayworth? — balbucia ele. — Porque isso é meio bizarro.

— Eu estaria dormindo se um vacilão não tivesse roubado todos os meus travesseiros. — Olho feio para ele.

Sua expressão fica mais alerta e ele olha para o travesseiro com o qual está agarrado, como se só agora o percebesse.

— Ah. Foi mal. É, eu sou um ladrão de travesseiros. E sempre puxo o cobertor pra mim também. E... — Ele para, sem jeito, e se senta, passando os dedos pelo cabelo desgrenhado. — Não sou de dormir com outras pessoas. Não sei qual o protocolo.

Não me surpreende ouvir isso. Dividir a cama com alguém requer um nível de confiança que Luke Bailey não parece sentir por muitas pessoas. Aposto que ele só dormiu no meu quarto porque estava cansado demais.

— Enfim... — Antes que eu possa piscar, ele já está se levantando do colchão. — Preciso tomar um banho e trabalhar na minha entrevista de finanças.

Eu o como com os olhos enquanto ele procura a toalha que estava usando ontem à noite. Puta merda. Quero transar com ele de novo.

— Vai trabalhar hoje também? — pergunto.

— Aham. — Ele coloca a toalha ao redor da cintura, me lançando um olhar severo. — E nem pense em dar as caras na boate.

— Por que não? Não consegue se apresentar se tiver alguém que você conhece na plateia?

— Tipo isso. — Ele vai em direção à porta. — Até depois, Hayworth.

— Espera aí.

Ele para, mas não se vira. Eu franzo o cenho. Ele claramente mal vê a hora de sair daqui, e eu não gosto disso. Será que ele está surtando por causa de ontem à noite? Porra, será que eu fui péssimo? Minha lista de parceiros sexuais é curta: Annika. E agora Luke Bailey.

A insegurança toma conta de mim.

— A gente tá de boa? — pergunto para as costas dele.

Ele olha por sobre o ombro, assentindo.

— Aham. Total.

Semicerro os olhos para ele.

— Ontem à noite... foi bom?

Há uma longa pausa. O pomo de adão de Luke salta quando ele engole em seco. Quando ele enfim fala, a voz sai um pouco rouca.

— Foi melhor do que bom — diz ele antes de sair.

Passo o resto da manhã sozinho no quarto, tentando me concentrar no ensaio que estou escrevendo para o estágio no Chile. O prazo é segunda-feira, e eu quebrei a cabeça com ele a semana toda. Preciso escrever sobre os meus dons intelectuais que podem contribuir com a equipe científica.

Como se esse não fosse um tópico que me intimida. E hoje não consigo me concentrar porque minha cabeça fica voltando para ontem.

Transei com um homem. E não estou surtando por isso. Não muito. E por quê?

Além do mais, por que estou ligando para o fato de Bailey ter dado no pé três segundos depois de acordar na minha cama? Não é como se eu esperasse que a gente fosse ficar de chamego a manhã toda. Mal nos conhecemos. Pior, até pouco tempo atrás eu o odiava.

Mas me incomoda que ele tenha ido embora, porque não sei o que isso significa. Foi um pente e rala? Ele me comeu e agora foi atrás de ficar com outro homem — ou uma mulher? Queria poder falar com alguém, trocar uma ideia a respeito disso, mas para quem eu contaria? Não vou contar isso para Judd nem nenhum outro cara do time. E muito menos buscar conselhos de um irmão da fraternidade.

A única pessoa com quem eu normalmente falaria está ficando com um jogador aleatório de lacrosse.

Sinto um aperto na garganta ao pensar em Annika. Nós dois nos conhecemos desde sempre. Ela é minha melhor amiga e eu não acredito que não vou mais poder conversar com ela.

E por que você não pode?, ressalta uma voz.

Desvio o olhar do notebook para o iPhone na beira da mesa. Após um momento de hesitação, pego o celular e abro um contato familiar. Titubeio novamente, depois mando uma mensagem.

Oi. Sei que terminamos, mas só queria saber como você tem passado. Espero que tudo bem. Não tô tentando voltar. Eu só... sinto falta da minha melhor amiga.

Nem trinta segundos se passam até o meu celular tocar. Inevitavelmente, sorrio quando vejo o nome de Annika.

— Oi — digo.

— Oi — responde a voz familiar. — Eu tô bem e... tô com saudade também.

Uma onda de emoção se quebra dentro de mim.

— Odeio não falar com você.

— Eu também. Fico querendo te ligar ou mandar mensagem, mas tô tentando manter distância, te dar espaço, sabe? — Ela faz uma pausa. — Ainda acho que terminar foi a melhor decisão pra gente, Keaton. Talvez eu não tenha tido o maior tato do mundo, mas... — Ela parece estar desconfortável. — Não foi uma indireta para dizer que você era ruim na cama, tá?

— Eu sei que não.

— É só que o brilho... sumiu. Para mim, pelo menos.

Engulo em seco. Amo Annika. Amo de verdade. Só que, por mais que eu odeie admitir, a chama tinha se apagado para mim também. É só lembrar do quanto Luke me deu tesão ontem. Do quanto ele fez eu me sentir desesperado. Eu não consigo me lembrar da última vez em que transar com Annika tenha sido explosivo assim.

Talvez nunca. E o que *isso* significa?

— Eu entendo — respondo. — E o que eu falei na mensagem era verdade. Não vou pedir para você voltar comigo, mas quero que a gente possa manter a amizade.

— Eu adoraria — fala Annika. A voz dela falha, e eu a conheço bem demais para saber que esse é o som dela lutando contra lágrimas. — Sempre vou amar você, Keaton.

— Digo o mesmo. Eu... — Paro quando ouço uma voz abafada do outro lado da porta. Acho que é Bailey, e posso jurar que tem uma nuance de raiva no tom dele. — Preciso ir agora — digo para a minha ex-namorada. — Mas talvez a gente possa se encontrar para tomar um café ou almoçar juntos essa semana?

— Perfeito — responde ela, feliz. — Eu te mando os dias que vou estar livre.

— Beleza. Tchau, linda. — Já estou saindo para o corredor, em direção à porta fechada de Luke. A voz dele está mais alta agora, e ele definitivamente está puto com alguma coisa.

— ...claro que ele vai dar as caras... De jeito nenhum... Sério, mãe. Ele é um homem adulto e *não é* minha responsabilidade. — Há uma pausa longa. E então Luke solta um grunhido que me faz dar um passo para trás. — Puta que pariu!

Eu não deveria estar xeretando. Ele está conversando com a mãe e a animosidade é evidente. Não é da minha conta.

Ainda assim, não vou embora.

— Quer saber? Tá bom. Beleza — Luke chia. Eu o ouço perambulando pelo quarto a passos duros. — Vou ver se consigo pegar um carro emprestado e... — Passos duros. — Não, não dá pra ir de moto. As estradas estão cobertas de gelo. — Mais passos duros. — Já, já eu tô aí. Relaxa. Por favor. Você tá me estressando.

Ele marcha até a porta, que se abre tão rápido que não tenho tempo de voltar para o quarto. Luke arregala os olhos ao me ver, e franze a testa em seguida, descontente.

Fui pego no flagra. Dou de ombros, acanhado.

— Desculpa por ter xeretado — digo. — Ouvi você gritando e quis ver se tá tudo bem.

— Bom, não tá — responde ele com rispidez, seus movimentos bruscos ao vestir o moletom preto e fechar o zíper. — Foi mal, não tenho tempo pra isso agora. O babaca do meu irmão sumiu e minha mãe acabou de me fazer chantagem emocional pra eu ir atrás dele.

Ele vai até a porta no fim do corredor, mas eu o detenho antes que ele chegue às escadas.

— Bailey.

— Eu já falei, Hayworth, não tenho tempo pra...

— Ouvi você dizendo que precisa de um carro — interrompo.

Ele para e me lança um olhar cauteloso por sobre o ombro.

— É. Preciso.

Assinto devagar.

— Beleza. Vou só pegar as chaves.

— Vira à esquerda aqui, se possível — pede Luke do banco do carona, olhando para o celular. — É bem aqui. Se ele não estiver na casa do Bix, eu desisto. E a gente volta.

— Por que sua mãe tá tão pilhada com o fato do seu irmão ter passado a noite fora? — pergunto, sem conseguir me segurar. — Ele é menor de idade?

Luke ri pelo nariz.

— O marmanjo tem vinte e quatro anos. Só que, da última vez que ele não voltou para casa, estava na cadeia. Ela tem medo de prenderem ele de novo, eu acho.

— Cacete. — Eu não esperava mesmo que ele fosse dizer isso.

— É, meu irmão é encrenca e das piores. É por causa dele e dos amigos dele que eu não moro mais na casa da minha família. Estaciona aqui. Volto logo.

Antes mesmo de eu parar o carro, ele já desceu. Vai até uma casinha verde, velha e um tanto torta.

Luke bate várias vezes antes de alguém finalmente abrir a porta. Um cara parrudo de cabeça raspada sai e dá um empurrão nele.

Saio do carro e vou até eles um segundo depois.

— Vai com calma — fala Luke com casualidade. Ele me lança um olhar de alerta. *Fica de boa.* — Bix só estava expressando sua gratidão por ter sido tirado da cama às duas da tarde de um sábado.

— Sério — rebate o cara.

— Ele precisa do sono de beleza dele — acrescenta Luke. O cara grandão avança para ele de novo, mas Luke pula da varanda com um sorrisinho provocador.

— Você continua sendo um pirralho dos infernos, Bailey Caçula.

— Sabe que sim. Pode pedir para o Joe ligar pra minha mãe, assim eu consigo viver a porra do meu dia em paz?

— Claro, cara. — Eles dão um soquinho de mão, e eu relaxo.

Porém, enquanto ele some para dentro da casa, outro homem surge à porta. Ele parece uma versão mais velha e robusta de Luke.

— O que é que você quer aqui?

— De você, nada. Só liga logo pra mãe, assim ela para de me atazanar.

— Controladora do caralho.

Luke joga as mãos no ar.

— Ela se preocupa com você. Você nitidamente tá bem. Só manda uma mensagem pra ela. Vai levar dois segundos. — Ele se vira para ir embora.

Porém, seu irmão se move mais depressa e agarra Luke pela blusa.

— Preciso de quatrocentos contos.

Luke ri, mas ouço a tensão em sua voz.

— É, eu também.

— Trabalhou ontem à noite? — pergunta o brutamontes.

— Claro. E cada centavo vai para o aluguel e os livros que eu não tive dinheiro para comprar no início do semestre. Faz ideia de quanto essas coisas custam? É, acho que não.

O irmão de Luke literalmente o joga de um degrau da varanda. E eu chego junto um segundo depois.

— Ah, olha só quem veio. — O irmão babaca finalmente nota que estou aqui. — Você deve ser o novo namorado.

— Claro — rebate Luke. — Porque eu tenho rolo com todos os caras da fraternidade, né? Achei que eu fosse o único Bailey que vê pornô gay. Qual seu canal favorito do Hamster, mano?

Ô, merda. Eu fico esperto.

E como esperado, Joe avança, mas Luke, ágil que só ele, se esquiva do irmão.

— Sua bichinha do cacete — rosna Joe, as mãos cerradas em punhos.

— Ei! — rujo. — Cai fora.

Joe se vira para mim, e eu calculo qual golpe vou precisar bloquear, mas ele pensa melhor, o que significa que pelo menos um cérebro de pequeno porte ele tem. Ele é forte, mas eu também sou. E adivinha só quem está em melhor forma?

Eu acabaria com ele em segundos.

— Bora — fala Luke com a voz baixa. — Que perda de tempo. Manda mensagem pra ela — repete ele sobre o ombro, andando para o carro.

— Vai tomar no cu. — É a resposta do irmão dele.

Entramos no carro. Luke se encolhe no banco e fecha os olhos.

— Foi mal — murmura ele. — Não acredito que mordi a isca.

Não digo nada. O irmão de Luke obviamente é um bosta com problemas de temperamento. Não consigo nem pensar em uma comparação com um animal para dar uma distraída em Luke. Não existe modelo no reino animal para um comportamento autodestrutivo.

Às vezes, eles são muito mais inteligentes que os humanos.

O celular de Luke toca, e ele atende imediatamente.

— Mãe, ele tá bem. Só tá sendo um cuzão, como sempre. Dormiu na casa do Bix. Acabei de ver ele com os meus olhos.

— Ele por acaso falou... — Não escuto o resto da pergunta da mãe de Luke.

— Não me falou nada. Pediu dinheiro e ameaçou a mim e ao meu amigo. Nós nos divertimos muito.

Ele muda o celular de ouvido e ouço a resposta dela.

— Lukey, obrigada! Estou tão aliviada.

— Mas é sério, mãe. Eu não vou mais fazer esse tipo de coisa. Se o Joe não voltar para casa, pede pra outra pessoa ir atrás dele.

Ele tira o celular da orelha para desligar, mas a mãe dele continua falando.

— Luke, meu bem, o Joe fez nosso segundo serviço ontem, pendurando persianas.

— Tá? — diz ele, levando o aparelho ao ouvido de novo. — Que bom pra vocês. E o que eu tenho a ver com isso? — Ele ouve mais nhe-nhe-nhens com cara de sofrimento.

Paro o carro, porque estou perdido e preciso que ele me diga como voltar ao campus.

— Ele não falou nada sobre o pagamento desse trabalho. — O suspiro de Luke é de exaustão. — E, se quer meu palpite, ele gastou tudo em bebida. Mas isso você resolve com ele.

O que ouço em seguida é uma lamúria alta.

— Disseram que não vão entregar o óleo do aquecedor até eu pagar a dívida, querido! A casa está tão fria!

— O quê?

— Estou devendo para a empresa de óleo, e o dinheiro que conseguimos ontem era para quitar a conta.

Luke solta um grunhido.

— Quanto é?

— Estou devendo 450 dólares.

— Só tenho duzentos.

A mãe dele resmunga mais algumas coisas depois disso. Ouço só um "bom menino" e um "eu te amo".

Ele desliga e fala com a voz desanimada sem olhar para mim.

— Pode virar ali na Calhoun e estacionar? É a última parada, eu prometo.

— Claro — respondo, tentando manter a voz neutra, mas não me sinto nada calmo. Meu pai é um babaca, mas ele tenta *me dar* coisas. A família de Luke é cheia de babacas que são apenas sanguessugas.

Ele pega a carteira e tira algumas notas de dentro, depois desce do carro assim que paro.

Eu o vejo subir os degraus de uma casinha de tijolos. Uma mulher vai à porta usando um roupão surrado e segurando um cigarro entre dois dedos. Ela tenta pedir para ele entrar, mas ele se solta e bota o dinheiro na mão dela. Em seguida, fecha a porta.

Luke está de volta no carro um momento depois.

— Valeu — diz ele com um grunhido.

Espero.

— A gente pode ir? Já deu de humilhação pra mim hoje.

— Quando quiser. Só preciso que você me diga como voltar ao campus.

Ele se vira para mim depressa.

— A gente tá a uns três quilômetros de distância só. — Ele aponta para um semáforo ao longe. — Ali é a rua College.

— Foi mal, eu nunca saio do campus. — Dou partida.

— Por que faria isso, não é mesmo? — Ele bufa. — Eu bem que queria não sair também. E nunca mais vou atender esse celular. Juro.

Em seguida, ele vira a cabeça para a janela e não fala comigo pelo resto do caminho.

COM VERGONHA, EU ACHO
Keaton

Judd está na sala de estar quando Bailey e eu entramos de volta em casa. Ele levanta a cabeça e arregala os olhos quando nos vê.

— E aí — fala, com cautela.

— E aí — repito, tirando as botas. — Cadê todo mundo? — É sábado à tarde, e os jogos do NFL estão acontecendo aos fins de semana agora. Era para a casa estar cheia.

— No bar — responde Judd. — Todo mundo saiu para ver a partida dos Patriots contra os Chiefs.

— Por que você não foi?

Meu amigo levanta a lata de cerveja.

— Cara. Por que eu gastaria dinheiro com bebida em um lugar lotado onde não vou conseguir nem ouvir o jogo, quando eu poderia beber aqui de graça e prestar atenção no que está acontecendo?

Faz sentido.

Minha visão periférica registra movimento, e quando dou por mim, Luke está subindo as escadas.

— Vou tirar um cochilo — balbucia ele, sem olhar para trás.

Fico tentado a subir atrás dele, mas Judd está me observando, então vou até o sofá e me sento na outra ponta. Gesticulo para o fardo de cerveja na mesinha de centro.

— Posso pegar uma?

— Vá em frente.

Pego uma lata e abro o lacre. Só quando o líquido gelado desce pela minha garganta eu percebo que não tomei café da manhã nem almocei, e então minha primeira refeição do dia é *cerveja*. Na mesma hora, minha barriga ronca furiosamente e me faz levantar.

— Tô com fome — anuncio. — Quer alguma coisa da cozinha?

— Não, tô de boa. — Judd não tira os olhos da tv.

Depois de fazer dois sanduíches de pasta de amendoim e geleia, volto para o sofá para comê-los. Só que, para ser sincero, não estou lá muito concentrado no jogo de futebol americano. A vontade de subir para o quarto de Luke Bailey só fica mais forte. Quero entender o que foi que aconteceu hoje. O irmão dele nitidamente é um folgado e, pelo que parece, um criminoso também. E a mãe dele ligando pedindo dinheiro assim, do nada? Eu, hein.

Faz sentido ele ter se juntado à fraternidade para fugir da família. Mas quero saber mais. Não acredito que dividi um andar com o cara por mais de um ano e só agora descobri que ele tem um irmão mais velho. Que ele trabalha fazendo strip-tease. Caramba, eu nem sabia que ele está se formando em administração. Estou um pouco envergonhado por não ter feito um mínimo de esforço para conhecê-lo melhor.

Em minha defesa, Bailey foi um babaca comigo desde que nos conhecemos.

— Qual é. Sério mesmo?

A voz incrédula de Judd corta meus pensamentos. Olho para ele.

— O que foi? — pergunto entre uma mordida e outra no meu sanduíche.

— Vamos mesmo fingir que você não chegou em casa com o Bailey? — indaga ele. — O que você estava fazendo com aquele otário?

Enrolo para responder dando outra mordida grande.

— Ele precisava de carona — falo de boca cheia.

— O quê?

— Ele precisava de uma carona.

— E você deu?

— Aham. O que tem de mais?

— Tá mesmo me perguntando isso? — Judd me encara como se eu o tivesse traído em um nível pessoal. — Bailey é um babaca, cara. E ele basicamente roubou a presidência de você!

— Em primeiro lugar, ele *nem sempre* é babaca. — A defesa fraca de Bailey sai da minha boca sem mais nem menos, porque é a verdade. O cara pode não ser flor que se cheire o tempo todo, mas parece ter seus motivos.

Judd ri sem humor.

— E ele não roubou a presidência. Eu que caí fora.

— É, e ainda não me contou o porquê! — Judd bate a lata de cerveja na mesa. — Você só disse que mudou de ideia...

— Porque eu mudei de ideia — protesto.

— E agora você está agindo como se estivesse de boa com o fato de o Bailey Babaca estar *no comando* da nossa fraternidade, o que é inaceitável, e isso nem é o pior de tudo, Keaton. O pior de tudo *mesmo* é que eu tive que descobrir pela Therese que você e a Annika terminaram. Qual foi, cara? — A raiva de Judd sai em engasgos feito um motor de carro falhando. Ele fica quieto. Derrotado.

O choque me silencia por um momento. Judd está bravo comigo? Eu não fazia ideia.

— Ah. — Dou um pigarro. — Ah. Eu... ah, foi mal, cara. É que eu...

— Deixa pra lá — murmura ele, pegando a bebida de novo.

— Não, eu não vou deixar isso pra lá. Eu sinto muito mesmo — falo com firmeza. — Eu deveria ter te contado sobre a Annika, mas... fiquei com vergonha, eu acho. Você estava tão feliz por voltar com a Therese, e eu não queria admitir que tinha levado um pé na bunda.

Ele arqueia uma sobrancelha.

— *Ela* terminou com você?

Faço que sim.

— Caralho. Não sabia. Therese só contou que vocês não estavam mais juntos. — Judd solta um suspiro pesado. — Sinto muito também. Assim, eu imaginei que uma hora ou outra você me contaria sobre a Annika, mas você não estava dizendo nada, e tem agido de maneira estranha ultimamente...

— Estranha? — interrompo. Merda. Será que ele sabe de alguma coisa?

— É, tipo, distante — explica ele, e seu maxilar tensiona. — E aí hoje de manhã eu te vejo sair de casa com ninguém mais, ninguém menos que o Luke Bailey...

— Ele precisava de carona — repito. — Não somos melhores amigos nem nada do tipo. — A negação queima minha garganta. Só que não somos amigos mesmo. Eu só deixei ele me comer ontem à noite.

Mas isso foi no sigilo. Judd não pode descobrir nunca.

Uma onda de pânico cresce na minha garganta. Meu Deus, no que foi que eu me meti? Eu não estava em pânico hoje de manhã quando acordei do lado de Bailey. E quando me lembro do sexo, não me provoca muita ansiedade também.

Mas *isto* — a ideia de contar para os meus amigos que eu... gosto de homens. Ou, pior ainda, para os meus pais? Como é que eles vão reagir? Olha só para a família de Luke, porra. Nunca conheci ninguém que parecesse mais bem resolvido com sua sexualidade, e o próprio irmão de Luke o chama de bicha.

Não, eu realmente não estou pronto para compartilhar isto com ninguém.

— Sinto muito por ter estado distante — acrescento. — Fiquei enrolado com as provas finais, as festas de fim de ano, e essa bagunça toda com a Annika. Sem falar que nossa temporada acabou tão culpado depois da uma série de vitórias... — Por mais que eu me sinta mal por isso, tocar no assunto do futebol é uma decisão premeditada. É um método comprovado para distrair Judd Keller.

— Não é? — lamenta ele. — Não acredito que o New Hampshire chegou tão longe. Somos um milhão de vezes melhores que aqueles idiotas.

— Pois é.

— Na próxima temporada, vou assumir a defesa — determina Judd. — Dano foi um capitão de merda. Ele foi péssimo levantando nosso moral e você sabe o quanto isso é importante quando se trata de...

Eu me distraio. Mais uma vez, me sinto mal por fazer isso, mas minha mente viaja para outro lugar. Essa coisa com Luke é confusa. Me sinto absurdamente atraído por ele e quero que a gente transe mais vezes — até aí já entendi. Mas, qualquer coisa a mais, quer seja amizade ou sei lá o quê... não faço ideia.

Luke dorme até a hora do jantar. Sei disso porque estou estudando no meu quarto e não ouço nem mais um pio do quarto *dele* antes das seis horas. E aí vem uma sinfonia de barulhos — passos no corredor, o chuveiro sendo ligado, a água caindo. Depois do banho, ouço-o entrar no quarto de novo. Ele bota música para tocar, e minhas bochechas ardem com a batida sexy. Não é a mesma música que ele dançou ontem, mas é bastante parecida.

Fico me perguntando se ele está se aquecendo para o turno de hoje na Boate da Jill.

E, que surpresa, meu pau fica duro.

Passo as mãos pelo cabelo e me esqueço de vez do livro de biologia no meu colo. Não tenho dúvidas de que Luke Bailey está zoando com a minha cabeça. Não só essa recém-descoberta atração por ele está me fazendo agir "de maneira estranha" com os meus amigos, mas aparentemente agora eu também nem consigo pensar nele sem ficar duraço.

Dane-se. Largo o livro na cama e vou para a porta. Para a porta *dele*. Nem bato, simplesmente entro no quarto de Luke sem permissão, porque se ele estiver se masturbando, melhor ainda. Vou até ele e termino o serviço.

Mas ele não está batendo uma. Está sentado de pernas cruzadas no lençol, olhando para a tela do notebook, mordendo o lábio inferior de frustração.

— Oi — falo, mais alto que a música.

Ele levanta a cabeça. No mesmo instante, a desconfiança toma conta de seu semblante, e eu me pergunto se um dia ele vai me ver e ter *qualquer outra* reação. Espero que sim.

— E aí? — pergunta ele, voltando a olhar para a tela.

Fecho a porta e me embrenho mais ainda no quarto. Quando passo pelo alto-falante sem fio, abaixo o volume.

— Eu queria ver se, hum, você queria comer uma pizza agora no jantar — minto, porque ele claramente está ocupado e aposto que vai me rejeitar se eu sugerir a gente se pegar agora. — A galera vai rachar.

Ele me olha como se entendesse meu intuito.

— Ah, é?

— Aham. — Enfio as mãos nos bolsos da calça. — Quer dizer. Não.

Luke sorri.

— Você quer transar, né?

Solto um suspiro.

— Quero.

A risada rouca faz cócegas nos meus ouvidos.

— Criei um monstro. — Ele ri novamente e aponta para o notebook. — Por mais que eu fosse amar te comer gostoso agora, estou um pouco ocupado. E, antes que pergunte, não, nada está indo bem. O dia todo está um caos.

— Parece que vem tudo de uma vez, né?

Ele me mostra o dedo do meio.

— Obrigado por isso, ó, sábio.

Sorrindo, eu me sento ao pé da cama.

— O que foi agora? Esqueceu de fazer algum trabalho ou algo do tipo?

— Nunca esqueço de trabalho nenhum. — A voz firme me indica que ele está dizendo a mais absoluta verdade. Duvido que esse cara tenha sido desleixado um dia sequer na vida. Ele evidentemente se esforça pra caramba.

— O que foi, então?

— Uma pequena inconveniência — diz ele, mas a frustração volta ao seu olhar, marcando suas palavras casuais. — Para a aula de finanças, uma boa parte da minha nota final é composta por uma entrevista com um executivo financeiro que conseguiu levantar uma boa renda para o mercado de capitais. Eu tinha uma entrevista essa semana com o CFO de uma firma de capital de risco em Stamford, mas a secretária do maldito acabou de me mandar um e-mail falando que ele vai precisar viajar mais cedo. E que só volta em três semanas.

— Cacete.

— É. — Ele digita algo no notebook. — Eu já estava com todas as perguntas preparadas, mas agora estou mandando e-mails para todos os outros CFOs de Connecticut pedindo uma entrevista. E na segunda vou ter que sair ligando desesperado atrás de alguém.

— E se você não encontrar ninguém?

— Não faço ideia. — fala, em tom de desalento. — Vou ter que pedir ajuda para o meu professor, o que não vai cair bem.

E ele provavelmente vai me encaminhar para algum ex-aluno jovem disposto a me fazer um favor.

Uma ideia surge na minha mente.

— Você devia ir comer brunch comigo amanhã.

Luke me encara.

— Hum. É. Não sei como isso poderia resolver meu problema, mas obrigado pelo convite? Passo.

Dou um sorrisinho para ele.

— Tem certeza? Vai recusar a oportunidade de ir ao brunch com o CEO de uma empresa farmacêutica? Eles lançaram notas conversíveis na semana passada. Meu pai só falou disso no fim do ano.

Luke faz uma pausa.

— Espera... É sério isso?

— Por que não? Quase todo domingo meu pai vem de Long Island para a gente ir tomar um brunch. — Para ver se estou andando na linha, na real. — Estou te chamando pra vir com a gente, bestão. Na verdade, deixa só eu ver um negócio... — Desço da cama e vou para o meu quarto pegar meu celular.

Tento não pensar muito enquanto digito uma mensagem para o meu pai. Eu não *acabei* de surtar lá embaixo pensando em revelar que gosto de homem? E se meu pai me vir junto com Luke e *souber* que nós dois ficamos?

Levar Luke ao brunch tem o potencial de criar um caos com o qual não quero lidar, mas, quando volto para o quarto de Bailey, não consigo me impedir de enviar a mensagem.

— Pra quem você mandou mensagem? — Mais uma vez, o rosto de Luke está congelado de desconfiança.

— Meu pai. Perguntei se ele estaria disposto a te dar uma entrevista amanhã.

O queixo de Luke cai. Depois ele o fecha de novo.

— Hayworth. — Meu sobrenome sai como um corte.

Levanto o rosto do celular.

— O que foi?

— O que você tá fazendo? Algum tipo de caridade? — As bochechas dele coram. — Eu já falei que não preciso que você sinta pena de mim.

— Não é pena. — Dou de ombros, meu cérebro trabalhando para formar frases que não deixem Luke irritado. Estou descobrindo que ele é bastante sensível no que diz respeito a receber ajuda. — Estou agindo por puro egoísmo. Odeio esses brunches de domingo. Geralmente a Annika ia comigo para dar uma força, mas, bem, você sabe no que isso deu. Além do mais, não contei para o meu pai que perdi a eleição. Deixo você fazer as honras.

É a vez de Luke dar um sorrisinho.

— Vai deixar o trabalho sujo pra mim, é? Cabaço.

Meu celular vibra com uma mensagem.

Seu irmão de fraternidade é mais que bem-vindo, filho. Devo dizer que estou muito contente por você finalmente estar se interessando pelo negócio. Ansioso para discutir as notas conversíveis com vocês dois.

— Meu pai disse que topa falar com você — digo a Luke.

— O que me diz? Me deixa te usar descaradamente para não ter que enfrentar meu pai sozinho?

— Claro. Tô dentro.

E, embora eu esteja feliz por Bailey ter aceitado minha ajuda, acho curioso ele só ter concordado quando fiz parecer que *ele* é quem estaria sendo usado. Alguém ajudá-lo por livre e espontânea vontade é uma ideia completamente inconcebível para ele. E cacete, acho que essa é uma das coisas mais tristes que já vi na vida.

APRESENTÁVEL
Luke

Quando meu alarme toca às nove e meia no domingo de manhã, jogo as pernas para fora da cama e me obrigo a acordar. Tive mais um turno longo na boate ontem, e depois uma longa viagem de ônibus para voltar para casa. Mas agora preciso ficar nos trinques e jogar meu charme para que o sr. Keaton Hayworth Jr. me dê detalhes suficientes sobre a estrutura de seu capital para que eu escreva um trabalho.

Meu problema não pode ser tão fácil assim de ser resolvido, né? Eu não boto fé.

Vou arrastado para o chuveiro e me barbeio com cuidado. Meus olhos estão vermelhos pela falta de sono, mas não há nada que eu possa fazer quanto a isso. No meu quarto, encaro meu guarda-roupa. Ano que vem vou precisar me candidatar a vagas de empregos e fazer entrevistas nos processos seletivos. Vou ter que comprar pelo menos uns dois ternos, algumas camisas melhores e sapatos.

Então eu só acrescento isso à longa lista de coisas para as quais preciso economizar.

Hoje, visto minha melhor camisa Oxford e meu único par de calças cáqui. Em seguida, me analiso no espelho.

O cara me olhando de volta está apresentável. Não tem nada no meu reflexo que diga: *stripper com uma família fodida que mora no lado ruim da cidade*. Mas também não é como se alguém pudesse me confundir com Keaton ou um de seus amigos riquinhos. Um dia vai ser possível, eu garanto. Não vou parar até conseguir tudo o que quero.

Seja lá onde for que eu vá conseguir isso, sei que não é em Darby, Connecticut. Não vejo a hora de deixar este lugar para trás.

Já estou pronto quando ouço Keaton entrando no banho. Espero sentado à escrivaninha, lendo tudo que consigo encontrar a respeito de notas conversíveis e da Hayworth Harper Farmacêuticos.

— Toc-toc — fala o jovem herdeiro da empresa, parado à minha porta. — Eu ia perguntar se você já estava pronto, mas dá pra ver que sim.

— Aham. — Pego um caderno na escrivaninha. — Bora lá. Acha mesmo que ele vai responder às minhas perguntas?

— Com certeza. Falar de si mesmo e de seu negócio é o que meu pai mais gosta de fazer.

Pego uma jaqueta e o sigo lá para baixo. A casa está silenciosa, porque a maior parte do pessoal dorme até tarde aos domingos. Entramos na BMW de Keaton pela segunda vez em dois dias. E, em ambas as vezes, consegui não comentar sobre sua escolha de veículo.

Parabéns, Luke.

— Então — digo quando vamos nos aproximando da parte da cidade onde ficam os restaurantes caros. Meu cartão de crédito vai me odiar por isto. — Qual é meu papel aqui, além de entrevistar seu pai?

— Ah — responde Keaton. — Seu papel é ser alguém que ele não conhece o bastante para se sentir à vontade em me criticar publicamente. É só isso que você precisa fazer. Ah, e deixar ele passar o cartão.

— Não posso deixar ele pagar. Principalmente porque ele está fazendo um favor pra mim.

— Pfft — debocha Keaton. — Claro que pode. É pra isso que servem os pais.

— Jura? Minha experiência diz o contrário. — Eu me arrependo do comentário assim que ele sai da minha boca.

Keaton se vira para mim imediatamente com cara de arrependido.

— Droga, foi mal. É pra isso que os pais *deveriam* servir.

Uma onda de vergonha toma conta de mim. Não acredito que Keaton viu o vexame que é minha família.

— Enfim.

— É logo ali — anuncia ele. — E, pela primeira vez na vida, não estou atrasado. Meu pai vai ficar impressionado.

— Você costuma se atrasar?

— Era a Annika — balbucia ele, depois bufa.

— Isso ainda tá te deixando mal? — É uma curiosidade genuína. Porque tipo, ele não me pareceu tão triste assim pelo término na sexta à noite...

— Mais ou menos — resmunga ele. — A gente namorou por muito tempo. Vou demorar pra me acostumar a não ter ela no meu dia a dia. E meu pai vai ficar arrasado. — Keaton balança a cabeça. — Ele ama a Annika. E aposto que vai me perguntar o que eu fiz de errado.

E, de fato, a primeira coisa que o pai de Keaton diz quando o anfitrião de um restaurante com decoração de madeira e ar levemente antiquado nos leva à mesa dele é:

— Keaton! E Luke, certo? É ótimo ver vocês. Mas onde está a Annika?

Keaton espera até eu ter cumprimentado o pai dele com um aperto de mão e nós dois termos nos sentado e recebido cardápios enormes que pareciam pergaminhos, e então fala:

— Sobre a Annika. Ela me largou.

O pai dele se reclina na cadeira de repente, como se tivesse levado um tapa ou ficasse embasbacado com a ideia de uma mulher rejeitar um Hayworth.

— Mas por que isso?

— Nenhum motivo em especial — responde Keaton com cautela. — Ela só quer ampliar os horizontes. Ou algo do tipo. — Ele puxa o colarinho da camisa, evidentemente desconfortável.

— O que tem de bom aqui? — pergunto, mudando de assunto.

— Tudo — responde o sr. Hayworth. — Quando estou com muita fome, peço o filé com ovos. A quiche também é excelente.

O garçom serve café para todos nós. O sr. Hayworth pede uma mimosa, mas eu peço só um suco de laranja.

— Quero as panquecas com bacon — pede Keaton.

— Eu vou querer os ovos beneditinos — falo, devolvendo o cardápio.

O sr. Hayworth ri e eu não faço ideia do porquê.

— É o que a Annika sempre pede — conta ele.

Meu olhar colide com o de Keaton, e nós dois desviamos o rosto rapidamente.

— Vou querer a quiche lorraine — pede o sr. Hayworth, alheio à interação entre mim e seu filho.

Só que ainda assim sinto uma onda de desconforto. Não fosse a entrevista da qual eu preciso tanto, eu jamais teria vindo. Minha vida sexual até agora foi toda baseada em evitar conhecer os pais das pessoas que estou comendo. E não estava nos meus planos começar agora.

Mas aqui estamos nós. E eu me sinto uma fraude, como sempre. Estou interpretando o papel de alguém que nasceu para a Universidade de Darby. Vou continuar bancando isso até que um dia, espero que antes de morrer, eu realmente sinta que mereço estar em um lugar de prestígio.

— Você está se formando em quê, filho? — pergunta o sr. Hayworth.

— Administração, com foco em finanças, senhor. — Parto um pãozinho em dois e passo uma espátula de manteiga acima do meu prato de pão à esquerda. São coisas que aprendi três anos atrás vendo vídeos no YouTube quando estava tentando conseguir um emprego de garçom em um restaurante decente. E são modos que Keaton aprendeu desde o berço.

— Arrumei um estágio no setor financeiro para o Keaton, que vai acontecer nas férias de verão — conta ele. — Mas seria ótimo se ele cursasse disciplinas de finanças no próximo semestre também.

— Caramba, que oportunidade incrível.

Olho para Keaton, que de repente parece muito interessado em passar manteiga em seu pãozinho. E por acaso ele não me contou que vai se candidatar para algum tipo de estágio de pesquisa no verão?

Humm. Se o pai dele não sabe disso, eu é que não vou contar. Ao menos agora sei que Keaton não estava exagerando quando disse que não gostava de vir ao brunch com o pai.

Dou um pigarro.

— Eu adoraria ouvir do senhor sobre o negócio de títulos conversíveis que acabou de fechar. Especificamente, o porquê de conversíveis.

— Ah, mas é claro! — responde o sr. Hayworth, sorrindo de verdade, como se eu tivesse acabado de perguntar sobre seu filho favorito. E talvez eu tenha feito exatamente isso. — As empresas farmacêuticas amam conversíveis. A dívida vem com uma taxa de juros razoável, porque os compradores ficam na expectativa de que os produtos que estamos desenvolvendo sejam aprovados pelo governo, o que leva a uma estabilização do potencial de retorno.

Abro o caderno e dou um clique na caneta.

— Quão razoável é exatamente a taxa de juros?

— Bem, se usar o referencial da Libor na indústria farmacêutica...

Começo a escrever. Anoto tudo que ele diz.

É SEMPRE POR MINHA CONTA
Keaton

Paro de ouvir uns dois segundos depois de o meu pai começar a falar. Nada me deixa mais injuriado que ouvir sobre taxas de juros (ba-dum-*tss*).

Mas Luke nasceu para isso. Faz anotações e devolve as respostas do meu pai com mais perguntas, usando termos que não entendo nem nunca vou entender.

Meu pai fica que nem pinto no lixo. Ele sempre quis que eu tivesse esse exato interesse, mas não entendo por quê. Não é como se o homem precisasse de migalhas de atenção. Ele tem um negócio no qual literalmente centenas de pessoas engolem cada palavra que ele diz.

Além do mais, não é como se ele fosse lá tão interessado na minha vida também, a menos que eu esteja falando de um de seus assuntos favoritos — que são, em ordem mais ou menos precisa: negócios, futebol e a Alpha Delta. Essa é a parte que me tira do sério. Tudo bem ficar empolgado com seus interesses particulares, mas agir como se suas coisas favoritas devessem importar para todo mundo? É ao mesmo tempo egoísta e ridículo.

O garçom chega com a comida e meu humor melhora um pouco. Ataco meu prato de panquecas e bacon. Carboidrato, sal e gordura curam onde dói.

Por um momento, Luke continua ocupado demais fazendo anotações para comer, mas depois de um tempo ele e meu pai cedem, ainda sem parar de falar sobre a "estabilização do potencial de retorno" e a "volatilidade implícita", seja lá o que for isso.

Sou irrelevante para esta refeição e estou amando isso.

— Muito obrigado, senhor — agradece Luke quando se esgotam os detalhes de nerds a serem discutidos. — Aposto que vou tirar um dez neste trabalho.

— Será merecido — fala meu pai, bebendo o resto da mimosa. — A parte analítica você já pegou. Keaton vai aprender tudo a respeito disso no verão também.

Merda.

— Com licença, pessoal — pede Luke, afastando a cadeira. — Onde fica o banheiro masculino?

Aponto para os fundos do salão, e em seguida o desgraçado me deixa sozinho com meu pai. Luke sai andando da mesa, e meus olhos o acompanham, porque estou me sentindo imprudente e acabo de perceber que tenho tara por autoconfiança.

— É um ótimo garoto — fala meu pai quando Luke desaparece no banheiro, e então gesticula para o garçom, pedindo mais café. — Ele é da Alpha Delta também, certo?

— Sim — respondo, dando um suspiro. — Na verdade, ele vai ser nosso novo presidente. — É melhor eu me livrar disso logo.

Meu pai me fita, confuso.

— Não, você vai.

— Não é verdade. — Balanço a cabeça. — Eu desisti no dia da eleição, porque não quero ser presidente, mas ele quer.

— Por quê? — Meu pai arqueja.

— Por que alguém ia querer ser presidente? Boa pergunta. Ele fica vermelho.

— Não se faça de desentendido, Keaton. Por que você desistiu?

— Sou um membro leal da fraternidade, pai. Eu amo a Alpha Delta. Mas eu só estava concorrendo porque você queria. E esse não é um motivo bom o suficiente.

— Mas por que você não gostaria de assumir a liderança? Isso não faz sentido algum.

— Porque eu não sou *o senhor*. E, na verdade, faria sentido, sim, se o senhor entendesse que tenho outros interesses também. E eles são tão válidos quanto os seus.

— Olha o tom — repreende.

— Sim, pai, eu meço meu tom o tempo todo — sussurro. — Mas o senhor não me ouve.

Luke está se aproximando da mesa agora, então meu pai fecha a boca. Ele não vai fazer escândalo. Não é do feitio dele.

Ele pede a conta.

— Descobri que eu lhe devo meus parabéns — diz ele a Luke. — Você é o próximo presidente da Alpha Delta.

— Obrigado, senhor — agradece Luke com cautela. — Minha primeira medida será importar os dados financeiros para o Quickbooks. No momento, estão usando o método de armazenar as notas fiscais em uma caixa de sapatos.

— Caramba. — Meu pai ri. — Que bom que você vai nos tirar da idade da pedra.

— Vou tentar. — Ele levanta a mão bem quando o garçom se aproxima, e então o cara passa a conta para Luke.

— Ah, não — rebate meu pai. — É sempre por minha conta.

— Já está pago — fala Luke, abrindo a carteira para acrescentar uma gorjeta e assinar a notinha. — O senhor salvou minha nota de finanças, e eu agradeço muito.

Ele deve ter entregado o cartão de crédito para o garçom quando foi ao banheiro. Muito sorrateiro da parte dele.

Meu pai sorri com o gesto. Ele não liga para o dinheiro, mas dá para ver que Luke o impressionou.

Não é hilário? Pai e filho estão um pouco obcecados.

Luke volta a agradecer imensamente antes de partirmos. Meu pai lhe deseja boa sorte, e pega um cartão de visitas do bolso.

— Ligue para este número na segunda-feira. Peça à minha secretária para lhe passar o e-mail de Chad Christy, o rapaz que cuida do nosso programa de estágios de verão. E, quando escrever para Chad, diga a ele que eu o encaminhei.

Luke fica chocado.

— Obrigado, senhor. É muito generoso da sua parte.

— O prazer é todo meu. Foi ótimo conhecê-lo, Luke. E você, Keaton, me ligue hoje à noite. Precisamos terminar nossa conversa. — Ele nem me olha nos olhos quando fala.

Ah, que maravilha.

Voltamos ao meu carro e eu deixo o motor aquecendo.

— Você é incapaz de aceitar um favor sem pagar a conta, né?

— Aham — diz ele, olhando para o cartão que meu pai lhe deu.

— É bom você ligar mesmo para perguntar do estágio. Tenho quase cem por cento de certeza de que vai abrir uma vaga inesperada no departamento financeiro.

Luke me olha.

— Ele nem sabe que você está concorrendo àquela parada do barco?

— Não. Eu não queria ter essa briga até ser aceito. — Vai ser muito pior do que a discussão que acabamos de ter.

— Não posso aceitar o estágio.

— Você não está considerando *isso* um gesto de caridade também, né? — desdenho. — Toda empresa tem estágios arranjados.

— Não, quero dizer que não vou ter como. Apesar de ter bolsa, não seria o bastante para eu me sustentar em Nova York por três meses. E não é como se desse para ir e voltar todo dia. Seu pai dirige mais de duas horas para vir te ver aos domingos?

— Não exatamente. Ele pega a balsa de carros de Huntington em Long Island. Pra evitar ir à igreja.

Saio do estacionamento e volto para o campus, me sentindo enojado pela vida. Luke quer o estágio, mas não consegue custeá-lo. Eu não quero e não deveria ser obrigado a aceitá-lo.

— O que ele vai dizer quando você abrir mão do estágio?

— Que sou preguiçoso e ingrato. Que eu me recuso a atingir meu potencial máximo.

— Mas nada disso é verdade.

— Luke Bailey! — zombo. — Acho que você acabou de me fazer um elogio. Prometo não deixar me subir a cabeça.

— Por que foi que você me convidou hoje, hein? — pergunta Luke. — Ele tá puto com o negócio da presidência.

— A gente já falou sobre isso. Ele não ia me esculachar na sua frente. Além do mais, eu sabia que ele poderia te ajudar com o problema do trabalho.

— É. Pensei que talvez você tivesse feito isso pra eu ficar te devendo favores sexuais.

— É possível fazer um favor só pra ajudar, sabia?

— Possível, mas raro.

— Você é uma figura. Talvez eu exija favores sexuais só pra aliviar seu fardo mental.

Ele me lança um olhar safado que eu consigo sentir mesmo sem tirar os olhos da estrada.

— Talvez não seja só meu fardo mental que vá ser aliviado.

— Aí, sim. — Ergo a mão por cima da marcha e passo os dedos na região da virilha dele. A forma como minha ousadia não para de crescer me surpreende. — Quando? Agora?

— É melhor eu escrever o trabalho primeiro.

Solto um grunhido.

Ele ri.

— Você deve estar dolorido, de qualquer jeito.

— E daí? — Atletas não reclamam de dor.

— Então isso está fora de cogitação.

Não entendo a decepção que preenche meu peito.

— Pra sempre? — Eu me pego perguntando. O olhar dele diz que sabe exatamente o que estou pensando.

— Só hoje.

O aperto no meu peito cede. Minha voz sai rouca, e carente demais, quando digo:

— Mas... vai rolar de novo?

A risadinha baixa dele esquenta o ar entre nós dois.

— Sim — responde ele, finalmente. — Vai rolar de novo.

SANDUÍCHE DE PERU TODO DIA
Keaton

Rotina é uma coisa estranha. Elas são criadas do nada. Tipo, um dia você acorda e come um sanduíche de peru, daí passam dois meses e você comeu um sanduíche de peru todo dia, e pensa: *Eita, acho que agora eu como sanduíches de peru diariamente.*

Só que, neste caso, sanduíches de peru são um eufemismo para sexo gostoso com um cara.

Os dias viraram semanas. A neve derreteu e a primavera chegou com tudo. A temperatura subiu, assim como o meu pau. Isso porque os dedos quentes de Luke estão envolvendo a base da minha rola. Ele me masturba devagar e eu gemo baixinho.

São umas nove e meia da manhã, e estamos na minha cama, pelados e cheios de tesão. Das primeiras vezes que ele dormiu aqui, fiquei com receio de algum dos nossos irmãos de fraternidade nos pegar, mas com o tempo minha ansiedade foi se acalmando. Bailey e eu somos os únicos moradores do terceiro andar, minha porta tem tranca, e os únicos caras que *poderiam* entrar do nada são Judd e Tanner, que saem de casa às seis durante a semana para o treino de beisebol.

A mão livre de Luke massageia o meio da minha bunda. Provavelmente não temos tempo para foder agora, mas só a implicação já me deixa mais duro. Não tenho como negar o quanto eu gosto. Minha próstata é minha nova melhor amiga. E quando estamos com pressa, temos uma dezena de outras formas de fazer o outro gozar. Bailey dá a melhor mamada do planeta.

O que ele não me dá muito são palavras. Ele é um filho da mãe de boca de siri e praticamente impossível de ler, então às vezes é um desafio ficar com ele. Por exemplo, hoje de manhã perguntei se poderia ir à boate ver a apresentação dele e, em vez de me responder, ele só me beijou e começou a pegar no meu pau.

Deu certo. Por isso esqueci de reclamar nesses últimos minutos. O beijo dele é intenso e voraz. Minhas mãos exploram os músculos de suas costas, a cintura fina. É só quando estamos nos pegando que ele me deixa tocá-lo onde eu quiser.

Ele suspira, feliz, me masturbando. Quase deixo para lá a pergunta que fiz.

— Você não respondeu — balbucio com os lábios nos dele. — Acho que vou aparecer de qualquer jeito.

Eu me arrependo imediatamente, porque ele solta meu pau. Um par de olhos severos me encaram.

— Não faça isso. — O tom dele não deixa espaço para protesto. — Meu trabalho está fora dos limites. Eu já te disse isso.

— Qual é o problema? — retruco, desejando que ele volte a me tocar. — Você é um tesão quando faz strip-tease. Tipo, um tesão a nível de Magic Mike.

— Eu sei que sou gostoso durante a apresentação. É meu *trabalho* deixar as pessoas excitadas. — Para a minha decepção, ele se levanta da cama. A ereção imensa sobe e bate no abdômen rígido. — Preciso me concentrar durante o trabalho. Você aparecer me distrairia.

— Beleza. Não vou, então — prometo. — Agora dá pra voltar aqui e terminar o que começou? — Arranco o lençol de cima da parte inferior do meu corpo, e meu pau duro aparece para dizer oi.

— Putz, não.

— Por que não? — resmungo.

Ele lambe o lábio inferior.

— Porque você me desagradou.

Solto uma risada.

— Tá falando sério? Eu te *desagradei*?

— Sim, tocando no assunto de trabalho. Essa sua boca grande te custou a *minha* boca. — Os olhos de Luke brilham com perigo. — Meninos malcriados são castigados, Hayworth.

Ahhh. Já vi onde isso vai dar, e não vou mentir — eu topo. Meu pau também, a julgar pela forma como ele fica ainda mais duro, o que eu achava ser impossível.

Luke não deixa a reação do meu corpo passar despercebida, mas quando baixo a mão pela barriga em direção à virilha, ele me detém, mandando depressa:

— Mãos para os lados.

— Mas eu tô com tesão — reclamo.

— Não me importo. Mãos para os lados. — Quando titubeio de novo, ele debocha: — Não me faça mandar uma terceira vez.

Minha boca fica seca. Lentamente, baixo as palmas para o colchão.

— Muito bem. Agora fica deitadinho aí e me deixa te comer com os olhos. — Ele segura o próprio pau com uma das mãos.

Caralho. Vai ser assim, então? Ele vai me torturar gozando sozinho e me obrigando a olhar? *Só* olhar.

Ele começa a bater uma e, sim, pelo visto vai ser assim mesmo.

Os olhos famintos de Bailey viajam pelo meu corpo nu enquanto ele se masturba. Quero imitar o que ele está fazendo, mas ele mandou eu não me mexer. Então fico só deitado, mais duro que um poste e ávido para me aliviar. Quando a mão dele acelera, minha respiração fica pesada.

— Quer muito bater uma punheta gostosa agora, né? — provoca ele.

Meu olhar está fixo no dele.

— Aham.

— Não olha para o meu rosto. Olha para o meu pau. Vê como eu tô duro.

Baixo o olhar. Puta merda. Ele é a coisa mais sexy do mundo inteiro.

— Me dá — balbucio com a garganta árida.

— O que foi?

— Me dá — repito, mais claro desta vez.

Luke inclina a cabeça, pensativo. Lá embaixo, ele continua se masturbando, lenta mas deliberadamente.

— Te dar o quê?

— Seu pau.

— Não — repete ele. — Você vai me ver gozar, e vai ficar caladinho, sem fazer som nenhum, até eu terminar. E aí, *talvez* eu deixe você gozar também. Mas só se você me mostrar que sabe seguir regras.

As regras *dele*. As regras que eu tenho seguido há mais de dois meses. Não me leve a mal, eu amo quando ele manda em mim na cama. É o tipo de coisa que me excita pra cacete. Mas essa onda de "vai ser do meu jeito e pronto" acaba indo para além de quatro paredes, e por algum motivo estou começando a não gostar disso.

Porém, no momento, eu só não gosto de não poder me aliviar.

— E aí — pergunta Luke —, vai seguir as regras?

Faço que sim, sem dizer nada.

Com um sorriso provocador, ele mexe a mão mais uma vez.

— Caralho — solta ele. — Você tá tão gostoso deitado assim. Você me deixa tão duro, toda vez.

Mordo o lábio para suprimir um gemido. Se eu fizer um som sequer, ele vai parar. Já nos pegamos vezes o suficiente para eu saber que as ameaças de Bailey não são da boca para fora.

Ele solta um arquejo, e vejo que está perto de gozar.

E embora eu goste de observar, eu também queria poder tocá-lo, então imploro com os olhos. *Vem cá.* Passo a língua nos lábios. *Vem sentir meu gosto. Vem me fazer ser seu.*

Ele evita meu rosto e mantém o olhar nas minhas coxas, subindo-o até meu pau. Mas talvez a comunicação por pensamento esteja funcionando, porque ele ergue o queixo e me mostra os olhos escuros.

Por um mero segundo, vejo algo de que gosto muito. É dominância com uma pitada de necessidade.

Vem cá, imploro internamente. *É aqui que eu preciso de você.*

Ele se move depressa e joga o corpo por cima do meu, mordiscando meu ombro.

— Bate pra mim — sussurra ele. — Rápido.

Não precisa pedir duas vezes. Meto a mão no meio dos nossos corpos e seguro nós dois de uma só vez.

— Porra — sussurra ele antes de me beijar forte.

Amo isso pra caralho. Eu me abro para ele, um convite. Ele geme na minha boca enquanto eu o masturbo depressa, do jeito safado que ele gosta.

Ele solta um som sufocado, e eu abro os olhos e o vejo chegar ao clímax. Ele fica tão lindo quando goza — o brilho nos olhos e os gemidos desesperados. As bochechas dele coram.

Nossos olhares se encontram enquanto ele treme e pulsa na minha mão.

— Ah! — arqueja Luke, se perdendo no momento. Inclino a cabeça e o beijo de novo, precisando estar colado nele enquanto ele goza.

Minha mão está toda melada, e ele olha para mim, esfregando o pau na minha pele sensível.

— Sua vez — suspira ele. — Vai.

Amo quando ele me manda gozar, e meu corpo responde prontamente. Me bastam três ou quatro bombadas até eu chupar a língua dele e gemer dentro de sua boca, gozando na minha mão.

Ele cai em cima de mim dando um suspiro suado, e tudo o que ouço são as batidas do meu coração pulsando nos ouvidos.

Sorrio para o teto. *Olá, endorfina. Obrigado pela visita.*

Luke beija meu pescoço lentamente. Eu gosto muito disso. Passo a mão limpa pela curva da bunda dele lentamente.

Essa última parte só dura cinco segundos, e então Luke fica de pé e pega o papel-toalha.

Ele faz isso toda vez — ou se levanta ou se vira para o lado. É como se continuar no meu espaço fosse quebrar uma de suas regras.

— Preciso tomar um banho antes da aula de finanças — fala ele.

— Bailey — chamo antes de ele ir embora.

Ele solta um grunhido ao se virar para mim.

— Eu juro por Deus que se você tocar no assunto de ir me ver no trabalho de novo, Hayworth...

— Não, não é isso — garanto. — Eu só ia te convidar para o brunch de domingo de novo.

Consigo ver ele engolindo em seco.

Sabia que isso ia chamar a atenção dele. E vejo a forma como a indecisão perpassa seu semblante enquanto ele considera o convite. Isso já aconteceu diversas vezes: convido Luke para o brunch com o meu pai, ele hesita, depois recusa a oferta ou cede. Em cinco de oito convites, o resultado foi a segunda opção, fazendo com que ele acabasse apaziguando minha interação com meu pai.

No começo, fiquei um tanto desconcertado com a ideia de Luke e meu pai se darem bem até demais, mas toda vez que levo Luke comigo, ele é incrível tirando um pouco da atenção de mim. Para ser sincero, ele é até melhor que Annika no que diz respeito a amansar meu pai. Eles falam de negócios o tempo todo, e eu fico jogando Candy Crush no celular.

Luke nunca mais pediu os ovos beneditinos.

— Hum, não — responde. — Esse fim de semana não dá. Mas obrigado pelo convite.

A frustração toma conta de mim enquanto o vejo sair do meu quarto. Juro, esse cara é impossível. É como se ele estivesse determinado a não se aproximar demais de ninguém.

E eu ainda preciso ir ao brunch, merda.

Continuo deitado com minha autopiedade por um momento. E então a solução perfeita me ocorre. Pego o celular na cômoda e abro meus contatos favoritos. Clico em um número para o qual não ligo mais com tanta frequência.

— Oi, Annika! — falo quando ela atende. — Quer ir para o brunch no domingo? Em nome dos velhos tempos?

Provavelmente só estou imaginando, mas posso jurar que ouço Luke grunhindo um pouco no quarto ao lado.

Sou claramente um gênio, porque o brunch com meu pai corre muito bem. Annika pede os ovos beneditinos e vai puxando conversa. Além do mais, é ótimo colocar o papo em dia com ela. Então, estou vencendo na vida.

Agora estamos no meu quarto, ouvindo música e, em teoria, estudando para uma prova de economia que está nos matando de tédio. Não posso nem culpar meu pai por me obrigar a fazer essa aula. É uma exigência do currículo da Darby.

— O que acha que ele vai perguntar sobre o comércio internacional? — pergunto à minha ex, torcendo para ela ter entendido o material melhor que eu.

— Keaton, tô saindo com um cara — fala Annika de repente.

Levo um segundo para entender que mudamos de assunto.

— Pensei que você já estivesse com um jogador de lacrosse — comento com cuidado. Annika e eu ainda somos amigos, mas não falamos da nossa vida sexual. Obviamente não posso discutir a minha. E eu achei que ela não fosse se abrir quanto à dela para mim em respeito a ter me dado um pé na bunda.

— Ah, não, a gente não tinha nada sério. Eu só precisava de alguém para ir a algumas festas comigo. Nós dois sabemos que lacrosse é um esporte tonto. Eu nunca teria conseguido ignorar isso a longo prazo.

Dou uma gargalhada, porque Annika sempre conseguiu me fazer sorrir.

Ela pega o kit de maquiagem e começa a mexer com diversos tubos e embalagens que guarda ali. Isso quer dizer que ela está nervosa. Eu ainda a conheço muito bem.

— A questão é que — fala ela, analisando um lápis de olho — eu tô superobcecada pelo cara com quem eu estou saindo. E sei que obsessão não costuma ser uma emoção lá muito saudável, mas isso é tão diferente pra mim. Eu tô animada.

— E você está me contando porque... — Não consigo entender. — Quer que eu diga que está tudo bem?

— Acho que sim. — Ela levanta o olhar do espelhinho compacto. — Eu ainda nem sei se a gente vai ser pra sempre. Na verdade, provavelmente não. Mas sinto que é algo que eu preciso aceitar.

— Quer dizer que *ele* é algo que você precisa aceitar. — Sai de um jeito meio amargo.

Ela tem uma expressão de empatia no rosto.

— Olha, aposto que você tem razão — digo baixinho. — Agora eu entendo. — Ela obviamente estava certa quando disse que não éramos sexualmente compatíveis. Eu ainda nem me entendi direito com a minha sexualidade. — Eu nem estou mais bravo.

— Sério? — Ela se senta e coloca a bolsa de maquiagem de lado. — Fico muito aliviada em saber disso. Eu nunca quis machucar você. Na verdade, seria ótimo se você pudesse sentir uma pequena dose que fosse do que eu estou sentindo.

Engulo minhas palavras, porque se ela estiver transando com um cara, então eu *estou* recebendo a mesma dose.

Não que eu possa admitir isso.

Olho para a minha caixa de som, que está tocando uma música de Sam Smith agora. Não é o tipo de coisa que eu ouviria se não fosse por uma certa obsessão minha. Mas não posso explicar isso também. E, na verdade, me tira do sério. Mentir cansa e eu não estou acostumado a engavetar minhas emoções.

— Tem uma pessoa — confesso. — Ainda não estou pronto para discutir isso com você, mas quero que saiba. Nós dois precisávamos fazer mudanças e experimentar algumas coisas.

Annika arqueja como se tivesse acabado de ouvir que uma loja que ama está em promoção

— Sério? Quem? E eu já tô arrependida de tocar nesse assunto.

— Espera, por quê?

— É óbvio, né! — Ela se senta melhor na cama. — Porque agora estou *desesperadamente* curiosa e você disse que não vai me contar.

Dou risada.

— Me dá *uma migalha*, vai, Keaton. — Ela me olha de um jeito pidão.

— Não. E para de perguntar. — Dou um gole no café e me escondo atrás da xícara.

— Ela é dominatrix?

Engasgo com o café.

— Meudeus, ela é! — Annika comemora com a voz aguda. — Eu sabia! Acertei!

— Você... o quê? — gaguejo.

— Eu adivinhei, Keaton. Você é submisso. Era isso que faltava. Você prefere apanhar ou ficar amarrado?

— Não! Você nem... — Engulo minha negação. Não posso rebater o palpite dela porque não quero que ela continue tentando adivinhar.

— Onde foi que conheceu ela? — pergunta Annika. — Tem, tipo, sei lá, uma masmorra sexual aqui? Eu já li *Cinquenta tons de cinza*.

Por favor, alguém me mata agora.

— Eu sei que você acha que eu sou uma puritana. — Ela engole em seco. — Mas tenho intuição. Eu sabia que você precisava de alguma coisa que eu não podia te dar. E sei que é só da sua conta, mas... — Ela suspira. — Eu odiava sentir que estava sempre decepcionando você.

— Annika! Meu Deus. Você *nunca* me decepcionou. É só que a gente começou a namorar novos demais.

— Eu entendo isso. E também sei que terminar com você foi um grande risco. Tem dias em que eu me pergunto se um dia vou olhar para trás e pensar... Keaton foi o melhor homem da minha vida, e eu era nova demais para perceber.

— Ô, meu Deus, isso não vai acontecer. — Ela é ou não é demais? Deixo a xícara de café de lado e pulo nela, envolvendo-a com os braços, mas depois coloco um dedo embaixo das costelas, onde sei que ela sente cócegas.

— Ah, não, Keaton! Sai daqui, seu animal.

Mas eu não cedo, e ela gargalha.

— Tá tudo bem aqui? — O rosto de Luke aparece na porta. Já me acostumei com a carranca constante dele, mas agora ele está rabugento demais até para os próprios padrões.

— Bem, sr. Presidente — fala Annika —, eu gostaria de fazer uma reclamação formal sobre seu vizinho. É grosseiro fazer cócegas em pessoas menores que você. — Ela olha melhor para Luke. — A gente fez muito barulho?

Ele dá de ombros.

— Tô fazendo um trabalho, mas talvez eu possa só fechar a porta de vocês.

— Na verdade, acho melhor eu ir nessa — fala Annika, se soltando de mim. — Não somos bons parceiros de estudo para essa prova de economia, porque nós dois odiamos a matéria. Você também pegou ela esse semestre? — pergunta ela a Luke.

Ele balança a cabeça.

— Fiz no primeiro ano só por diversão.

— Eu, hein. — Ela estremece. — O que mais você faz por diversão? Imposto de renda? Cirurgia oral?

— Na mosca — responde ele, devagar. — Cirurgia oral. Como adivinhou?

Não consigo evitar. Um sorriso se abre em meu rosto, e eu mordo o interior da bochecha para evitar rir. Quando olho para Luke, o humor dele está contido, como sempre. Ninguém disfarça melhor que Luke Bailey. Só que eu o conheço o suficiente para ver o nanossegundo de humor em seu rosto.

— Você é divertido, Bailey. Não importa o que digam. — Annika enfia um monte de cosméticos na bolsa e se levanta da cama. — Você também. Keaton. Valeu pelos ovos beneditinos.

— Ao seu dispor!

Ela me sopra um beijinho antes de sair. O sorriso que dou a ela talvez seja um pouco maior que o necessário, mas se for a coisa mais birrenta que eu fizer a semana toda, não é de todo tão ruim assim.

— Foi legal o brunch? — indaga Luke, ainda à porta.

— Aham. Meu pai só fez duas piadas sobre a gente voltar. Então tudo nos conformes. — Reviro os olhos só de pensar.

— Ela quer? — pergunta Luke, se deitando na minha cama com o rosto virado para baixo.

— Não. Ela está saindo com outro cara, e está obcecada por ele. Palavras dela. — Eu me sento na beirada da cama com a mão nas costas de Luke. — Por quê?

Ele dá de ombros sem olhar para mim.

— Você tá com ciúme. Te conhecendo, é só um pouco, mas você não vai admitir.

— Não tenho motivo para estar com ciúme — diz ele. — Não somos um casal.

— Mas nenhum dos dois está ficando com mais ninguém — ressalto. Foi minha única grande condição. Não me sinto confortável com a ideia de ele passar o rodo por aí, ainda mais quando ainda estou assimilando o fato de ele estar passando a rola *em mim*. E como Luke é fã de sexo fácil e conveniente, ele topou numa boa.

— Isso.

— Então por que você não nos chamaria de casal? — pergunto. — Não é essa a definição?

Ele se vira, quebrando o contato com a minha mão.

— Porque não tem motivo pra isso. A qualquer momento você vai se cansar desse acordo e voltar a sair com pessoas que você pode apresentar ao papai.

— Claro, até porque eu me importo muito com a opinião do meu pai, né — debocho.

— Conta outra, vai. — Ele se senta. — É óbvio que você se importa, do contrário já teria contado que não planeja trabalhar para a empresa dele nunca.

— Isso é só questão de evitar o inevitável. Justamente o que você está fazendo. Acho que está feliz de estar comigo, contanto que não precise dar nome aos bois.

— Por que isso importa? — pergunta ele, se mexendo e franzindo o cenho ao encontrar algo entre os travesseiros: o delineador e o espelhinho de Annika. Ele abre o espelho e o analisa. — O que mudaria se disséssemos que estamos juntos? Não é como se você estivesse doido de vontade de sair contando o segredo pra todo mundo.

Mordo o lábio com força, porque ele meio que está certo. *Meio.* Não quero ter conversas desconfortáveis com os meus amigos e colegas de time. E a ideia de as pessoas me zoarem pelas costas me dá calafrios.

Por outro lado, assumir minha sexualidade está começando a parecer inevitável. Minha atração por Luke não é uma coisa de momento. Eu gostar de homem não vai mudar, e estou começando a sentir que esconder isso é errado. Faz o segredo parecer enorme.

— Olha — desafio. — Você disse que não mente sobre a sua sexualidade. Por que eu deveria, então? Agora eu minto o tempo todo e é um porre. — Eu não quero sentir que tenho um segredo obscuro quando na verdade só preciso me sentir bem com a situação toda.

Ele me encara por um minuto.

— Não posso ser presidente da fraternidade e trepar com um dos irmãos. Você consegue *imaginar* o que as pessoas diriam?

— Já temos um irmão gay — relembro. — E desde quando você liga para o que as pessoas pensam de você? — Ele só está me enrolando porque acha que sou emocional.

— Não ligo, mas... — Luke coça o queixo. — Eu não sou você. As pessoas não morrem de amores por mim. Os caras lá embaixo diriam coisas horríveis se você chegasse na assembleia geral qualquer dia e dissesse: "Ah, a propósito, se me ouvirem gemendo no terceiro andar, é porque descobri que sou bissexual e tô de rolo com o Bailey agora." Seu parça Judd ia surtar.

Ele surtaria mesmo. É a verdade.

— Nem todo mundo é como ele.

— Felizmente. — Luke ri com desdém.

Caímos no silêncio, só observando um ao outro com cautela. Meus dedos estão coçando para tocá-lo. Eu só quero usar o polegar para suavizar as linhas entre as suas sobrancelhas. Eu gosto de Luke Bailey. Muito. Esse é meu outro segredo. E danem-se os irmãos da fraternidade — esse tópico só é complicado para o Luke.

— Quer saber o que eu acho? — fala ele de repente. — Acho que você precisa de uma justificativa para nós dois. Você não está totalmente resolvido com o fato de estar ficando com um cara. E se eu disser que a gente é mais do que só sexo, você vai se sentir melhor.

— Isso não é verdade — protesto. *E para de ler meus pensamentos.*

— Eu te assusto um pouco e você precisa dar a isso um formato que seja mais familiar. Mas isso nunca vai funcionar.

— E por que não?

Ele se deita de volta na cama, bufando.

— Vou falar de uma maneira que você entenda.

— Quero só ver.

— Você é um labrador caramelo.

— Eu sou *o quê?*

— Um cachorro. Um cachorrão feliz que corre atrás de frisbees na praia com os amigos. Você é um animal de bando.

Dou risada pelo nariz.

— E você é... um pitbull?

— Até parece. Eu sou um gato de rua — diz ele. — Só de passagem. Sem coleira. Pouco amigável. Nenhuma habilidade com frisbees...

— Entendi. Caramba. — Não é a pior analogia do mundo. Embora eu ache que, no fundo, Luke queira ser um cachorro e se juntar à matilha. Ele não vai admitir, mas o cara entrou em uma fraternidade, porra. Diz ele que era o jeito mais barato de arrumar um lugar para morar, mas eu não compro essa ladainha. Luke não admite as coisas que quer na vida.

Mas quem sou eu para criticar? Um cara que deliberadamente ignorou que sente atração por homens durante muitos anos não pode sair por aí apontando dedos para a ignorância das pessoas.

Em vez disso, fico deitado ao lado dele na cama, passando o polegar em sua testa, suavizando as rugas. Ele fecha os olhos.

Gato de rua é o cacete.

Eu o envolvo nos braços, e ele permite isso também, mas mesmo quando começa a passar os dedos pelo meu cabelo, diz:

— Você precisa pensar na gente como férias, Hayworth. Férias são reais, mas sempre terminam. Como tudo que é bom.

— É muito cinismo. Até pra você. O que é que te *deu* hoje? — Eu me estico e faço cócegas em suas costelas também. — Que mau humor é esse?

Ele tira minha mão como se fosse uma mosca.

— Problemas no trabalho. Ontem à noite estava com um cheiro estranho nos banheiros. Todo mundo percebeu. Heather acabou de me mandar um e-mail avisando que eles estão com um problemão no encanamento, então a boate vai ficar fechada no próximo fim de semana. E talvez no seguinte também.

— Caramba. — Coloco a mão no braço dele e aperto. Não consigo parar de tocá-lo. Eu faria isso o tempo todo, se ele me permitisse. — Sinto muito mesmo. Não dá pra trabalhar de bartender na Boate do Jack enquanto isso?

— Provavelmente não, já que vai chover voluntários. Além do mais, o pessoal do bar não costuma pedir para cobrirem eles nos fins de semana.

— Que merda — digo.

O que não digo é que eu poderia emprestar dinheiro. Ou simplesmente dar dinheiro para ele. Ambas as coisas são verdade, mas ele não quer que eu ofereça.

— Tem alguma coisa que eu possa fazer? — pergunto, então.

Ele vira na cama.

— Talvez aquele negócio que você faz nos meus ombros? Por favor? Acho que torci alguma coisa ontem.

Eu me levanto da cama, fecho e tranco a porta. Em seguida, volto, me posiciono em cima do quadril de Luke e coloco as mãos nos seus ombros. Eu os agarro com força, afundando os polegares em sua pele, massageando os músculos tensos que encontro.

Ele grunhe de felicidade.

— Você é minha pessoa favorita do mundo inteiro.

Talvez seja verdade. Só espero que isso baste para o meu coraçãozinho ambicioso. Tento a sorte.

— Quer assistir àquele filme francês hoje à noite? O que você precisa ver pra sua aula?

— Pode ser — balbucia ele. — A gente vê isso depois.

Reviro os olhos. Como é esquivo. Aperto as mãos em suas costas e ele grunhe de felicidade. O som provoca coisas gostosas dentro de mim, então não consigo conter a tentação de me abaixar e plantar um beijo em sua nuca.

Afeição é natural demais para mim, porra. Eu sou mesmo um labrador caramelo. Me processa. Faço uma massagem maravilhosa nele, salpicada de beijos. E quando o homem embaixo de mim já se desmanchou de tão relaxado, espalho meu corpo sobre suas costas e suspiro.

— Agora fiquei com tesão.

— Claro que sim — balbucia ele. — Sou irresistível. E é por isso que não podemos ver o filme juntos mais tarde. Preciso fazer anotações. Vou acabar dentro de você.

— Ou vice-versa — provoco, sarrando a bunda dele. — Você sabe que mais cedo ou mais tarde isso aqui vai ser meu.

Ele não diz nada.

— Que bom que você não é mesmo um gato de rua.

— Sou sim.

— É nada. Eu saberia se fosse.

Ele vira a cabeça para o lado.

— Vai me contar alguma curiosidade sobre sexo felino agora?

Sorrio, roçando os lábios em sua bochecha.

— Gatos machos têm espinhos na parte de trás do pênis.

— Para, vai.

— É sério. Mais tarde eu te mando uma foto. — Beijo o pescoço dele.

— Claro que manda. — Com um movimento de ninja, ele sai de debaixo de mim, mas então me puxa para seus braços. — Obrigado por melhorar meu humor.

— Ao seu dispor. — *Quem dera você me deixasse fazer isso com mais frequência.*

Em vez de dizer isso em voz alta, eu o beijo.

UM IRMÃO CHAMADO JOE
Luke

Meu celular vibra com uma notificação enquanto visto os shorts de corrida. Quando dou uma olhada, é uma mensagem do ShortsDeLagosta.
 Ervas finas ou churrasco?
 Tá a fim de batatinha?
 Não gosto de aceitar coisas dele, e ele sabe disso.
 Você disse que topava sair pra dar uma volta comigo, digita ele. Eu ia levar um lanchinho.
 Não quero nada. Tô indo correr, digo.
 Depois de enviar, eu me arrependo da minha resposta. Batatinhas cairiam muito bem agora, e só Deus sabe a fome que estou. Meu jantar muito provavelmente vai ser mais uma lata de sopa e algumas fatias de queijo. Estou adiando a ida ao mercado porque só tenho cem dólares para sobreviver à próxima semana. Ou a um período maior ainda, dependendo das questões do encanamento no Bar da Jill.
 Mas meu arrependimento nem é só por isso. Sei que não me mataria aceitar um saco de batatinhas de Keaton. Não me

mataria passar mais tempo com ele, ou dizer mais vezes o quanto gosto de sua companhia.

Mesmo assim, eu fico na minha. Afeto não é uma coisa natural para mim, para dizer o mínimo. E as coisas estão estranhas entre nós dois desde que Keaton tocou nas palavras com "C" e "R". E não, antes fosse *cu* e *rola* — essas palavras eu amo. Estou falando de ele perguntar se somos um *casal* e dizer que de certa forma estamos em um *relacionamento*.

Merda. Como foi que viemos parar aqui? Já tive esquemas de amizades coloridas antes, mas nenhum durou mais de três meses. E está nítido para mim que Hayworth está começando a se apegar.

Vejo o modo como ele me olha. É uma combinação desconcertante de fascínio, carinho e frustração. Vejo ele engolindo as palavras com frequência, como se quisesse se aprofundar na minha psique, descascar minhas camadas como se eu fosse uma cebola.

Gosto muito de Keaton, mas ninguém tem direito de fazer isso.

Geralmente, sou bom em manter a armadura. Não deixo ninguém ver mais do que quero que vejam, mas está ficando difícil fazer isso com Keaton. Eu realmente gosto dele. Ele me faz rir. Me faz gozar. Mas esse papo de *casal* e *relacionamento* está me dando arrepios de desconforto. Fico com vontade de fugir.

Por sorte, agora que a primavera chegou, posso voltar à minha rotina de corrida, então amarro os tênis e boto o celular na escrivaninha, com tudo exceto minhas chaves.

E então desço as escadas e saio. Amo a sensação do vento batendo no meu rosto enquanto os pés avançam pela calçada. Encontro o ritmo e sigo para o fim da rua.

Tem uma trilha ótima perto do campus e hoje eu dou duas voltas, torcendo para que cinco quilômetros de solidão me ajudem a desanuviar a mente.

Só que a sensação de inquietude quanto ao meu esquema com Hayworth não me deixa em paz e me segue de volta para casa. Estou com a blusa empapada de suor quando subo correndo os degraus da porta da frente da Alpha Delta. Quando abro a porta, Jako está à espreita em uma cadeira que ninguém usa ao pé da escada, parecendo preocupado.

— Aconteceu alguma coisa? — pergunto, ofegante.

— Talvez? — fala ele. — Me diz você.

Na mesma hora, fico tenso. Os olhos dele acionam meu alarme interno. Por que ele está me olhando desse jeito? Será que tem algo a ver com Hayworth?

Ah, droga. E se Jako tiver subido para falar comigo ontem à noite, ou algo assim, e ouvido os gemidos abafados de Keaton enquanto eu comia ele no banho?

Meu cérebro entra no modo controle de danos. Só porque ele ouviu dois caras transando não significa *necessariamente* que éramos Keaton e eu. Talvez eu possa fingir que chamei um cara aleatório? E se eu...

— Você tem um irmão chamado Joe, certo?

Olho incrédulo.

Eu não esperava que ele fosse dizer *isso*. E quando ele o faz, meu próximo pensamento é: *Puta merda.*

— Sim — digo lentamente. — Por quê?

— Ele acabou de passar aqui.

Endireito a postura.

— Aqui? — repito.

— Aham. — Jako se levanta e enfia as mãos nos bolsos. — Disse que precisava falar com você. Eu avisei que você tinha saído para correr e ele falou que precisava deixar um recado no seu quarto.

— Você deixou ele entrar? — Ouço o pânico na minha voz. — Por favor, diga que não.

— Eu pedi pra ele me mostrar algum documento e ele mostrou. Daí eu falei onde ficava seu quarto e ele subiu.

Sem dizer mais nada, passo correndo por Jako e subo as escadas dois degraus de cada vez. *O que foi que você roubou, Joe?*

Jako está bem atrás de mim.

— Cara, foi mal. A coisa toda foi meio estranha, mas ele é seu irmão. Parece muito com você. Mas eu nem sabia que você tinha irmão.

Meu tom sai mais rígido que minha postura.

— É, e tem um motivo pra isso.

Quando chego no terceiro andar, vejo que minha porta está aberta. Não me surpreende, porque Joe aprendeu a arrombar trancas desde antes de aprender a se barbear, e não é como se nossas fechaduras fossem das mais complexas.

Estico o braço e testo a porta de Keaton. Está trancada, e eu suspiro de alívio.

Se Joe tiver roubado algo meu, não é o fim do mundo. Além do mais, estou tão sem grana que mal tem dinheiro no meu quarto.

Ou *tinha*. E de fato, a última gaveta da minha escrivaninha está entreaberta. É onde deixo minha lata de café. Quando abro a gaveta, a lata está vazia.

— Merda — fala Jako. — Foi mal, cara.

Mas na verdade, estou aliviado.

— Cara, não foi culpa sua. E não tem importância. Só tinha uns cem contos aqui. Quanto tempo ele passou fora do seu campo de visão?

— Uns três minutos, estourando.

— Certo — digo, dando um sorriso. — Podia ter sido pior. Não vamos esquentar a cabeça com isso.

— Talvez seja melhor a gente falar para o resto do pessoal não deixar ele entrar? — sugere Jako, cutucando a cabeça.

— É, melhor mesmo. Na próxima assembleia — concordo. Não vejo a hora de ouvir o que Judd tem a dizer a respeito disso. A única coisa boa é que Keaton não estava em casa quando Joe apareceu. Não quero meu irmão criminoso chegando perto do meu pau amigo.

Qual é.

A voz de desaprovação traz uma leve onda de culpa. Tá, isso foi foda. Keaton é mais do que um pau amigo. Somos amigos e ponto.

Fala sério, protesta a voz de novo.

Ah, vai tomar no cu, respondo.

— Valeu pelo aviso, cara. — Dou um tapinha no ombro de Jako.

— De boa. Bora jogar um poquerzinho mais tarde?

— Pode ser. Preciso tomar banho e revisar um trabalho, mas mais à noite eu estou livre.

É realmente estranho não ter planos. Pela primeira vez em um baita tempo, tenho o fim de semana todo livre. Eu precisava dessa folga. Além do mais, com as provas de fim de período chegando, posso adiantar trabalhos para não ficar maluco escrevendo tudo de última hora.

— Beleza — responde Jako. Em seguida, ele vai lá para baixo, e eu vou tomar um banho. O suor da corrida escorre pelo ralo, mas quantidade nenhuma de água pelando pode lavar o ranço provocado pela visita do meu irmão.

Não, "visita" não. Roubo.

Fecho os olhos debaixo do jato forte. Meu nojo se dissolve em culpa. Não dá para tirar isso da pele também. Não é à toa que eu não confio em ninguém. Meu irmão rouba de mim. Minha mãe só me procura quando precisa de algo.

Por que raios Keaton quer namorar comigo? Qual é o problema dele?

Falando no diabo, ele está sentado na minha cama quando entro no quarto depois do banho.

— E aí — diz ele.

— Oi. — Vou até as gavetas e pego uma cueca. — Tudo certo?

— Tá tudo bem? Você parece tenso.

— Nada, tô de boa. — Não falo de Joe. Sei que não deveria esperar até a próxima assembleia da fraternidade para contar sobre isso a Keaton, mas... Um suspiro fica preso no meu peito. Não quero ver os olhos dele suavizando com empatia. Não quero ele tentando *conversar* comigo sobre o que aconteceu.

— Ótimo. Agora se veste, vamos dar uma volta.

Não estou mesmo no clima.

— Pode ficar pra outra hora? Preciso de verdade revisar meu trabalho.

Ele inclina a cabeça.

— O que você só precisa entregar daqui a duas semanas?

— Sim, mas...

— Mas nada. — Com um sorriso convencido, ele fica de pé. — Bora. Você prometeu.

Olho para suas costas musculosas enquanto ele sai do meu quarto. Juro, nada abala esse cara. Posso ficar carrancudo e de cara feia o dia todo, ele não vai nem tremer na base. Ser um chato rabugento não o incomoda nem um pouco. Minha aversão a falar sobre meus sentimentos não testa a paciência dele. Ele continua firme, e eu não entendo.

Ele não se toca que está perdendo tempo?

No entanto, apesar da minha relutância em baixar a guarda quando estou com ele, eu me pego sentando no banco do carona da BMW de Keaton vinte minutos depois. Ninguém nunca disse que eu era inteligente.

— Vamos jantar fora — fala ele, dando partida no carro. — Estou te sequestrando porque quero muito um filé.

Um pico de raiva por puro reflexo me faz recostar no banco de couro e fechar os olhos. Por um milagre, não digo nada grosseiro. Na verdade, não digo nada. Respiro fundo.

— Você é um bom amigo, Keaton. — Ele sabe que estou em uma crise financeira e mesmo assim se segurou para não me oferecer dinheiro. Sou muito grato por isso.

Ele é inteligente o bastante para não dizer mais nada.

Respiro fundo de novo.

— Então, aonde vamos? Outback? Applebee's? — pergunto, mencionando os únicos dois restaurantes que servem bife perto de Darby.

— Aham. — Essa é a única resposta dele, o que não me revela nada. Espero que a gente esteja indo no Applebee's. A costelinha deles é de matar.

Começa a chuviscar quando Keaton sai do campus e pega a estrada. O Bluetooth ativa, e um momento depois uma voz familiar toca nos alto-falantes do carro.

Olho para ele com um sorrisinho.

— A gente vai mesmo ouvir Beyoncé?

Ele sorri de volta e abaixa o volume.

— Annika compartilhou uma playlist comigo no Spotify. A Queen Bey é a artista favorita dela.

Meu estômago embrulha. Puta que me pariu. Eu ficar mordido de ciúme é totalmente importuno. Por que eu ligaria para o fato de Keaton e a ex-namorada ainda serem melhores amigos?

Desvio o olhar do rosto dele para as mãos, observando enquanto ele tamborila os dedos longos no volante. As mãos dele são um tesão. O rosto também. E o corpo, nem se fala.

Estou tão ocupado comendo ele com os olhos que levo vários minutos para perceber que ainda estamos na estrada. Ir do campus a qualquer um dos dois restaurantes que mencionei não leva muito tempo.

Franzo a testa.

— Aonde a gente vai?

Ele dá uma piscadela.

— Ah, você gostaria muito de saber, né?

— Sim — respondo, irritado. — Eu quero saber. A gente por acaso tá indo pra Hartford?

— Não.

Minha irritação aumenta. Por algum motivo, o semblante de satisfação no rosto dele está me tirando do sério.

— Então pra onde?

Keaton lança um sorriso maléfico na minha direção.

— Cabe a mim saber e a você descobrir.

ESBANJAR
Keaton

Talvez esta tenha sido uma péssima ideia, decido uma hora depois. A expressão de Luke analisando nossa suíte no Hotel Stonington não é... tão encorajadora quanto pensei que seria. Um músculo pulsa em seu maxilar quando o olhar dele se fixa na cama de quatro colunas no meio do quarto. E então ele se vira para mim e bufa.

— Quanto essa brincadeirinha aqui tá te custando?

Sei que ultrapassei um limite ao surpreendê-lo com uma viagem de fim de semana, mas parece que ele está menos preocupado com a intimidade dessa fuga da rotina e mais com o valor. Então acho que é um bom sinal.

— Para ser sincero, não muito — garanto. — Estamos em baixa temporada.

— Beleza, então me deixa pagar metade — diz ele imediatamente.

— Parou. É meu presente de aniversário pra você.

Silêncio.

Luke me encara por tanto tempo que começo a ficar desconfortável. Enfio as mãos nos bolsos da calça jeans e mordo o lábio, desconcertado.

— O Jako e o Ahmad falaram com o comitê de eventos sobre organizar algo para o fim de semana que vem — digo quando Luke não abre a boca. — Então perguntei o que tinha no fim de semana que vem, e o Jako falou que é seu aniversário.

Luke continua sem responder.

— Daí eu pensei, bom, ele não vai trabalhar esse fim de semana, então talvez eu possa fazer uma surpresa com um presente de aniversário antecipado — termino, sem muito entusiasmo.

O desconforto que estou sentindo não é nada comparado à versão intensificada que vejo no olhar de Luke Bailey.

É, parceiro, foi uma péssima ideia mesmo. Eu não esperava que ele fosse sair por aí pulando de alegria, mas não imaginei que ele se incomodaria tanto com os meus esforços.

— Você planejou uma viagem de fim de semana para comemorar o meu aniversário — murmura ele.

Engulo em seco.

— Sim.

— O que mais planejou? O que exatamente vamos fazer neste fim de semana, além de transar nessa cama enorme? — Ele gesticula vagamente para a cama *king-size*.

Eu o encaro.

— Hoje vamos comer bife no restaurante do hotel. Amanhã à tarde vamos a um festival de cervejas artesanais em Mystic.

Ele assente devagar.

— Certo. O que mais?

Ele me conhece bem.

— Hum, Sam Smith vai tocar no Mohegan Sun. Eu comprei ingressos pra gente — balbucio. Nossos assentos são na primeira fileira, bem no meio, mas deixo essa parte de fora.

Ele provavelmente faria as contas, descobriria o preço dos ingressos e acabaria surtando.

Luke solta um suspiro irregular.

— Hayworth — fala ele com a voz rouca. — Eu...

Engulo em seco de novo.

— Você o quê?

Ele titubeia.

— Eu... — Ele visivelmente está engolindo em seco agora também. — Preciso ir ao banheiro. Já volto.

Para a minha tristeza, ele vai direto para o banheiro e fecha a porta com firmeza. Eu me sento na beirada da cama e passo a mão pelo cabelo. Merda. Estou me sentindo um idiota. Como Annika pode muito bem testemunhar, eu costumo esbanjar em ocasiões especiais. Pelo amor de Deus, eu marquei um *ménage* para o aniversário dela. E, no do ano passado, eu a levei para Paris.

O dinheiro nunca foi uma questão para mim. Minha poupança é enorme. Não recorro a ela com frequência, mas quando acontece, não poupo despesas.

Mas Bailey não é Annika. Ela foi criada cheia de dinheiro, como eu. Não é o caso de Bailey.

Sou o maior otário do planeta. É claro que ele surtou com isso tudo.

Quando a porta do banheiro se abre, uma parte minha espera que um Luke enfurecido venha até mim a passos duros exigindo voltar para Darby.

Mas o que vejo é um Luke comovido, cujos olhos escuros estão um pouco vermelhos.

— Hayworth — começa ele. Depois para. — Keaton.

Continuo sentado.

— Tá tudo bem? — pergunto com cautela.

Ele balança a cabeça devagar.

Merda. Abro a boca, armado com uma desculpa, mas ele me interrompe com um grunhido sufocado.

— Eu quero ficar puto com você. Quero mesmo. Porque isso aqui é *completamente fora da casinha*. Um jantar teria bastado de presente de aniversário. Na verdade, muito mais do que bastado. Mas jantar *e* duas noites neste hotel chique *e* um festival de cerveja *e* um show? Você tá doido?

Mais uma vez, abro a boca para dizer a ele que todos os Hayworth adoram uma comemoração. Está no nosso sangue. Nosso churrasco na praia anual é lendário.

Só que, mais uma vez, ele fala primeiro.

— Não tô puto — fala ele, desarmado. — Não tô puto, porque sabia que a última vez que alguém ao menos *se lembrou* do meu aniversário, que dirá o celebrou, foi no ensino médio?

Arqueio as sobrancelhas.

— Nem mesmo sua família?

Luke solta uma risada amarga.

— Muito menos eles. A última vez que minha mãe me desejou feliz aniversário foi quando fiz dezesseis anos. — Ele balança a cabeça algumas vezes. — Não acredito que você fez isso.

— Mas você *não* tá puto — sondo, hesitante.

— Não muito. Porra, eu tô emocionado, tá bem? Ainda que eu queira te meter porrada por me deixar assim... Epa! Parou. Pode ir tirando esse sorrisinho da cara. Isso não tem graça.

Aperto os lábios para conter meu divertimento.

— Não, meio que tem graça, sim.

A carranca de praxe de Bailey contorce sua boca gostosa. Então, percebo que seus punhos estão cerrados na lateral do corpo, e mais outra risada sobe pela minha garganta. Quero provocá-lo por isso, ou talvez apenas assegurá-lo de que tudo bem se emocionar, de que ele pode aceitar o presente, mas não quero forçar a barra mais do que já fiz.

Eu me levanto da cama e dou um tapinha em sua bunda.

— Já acabou de birra? Porque eu tô varado de fome.

* * *

O jantar é ótimo. A companhia é ainda melhor. De alguma forma, Bailey e eu acabamos com duas garrafas de vinho, então ambos estamos alegrinhos por boa parte da refeição. A garçonete percebe, e faz piada com a nossa embriaguez. Quando assino a notinha com o número do nosso quarto, meu pau já está endurecendo, porque para mim, ficar bêbado equivale a ficar com tesão.

E é assim que eu acabo com a língua dentro da boca de Luke antes mesmo dele fechar a porta da suíte.

— Você é a pessoa mais faminta por sexo que eu já conheci — murmura ele na minha boca gananciosa.

— E você ama — balbucio de volta. Já estou arrancando a roupa dele.

Ele aperta minha bunda e me guia de costas para a cama. Eu me deito e ele vem para cima de mim, e nós dois nos pegamos com vontade. Os dedos de Luke alcançam o meu zíper e o abaixam enquanto sua língua preenche minha boca e rouba toda a minha sanidade.

Porém, em meio à onda de prazer, percebo os toques constantes do meu celular. Eu o deixei no quarto quando fomos jantar, e não está no modo silencioso nem vibrando.

— Droga, me deixa desligar isso — falo em um grunhido contra os lábios de Luke. — Vai me distrair.

— Rápido — diz ele, depois se deita de costas e esfrega o pau duro por cima da calça.

Sorrindo, fico de pé e vou até a mesa. Meu intuito era só colocar o celular no silencioso, mas as notificações na tela bloqueada chamam minha atenção. Duas chamadas perdidas do meu pai. O que eu normalmente ignoraria, mas ele também mandou uma mensagem depois que não atendi, e o que leio antes de a notificação ser cortada basta para me alarmar internamente.

Pai: Acho que lhe devo os parabéns! Acabei de ver que você passou o cartão no hotel... [Ler mais]

Olho para a cama, onde Luke está me comendo com os olhos.

— Ei, foi mal, preciso ler essa mensagem.

Luke arqueia uma sobrancelha.

— É algo importante?

— Não sei ainda. Por enquanto é só confusa. — Desbloqueio a tela de início para ler o resto da mensagem do meu pai.

Quando acabo, estou com tanta raiva que não me surpreenderia se Luke comentasse que tem fumaça saindo dos meus ouvidos.

Pai: Acho que lhe devo os parabéns! Acabei de ver que você passou o cartão no hotel, e sua mãe acha que quer dizer que você e Annika reataram o namoro. Estamos muito felizes em saber disso, filho!

Não precisa me ligar de volta hoje. Acredito que você e Annika estejam aproveitando o fim de semana. Mas temos que conversar quando você voltar. Vi também que você usou o cartão de crédito para pagar uma taxa de inscrição em um estágio de verão? Espero que isso não interfira no estágio no setor financeiro que você prometeu fazer. Me ligue amanhã.

— Tá tudo bem? — pergunta Luke.

Eu me dou conta de que fiquei parado aqui feito uma estátua de mármore, olhando para o celular de cara fechada.

— Não — retruco. — Não tá. — Eu me viro e vou até a cama, onde largo o telefone na mão de Luke. — Dá pra acreditar nesse cara?

Luke passa os olhos pela mensagem. Ele arqueia as sobrancelhas de novo, e me lança um olhar incrédulo.

— Ele vê sua fatura do cartão de crédito?

— Sim. — Mal consigo dizer uma sílaba sequer, de tão apertada de raiva que minha garganta está. — O cartão é ligado à minha poupança, e meu pai tem acesso a ela. Estou acostumado com o fato de ele ficar de olho no que eu gasto

meu dinheiro, mas isso... isso é *passar dos limites*. — Bufo.
— Qual é o problema dele, hein? Não sai do meu pé. Eu *nunca* prometi fazer aquele estágio. Daí ele fica tomando conta do meu cartão de crédito numa sexta à noite, conectando os pontos sobre a minha *vida*?

— É intrusivo, com certeza — concorda Luke.

— Merda, e sabendo como ele é, tenho certeza de que vai entrar em contato com Annika também. E ela lá, ficando com outra pessoa. Vai se sentir humilhada.

— Ah, para! Ele não faria isso, faria?

Sento a bunda de volta na cama. Esfrego o rosto com as mãos, grunhindo de frustração.

— Sem dúvidas ele faria isso, e provavelmente já fez. Estamos falando do cara que mandou vales-presentes para cada um dos membros da fraternidade do filho dele só para me garantir votos. Não aguento mais isso, Bailey. Ele é meu pai, e eu o amo, mas puta que pariu, eu só preciso que ele me deixe em paz.

— Então fala pra ele.

Com um sorriso incrédulo, levanto a cabeça.

— Sério mesmo? Você quer que eu diga para o meu pai me deixar em paz? Que plano infalível, hein.

Luke se ajeita e vem ajoelhado na cama por trás de mim. Para o meu espanto, ele curva os dedos nos meus ombros e começa a massagear meus músculos tensos.

— Caralho, você tá duro feito uma tábua. Respira, Hayworth.

Respiro, mas não abranda em nada a raiva que estou sentindo.

— Não aguento mais isso — repito.

— Então fala pra ele — repete Luke.

Não consigo conter uma gargalhada.

— Para de dizer isso.

— Não. — Ele massageia um nó de tensão entre minhas escápulas. As mãos dele são fortes, firmes. Estou no paraíso. — Porque é exatamente isso que você precisa fazer. Dizer a ele como se sente.

— Eu já falei — protesto. — Ele não me dá ouvidos.

— Então faz ele te ouvir. — Os polegares de Luke continuam massageando o nó teimoso. — Como alguém que tem experiência em lidar com pais tóxicos, eu te prometo que a única forma de preservar sua sanidade é estabelecendo limites definidos. Eu poderia ter continuado morando em casa depois que Joe saiu da cadeia; teria sido muito mais barato e me poupado muito estresse. Só que meu bem-estar mental era mais importante. Deixei explícito para a minha mãe que não ia mais aceitar ser arrastado por ela e pelo Joe. Sim, dou dinheiro para ela às vezes, mas é só porque eu não conseguiria pregar o olho à noite sabendo que o aquecedor dela está desativado. Mas estou tentando muito não dar mais corda para o comportamento nocivo dela, e definitivamente não tolero essas gracinhas narcisistas que ela faz para tentar me manipular.

Fico quieto, porque tenho medo de que ele pare de falar se eu disser alguma coisa. É a primeira vez que ele fala mais sobre a família. Não, do que ele *sente*. Luke Bailey não é de se abrir.

— Mas eu entendo como é difícil. Quando dou a mão, minha mãe quer o braço inteiro — fala ele, irritado. — Sempre foi assim. Joe era o favorito dela, mas todo mundo sempre soube que aquele cara não ia a lugar nenhum na vida. Eu, por outro lado, era inteligente, ambicioso, esforçado. Aos quinze anos, eu já tinha dois empregos. Ela sabia qual filho ia botar comida na mesa, e usou todos os truques possíveis e imagináveis para fazer com que eu me sentisse culpado e dar tudo que ela quisesse.

Levanto a mão para cobrir a dele no meu ombro. Eu a acaricio, e ele prende a minha com o polegar.

— Então, sim — conclui ele. — Não é fácil. Mas estou mesmo tentando cortar as asinhas da minha mãe. É isso que você precisa fazer com o seu pai. Você aceita o comportamento nocivo dele e, enquanto você continuar abaixando a cabeça, ele vai continuar fazendo isso.

Engulo um nó na garganta.

— E o que você sugere que eu diga, então? Porque já tentei pedir para ele me deixar em paz e não deu certo.

Luke planta um beijo na minha nuca.

— Sim, você *pediu*. E o que eu estou te dizendo é para *afirmar*. É a sua vida, não a dele. Ele não tem por que dar pitaco no que você escolhe fazer com ela. Isso significa que você não pode deixar ele te forçar a fazer as vontades dele, como concorrer à presidência da fraternidade, e esse estágio aí no setor financeiro em que, sem ofensas, você seria péssimo...

— Não me ofendeu — murmuro. — Odeio administração, e mais ainda finanças.

— Justamente, e você precisa ser firme quanto a isso. Tem que impor seus limites, meu bem. Quando voltarmos para o campus, você precisa ligar pra ele e falar: "Pai, o negócio é o seguinte: não tenho o menor interesse em estagiar na sua empresa no verão. Vou para o Chile brincar com a Shamu..."

Dou risada. Fico me perguntando se ele percebeu que acabou de me chamar de *meu bem*. Mas não toco no assunto, porque provavelmente faria com que ele entrasse em pânico de novo.

— "E digo mais, se continuar xeretando minhas contas no banco e avaliando onde passo ou deixo de passar o cartão, vou pedir um novo cartão de crédito ao qual o senhor não vai ter acesso. E eu não voltei com a Annika. Sou bissexual e tô passando o fim de semana com um cara. Inclusive, ele está prestes a me botar pra mamar."

Eu me curvo para a frente de tanto rir.

— Ah, é? — pergunto entre risadas. — Vai me botar pra mamar, é?

Interrompendo a massagem, Luke me vira para ficarmos de frente um para o outro. A combinação do calor e do carinho em seu rosto me fazem estremecer.

— Vem cá, Keaton.

Keaton. Ele geralmente me chama de Hayworth e sempre parece estar mantendo distância, mas hoje não.

— Tô esperando. — Ele me chama com o dedo.

Eu me aproximo, pulando sobre Luke na cama como um cachorro animado.

— Quer falar alguma coisa?

— Aham. — A voz dele sai rouca. — Você é incrível. Só isso. Agora esquece aquele velhote enxerido e me beija.

A MELHOR IDEIA QUE JÁ TIVE NA VIDA
Keaton

— **A quarta marcha** é enorme, você percebeu? — pergunto, reclinando no banco do passageiro. Luke perguntou se podia voltar dirigindo, e eu disse que sim, com prazer.

Estou tão feliz. Ontem à noite foi incrível.

O show foi ótimo. Ficamos pertinho do palco, dançando, as mãos de Luke nos meus quadris. E, naturalmente, quando voltamos para o hotel, eu estava pronto para botar a cama *king-size* para ranger de novo.

— Está dolorido? — perguntou Luke entre um beijo e outro.

— Um pouco — admiti. A noite anterior tinha sido insana.

— Mas atletas não reclamam de dor.

— Claro, mas... — Ele abriu o botão de sua calça jeans. — Talvez seja melhor você me comer, então.

Ele falou como se não fosse grande coisa. Como se estivéssemos decidindo entre os cogumelos recheados e iscas de frango no cardápio de petiscos. Mas eu não discuti. Não sou burro. Meia hora depois, ele estava agarrando à moldura da cama e gemendo meu nome.

Sair da cidade foi a melhor ideia que eu já tive desde a festa na praia no meio do inverno. A melhor ideia que já tive *na vida*.

— Aham, tem bastante torque na quarta — concorda Luke, diminuindo a marcha para trocar de pista, só por diversão. — E parece que a quinta é só para andar de boa.

— Isso. — O sol está quente no meu rosto, então fecho os olhos. — Nunca namorei ninguém que quisesse discutir meu câmbio manual antes. — Percebo o erro que cometi um segundo depois. — Quer dizer, você entendeu — balbucio.

Ele fica quieto por um segundo.

— Não, tá tudo bem. Estamos seguindo nessa direção, Keaton. Agora eu entendo.

Fico tão surpreso que realmente paro de respirar.

— Não faz sentido ficar tentando evitar isso. Só espero que você saiba que está lidando com um amador. Eu provavelmente vou fazer tudo errado.

— Isso não me preocupa — digo depressa.

— Sério? Deveria. As pessoas vão perceber que a gente tem passado muito tempo juntos. O que vamos dizer?

— Ainda não pensei nisso — admito. — Sou amador também. Nisso. A gente não pode lidar com as coisas no nosso tempo?

— Talvez — concede ele. — Contanto que nada vaze na nossa equipe de segurança máxima. Tipo Tanner pegar seu celular e abrir o aplicativo errado...

Dou risada pelo nariz.

— Eu escondi bem aquele treco. Mas provavelmente vai chegar um momento no futuro em que vai parecer importar menos para você, né? O semestre já acaba daqui a algumas semanas. No próximo ano letivo você já vai ser presidente...

E agora eu pisei na bola de novo. Presumi que continuaremos juntos no semestre que vem.

— Sinceramente acho que não vai ser nada de mais — concorda Luke. — Um dia.

Caímos no silêncio de novo, mas minha perspectiva toda mudou neste fim de semana. Toda a minha paciência valeu a pena.

Luke Bailey está reconhecendo que somos um casal? Alguém me belisca.

Quando acordei hoje de manhã, ele estava dormindo aninhado nas minhas costas, os braços me envolvendo. Foi tão pacífico que eu me segurei o máximo que pude para prolongar o momento. E quando ele finalmente acordou, não se soltou de mim. Me deu um beijo no meio das costas.

Quero isso de novo. Gosto muito disso. Eu sempre soube que eu gostava de namorar. A parte que eu não entendia é que funciona ainda melhor para mim quando a outra metade é um homem.

Essa é a parte que eu ainda não contei para ninguém — nem mesmo para o Luke. Estou começando a questionar se bissexual é a palavra certa para me descrever. Ultimamente, minha sexualidade tem tendido mais a homens do que a mulheres. Eu tenho reparado em *todos* os homens. É como se eu tivesse tirado meu cabresto e começado a ver tudo de outra forma. Os bíceps, as coxas, os glúteos definidos dos caras em Darby, Connecticut, de repente parecem estar por toda parte. O que é estranho, porque passei a vida toda cercado por atletas.

Só que antes, talvez eu só admirasse um cara fazendo agachamentos na barra guiada pensando "boa postura". Hoje em dia eu só pensaria... "que delícia".

— Você está muito pensativo aí — comenta Luke, ultrapassando um Toyota.

— Tá tudo certo. Comi bem. O sol está gostoso.

— Você tá é sentindo o brilho quentinho da satisfação sexual — fala ele, dando um risinho. — Mas todas as férias terminam, Hayworth. Assim que entrarmos de volta na cidade, vai ter que mentir quando todo mundo perguntar onde você passou o fim de semana.

— E daí? Eu só queria passar um tempo com você. E vou continuar fazendo isso. Não é da conta de mais ninguém.
— Tá, beleza. — Ele limpa a garganta. — Por mim tá ok.
Dou risada, porque o desconforto na voz dele é evidente.
— Vai, pode rir — diz ele. — Mas eu tô tentando.
— Sei que sim. — Estico a mão por cima da marcha e aperto a mão dele.
E ele aperta a minha de volta.

A graça acaba quando voltamos ao campus. Não tem vaga na rua College quando nos aproximamos da casa da Alpha Delta.
— Às vezes encontro vaga na Elm — sugiro.
Ele está seguindo pela rua a uns vinte quilômetros por hora, mas mesmo se Luke estivesse dirigindo mais rápido, não ia ter como não vermos nossos irmãos de fraternidade na fachada da casa ou o carro de polícia estacionado na frente com as luzes acesas.
— Puta que pariu — fala Luke. — O que acha que pode ter acontecido?
— Não faço ideia. Não tem ambulância, pelo menos. Para ali atrás dos policiais.
E ele para. Abro a porta e saio.
— Hayworth! — grita Judd, que vem andando até mim. — Você viu o Bailey?
O instinto me faz virar e olhar para o carro. Luke já está saindo, o olhar assimilando tudo.
— Por quê? — pergunto. Porque, sim, eu vi o Bailey. O fim de semana todo. Agora todo mundo está olhando para nós dois.
Será que eu já estraguei tudo?
Dois policiais vêm andando na nossa direção.
— Algum de vocês dois é Luke Bailey?
— Sou eu — fala Luke, a voz cautelosa. — Por quê?
— Afaste-se do carro.

Luke fecha a porta do meu carro e me joga as chaves. O rosto dele já está pálido.

— De quem é o veículo?

— Meu — falo imediatamente.

Mas eles nem estão olhando para mim.

— Luke Bailey, por favor coloque as mãos no capô. Você tem o direito de permanecer calado. Tudo o que disser poderá e será usado contra você no tribunal. Você tem direito a um...

— O que está acontecendo? — rosna Luke.

— Mãos no capô!

Ele bota as mãos imediatamente.

— Você tem direito a um advogado. Se não puder contratar um, o governo providenciará um profissional para você. Entende os direitos que acabei de ler para você?

— Sim — fala Luke. — Mas...

O próximo som que escuto é o clique de algemas nos pulsos do meu namorado.

— Puta merda — diz Judd. — Vão jogar o Bailey no xilindró.

NÃO CONSIGO RESPIRAR
Luke

Estou no banco de trás de uma viatura e não consigo respirar.

Keaton acabou de ver os policiais me algemando. Minha fraternidade inteira os viu me enfiando no carro. Tem a porra de uma grade entre mim e o cara no banco da frente. Nem sei para onde estão me levando.

Só sei que nunca senti tanto medo na vida.

Minha respiração está apressada demais, ofegante. Mas mesmo assim não consigo ar o suficiente. É como se eu estivesse me afogando aqui atrás.

— Podem... abrir a janela? — arquejo. — Não consigo respirar.

— Está respirando bem — responde o policial no banco da frente.

— Não, eu... — O pavor cresce dentro de mim. — Estou tonto.

— Você só está hiperventilando — fala o motorista. — Respire pelo nariz.

Hiperventilando? Achei que isso fosse uma piada de séries de comédia. Fecho os lábios e respiro pelo nariz. Mas é horrível. Como se eu estivesse sufocando. E meus braços estão presos atrás de mim, de um jeito desconfortável, e me sinto impotente.

O que é que está acontecendo?

Quarenta minutos depois, minha respiração voltou ao normal. Mas todo o resto continua um caos. A polícia pega a carteira no meu bolso e usa minha identidade para me registrar no sistema.

— Estou sendo acusado de quê? — pergunto.

— Roubo.

— O quê? De quê?

— Cadê seu cartão universitário? — pergunta um dos policiais.

— Preso em um cordão... No meu quarto? — Eu acho. — Não existe lei nenhuma que me obriga a andar com ele. — Meu tom de voz é fraco. — Eu não roubei nada. Por que estou aqui?

Eles não respondem. E então sou guiado pelo procedimento humilhante de coleta de digitais. Pelo menos tiraram as algemas.

Tiram fotos minhas para identificação criminal. Fico em frente àquele negócio que mostra a altura. E viro de lado quando pedem.

O tempo todo, fico querendo morrer.

— Por que estou aqui? — continuo perguntando, mas ninguém quer me explicar. Minha mente entra em turbilhão com as possibilidades. Não são muitas.

Isso só pode ter a ver com Joe. Tenho certeza, mesmo que eu ainda não saiba como.

Por fim, alguém me leva a uma sala de interrogação. É um pouco maior que um closet.

— Agora podem me dizer por que estou aqui?

— É você quem vai falar e eu vou fazer as perguntas — diz o policial. Ele tem um topete reto grisalho e nada de pescoço.

— Certo, então me pergunte, senhor — respondo em um grunhido. Talvez eu descubra algo.

— A quais prédios do campus seu cartão universitário dá acesso?

A primeira pergunta dele me assusta e não me revela nada.

— Muitos, senhor. A academia, a biblioteca, prédios de salas de aula... Como o cartão de qualquer outro aluno. — Minha mente vai a mil. Onde ele quer chegar?

— E onde está seu cartão agora?

— Na minha... eu não faço ideia. Deve estar na minha escrivaninha? Eu não uso ele desde sexta-feira.

— Aham. — O tom dele é de quem não está me comprando. — Você por acaso tem um boné do Red Sox?

— Tenho. Assim como metade das pessoas em New England.

— De que cor ele é?

— Hum, preto e tem um logo vermelho na frente. Mas não uso com muita frequência, só quando meu cabelo está muito feio.

— Você diria que ontem seu cabelo estava muito feio?

— Não.

Ele abre uma pasta e pega uma única folha de papel. É uma foto de péssima qualidade de um cara segurando algo na frente do corpo. Não dá nem para ver o rosto dele, mas ele está usando um boné do Red Sox que parece muito o meu.

— Quem é essa pessoa?

— Você, espertalhão. A foto é de ontem. Tem câmeras de segurança no laboratório de informática. Sinto muito se não tinha percebido isso antes.

Olho para a foto. Talvez seja meu irmão? A foto está péssima.

— Eu não estava nem perto do campus ontem — digo, sem conseguir adivinhar por que eles acham que sou eu.

— Ah é? Seu cartão foi passado no sistema três vezes. Uma na Biblioteca Vanderbilt e duas no prédio do curso de administração.

— Ai, meu Deus. — Agora entendo. — Senhor, meu irmão invadiu meu quarto na sexta-feira. Pensei que ele só tivesse levado dinheiro. Obviamente ele pegou meu cartão também, eu aposto.

— Seu irmão?

— Sim. Joe Bailey. Eu só tenho um. — Estou tagarelando agora, mas meu cérebro está juntando todas as peças. Ele pegou meu cartão universitário e usou para perambular pelo campus em busca de computadores para roubar. Foi à biblioteca primeiro, mas deve ter achado público demais.

O prédio de administração provavelmente estava mais calmo no fim de semana.

— Você disse que ele invadiu seu quarto? Na casa da fraternidade?

— Sim, ele arrombou a fechadura do meu quarto. Achei que ele só tivesse pegado todo o meu dinheiro. Não dei falta do cartão, nem do boné. Na verdade, acho que ele tem um igual.

Ele me olha feio.

— Se te roubaram, por que você não fez um B.O.?

Meu estômago embrulha.

— Era só dinheiro. Meu irmão acha que tem direito a tudo que é meu. Eu fiquei aliviado por ele não ter pegado nada que pertencesse a outra pessoa. E de que adiantaria eu fazer um B.O. contra ele? Minha mãe arranca dinheiro de mim sempre que pode. — Odeio tudo que estou dizendo. É horrível. Quem acreditaria em mim se estou falando que venho de uma família dessas?

— Mas este é você — fala o policial, passando a foto para mim.

— Não, não sou. — Aponto para a foto. — E eu não peguei o que quer que seja que ele está segurando. O senhor disse que foi no laboratório de informática?

— Eu disse? Não lembro.

— Ah, por favor. — O tom dele me tira do sério. — Eu não vou levar a culpa por isso. Joe não é o cara mais inteligente do mundo. Se for atrás dele, ele ainda deve estar com o que tiver roubado. É por causa dele que eu não moro mais na casa da minha família.

— Está querendo incriminar seu irmão por isso?

— Sim! — Embora isso soe péssimo. Como se fôssemos um bando de marginais. — Sim — respondo mesmo assim. — Porque ele claramente quis fazer o mesmo comigo.

O policial coça a cabeça.

— Vamos lá: alguém rouba seu dinheiro e seu cartão universitário. E você não se preocupa... por quê, hein? Epa, epa! — Ele joga as mãos no ar. — Está me parecendo conveniente demais, só isso.

— Não! Eu nem tinha percebido que meu cartão tinha sumido. Eu viajei no fim de semana.

— Para onde?

— Hum... — Merda. Como respondo a isso?

— Você é o irmão inteligente, não é? Faz faculdade e tudo. Você conta para o seu irmão que vai sair da cidade e onde encontrar seu cartão de registro acadêmico.

— Não! Não é isso.

— Para onde você foi, então?

— Eu... — Eu estou tão fodido.

— Viajou com mais alguém? Ficou em um hotel? Usou um cartão de crédito ou passou em algum pedágio?

Quem me dera eu tivesse usado um cartão de crédito. Mas é claro que Keaton pagou por tudo. E eu que não vou arrastar ele comigo nessa.

No fim das contas, eu não sou o irmão inteligente coisa nenhuma.

— Preciso de um advogado — falo lentamente. Eu deveria ter dito isso desde o começo.

— Tem certeza? Vai te fazer parecer culpado. Se você de fato não estava na cidade durante o fim de semana, isso será fácil de provar, não? Podemos resolver isso de homem para homem.

— De homem para homem. — Bufo. Não tem a menor chance de eu contar para ele como passei o fim de semana. — Não, eu preciso de um advogado para desmantelar essa teoria absurda de vocês.

— Tem alguém para quem queira ligar?

E essa é a maior pergunta da minha vida, não é? Não conheço nenhum advogado e muito menos sei como encontrar um às pressas. Nem há a menor chance de eu ligar para casa. Minha mãe não vai ajudar em nada, e Joe quer que eu vá preso no lugar dele.

Tem Keaton. Ele saberia exatamente para quem ligar. Mas não vou meter ele nisso.

— Como se consegue um defensor público? — pergunto ao policial.

— Prepare-se para esperar — diz ele. — Vou avisar.

Ele se levanta da cadeira e sai da sala pisando duro.

Ouço a tranca fechando na porta quando ele me deixa para trás.

MEU CÉREBRO ESTÁ CHEIO DE ESTÁTICA
Keaton

Sempre pensei em mim mesmo como o tipo de cara que não perde a cabeça e sempre sabe o que fazer em uma emergência. Uma vez, resgatei um casal que estava se afogando no mar, e todos me parabenizaram por ter agido rápida e calmamente.

Bem, agora isso já era. Meu cérebro está cheio de estática. Minha habilidade de pensar foi com Deus. E tudo por causa da cara de Luke enquanto o policial o empurrava para dentro do banco de trás da viatura.

Era pânico. O mais puro terror.

— Mas onde vocês estavam, hein? — pergunta Tanner para mim. Estamos na sala de estar da fraternidade. Estou sentado no sofá, o celular na mão. Mas não consigo pensar no que fazer.

— Saímos da cidade.

— Por quê?

— Só pra sair — rebato. — Desde quando preciso me explicar?

— Ele tem razão para estar curioso — protesta Judd. — Os policiais revistaram o quarto do Bailey. Chegaram com um mandato e tudo. Reed teve que abrir para eles, e eles passaram uns quarenta minutos lá.

— Procurando o quê? — pergunto. Já estive no quarto de Luke várias vezes. Não é muito grande, e não há nada para esconder ali. A única coisa que me surpreendeu no quarto dele é o frigobar embaixo da escrivaninha onde ele costuma guardar queijo e maçãs.

— Não faço ideia — responde Judd. — Mas coisa boa não deve ser.

— Só pode ter a ver com o irmão dele — fala Jako. — O cara é estranho pra cacete, e invadiu o quarto do Luke na sexta.

— Espera aí, ele fez o quê? — pergunto. — Bailey não me contou isso.

Todo mundo me encara.

Não sei o que fazer. Luke não quer ninguém sabendo da vida dele. Ele definitivamente não quer que ninguém saiba sobre nós. Por outro lado, os policiais acabaram de levar ele daqui em uma viatura. Não posso fingir que não ligo para o que vai acontecer agora.

— Reed? — chamo, procurando nosso presidente.

— Eu? — Ele está bem ao meu lado.

— O que se faz quando alguém vai preso? Não tô conseguindo pensar direito agora.

— Bem, precisa contratar um advogado se a pessoa estiver sendo acusada de algum crime. Alguém para intermediar a discussão.

Certo, está bem.

— Como podemos saber se alguém vai ser acusado de um crime?

— Leem os direitos — fala Tanner. — Não fazem isso se só estiverem te levando para ser interrogado, né?

— Não sei. — Eu me sinto tão ignorante. Ter assistido a séries de crime não me ajuda em nada no momento. — Se você fosse levado para a delegacia, o que ia querer que seus irmãos de fraternidade fizessem?

Mais silêncio, e olho para o rosto dos meus amigos. Todos estão me encarando com expressões que vão da curiosidade ao ceticismo.

— Não sei como isso pode ser problema nosso — fala Judd.

E isso me deixa puto.

— Sério mesmo? Se fosse você, ia querer que eu subisse para o meu quarto para terminar meus trabalhos de biologia?

— Mas a polícia não viria atrás de mim — retruca Judd. — Então não importa. O que tá rolando com você e o Luke Bailey?

Eu o ignoro. Pego o celular e digito o número do meu pai. Por sorte, ele atende de imediato.

— Keaton! Vamos conversar sobre essa taxa de inscrição...

— Pai — interrompo. — Esquece isso agora. Preciso de ajuda. Luke Bailey está com problemas.

Ele leva um segundo para responder.

— O que aconteceu, Keaton?

— Nós dois acabamos de voltar para a cidade...

— Achei que você tinha viajado para um hotel com a Annika.

— Só porque o senhor achou, não quer dizer que seja verdade — falo em um grunhido. — Eu passei, sim, o fim de semana em um hotel, mas não foi com a Annika.

Ele faz mais uma pausa, e fico me perguntando se vou ter que mastigar para ele.

— Ah. — Não me passa despercebido o peso de entendimento que ele coloca na palavra.

— Isso.

— Ah — repete ele.

Suspiro.

— Mais tarde você lida com isso. Agora preciso que foque no seguinte: Luke foi preso assim que chegamos. O que se faz quando alguém é preso?

— Faz alguma ideia do que ele está sendo acusado?

— Não. E até onde eu entendi, ele também não sabe. Só que o irmão dele é barra pesada e já cometeu crimes.

— Você precisa de um advogado de defesa — fala meu pai imediatamente.

— O senhor conhece algum?

— Precisa ser alguém que atua em Connecticut. Me dê vinte minutos.

A linha fica muda. Meu cérebro está assimilando tudo só agora, então fico sentado com o celular no ouvido por um longo momento antes de levantar o rosto.

Meus irmãos de fraternidade estão me encarando, boquiabertos.

— O que foi?

— Você e o Bailey...? — Tanner nem consegue criar coragem para terminar a frase.

— Fomos viajar no fim de semana? — desafio-o. — Sim.

— Ahm... — Ele parece perplexo.

Não consigo lidar com isto agora.

— O que quer que esteja pensando, eu não me importo. Preciso estacionar meu carro antes de levar uma multa, e arrumar um advogado para o Bailey. — Fico de pé.

— Eu estaciono seu carro — diz Tanner, estendendo a mão para que eu lhe passe as chaves. — Deixa comigo. Resolve aí as paradas.

— Ah. — Respiro fundo. — Valeu.

Jogo as chaves.

Ninguém mais se mexe.

— Por favor, não me diga que você e o Luke Bailey estão... — Judd parece enojado.

Pelo visto, todo mundo desaprendeu a terminar frases durante minha ausência.

— E daí se estivermos? Não é da sua conta.

— Caramba — rebate ele. — Isso explica tanto.

— Sobre o quê? — rosno.

— Ele te fez *virar a casaca* — fala Judd. — Para assumir a presidência. Ele fez o cara hétero virar gay. Você sabe que é só mais um na lista dele, né? Ele por acaso te pediu dinheiro também?

— Vai TOMAR NO CU — grito, ficando de pé.

— Eu não curto isso, não — rebate Judd. — Não importa o quanto os boquetes sejam bons. Ele te ensinou isso também?

E é aí que eu avanço nele.

DISPOSTO A FAZER UM ACORDO JUDICIAL
Luke

Fui levado para uma cela temporária com outros cinco caras. Tem bancos nas paredes, mas nenhum outro móvel. Ninguém nem olha para mim quando entro, e tudo bem. Eu me sento e faço o possível para não pensar. Todo pensamento que tenho é horrível.

Mesmo se, por algum milagre, eu sair daqui amanhã com as queixas anuladas, será que a Universidade de Darby vai me aceitar de volta? Será que podem revogar minha bolsa por eu ter um irmão que rouba?

E aí tem a questão da fraternidade. Tem alguma cláusula sobre respeitar a lei no manual dos membros. Se você comete um crime, acho que podem te expulsar.

Eu *não posso* ser condenado. Por nada. Mesmo se eu sair pagando fiança, isso acabaria com a minha vida. Faltam só treze meses para eu conseguir meu diploma. Se em vez disso eu receber uma ficha criminal, nunca vou conseguir um trabalho decente.

Depois de um tempo, chamam meu nome de novo, e me levam a outra sala de interrogatório, onde um defensor público com um terno apertado demais me faz todas as perguntas relevantes.

— Tenho certeza de que foi meu irmão — digo, o mais alto que consigo. — Investigaram ele? Posso te dar o endereço.

Ele rabisca, talvez na vigésima página de sua caderneta, debaixo de uma pilha de outros casos que já estão lá.

— Vou negociar um acordo de fiança para a sua acusação — diz ele.

— Como funciona isso?

— Se determinarem um valor de cinco mil, você paga setecentos e cinquenta dólares a um agente de fianças, que cobre o restante.

Setecentos e cinquenta dólares. Não tenho esse dinheiro. Minha família também não vai ter. Puta que pariu. Estou preso aqui, a menos que eu peça para Heather ou os caras da Boate da Jill para me darem uma força.

Keaton pagaria, é claro, mas eu prefiro ficar devendo a *qualquer outra pessoa* no planeta do que pedir a ele.

Meu advogado está pronto para sair alguns minutos depois. Fica óbvio para mim que o único objetivo dele é me liberar mediante a fiança amanhã.

— Vamos trabalhar no caso quando recebermos uma data para o julgamento — fala ele. — Está disposto a fazer um acordo judicial?

— Não! — *Cacete, viu.* — Não fui eu e posso confirmar. Pode ligar para o hotel e perguntar se eles têm câmeras de segurança.

— Aham — fala ele, clicando a caneta novamente. — Quando tivermos uma data para o julgamento. Com certeza.

Nunca me senti tão de mãos atadas quanto agora.

Eles me levam de volta à cela temporária, onde me sento no banco e levo as mãos ao rosto. Eu faria qualquer coisa para voltar a um ponto no fim de semana em que eu pudesse ter feito algo de diferente. Tipo fazer um B.O. contra Joe depois de ele ter invadido meu quarto.

Quem me dera.

— Bailey! Bailey. Bailey?

Acordo no susto, batendo a cabeça na parede de concreto.

— Aqui — arquejo.

— Seu advogado está aqui para te preparar para a audiência.

Fico de pé, e minhas costas reclamam. Passei a noite curvado, tentando dormir sem ter lugar para me deitar. Minha boca está nojenta, e minha camiseta deve estar com o mesmo cheiro deste inferno.

É assim que vou ter que encontrar um juiz?

Absorto, sigo o policial uniformizado de volta à salinha de interrogatório. Acabamos de chegar à porta quando ouço meu nome mais uma vez, vindo do fundo do corredor.

— Luke Bailey? Onde posso encontrar Luke Bailey?

— Bem aqui — respondo, confuso, quando o homem de barba grisalha e terno impecável vem na minha direção. Ele está segurando uma maleta com fecho de latão.

— Ótimo, ótimo. Quanto tempo temos? — pergunta ele ao policial.

— Uns vinte minutos.

O homem passa na nossa frente, entrando na salinha, e joga a maleta sobre a mesa.

— Está liberado — diz ele ao meu defensor público. — Pode deixar o arquivo do caso.

Meu advogado fica de pé, arrastando a cadeira contra o linóleo.

— Espera! — falo, em pânico. — Você não pode mandar meu advogado embora.

— Sou seu novo advogado — fala o sr. Terno, abrindo a maleta. — Robert Grant. Sente-se, estamos perdendo tempo.

O outro advogado sai da sala sem dizer nada.

— Mas... — Fecho a boca, porque este homem já está abrindo um notebook, e na tela vejo uma foto do hotel onde passei o fim de semana.

Então eu me calo e me sento de frente para ele.

— O horário do checkout do hotel aos domingos é às onze da manhã. Você se lembra de quando vocês dois pegaram o carro?

— Eram pelo menos onze e meia, porque almoçamos no restaurante do hotel — conto, ainda grogue de uma noite mal dormida em um banco. — Quem te deu essa informação?

Ele me olha.

— Keaton Hayworth. Júnior, Terceiro, não me lembro. O Hayworth mais novo. O hotel está puxando as câmeras de segurança dos elevadores também. Seu nome não estava na reserva, o que é uma pena, mas não é o mais importante. Meu investigador vai encontrar algum funcionário que se lembre de você.

Fico sem palavras por um segundo.

— Quem contratou o senhor?

— Os Hayworth. Agora me conte sobre seu irmão. Ele ainda mora neste endereço na rua Calhoun? — Ele gira o computador para me mostrar uma imagem da casa da minha mãe pelo Google Earth.

— Sim — digo lentamente. — Sei que ele pegou meu cartão universitário e o usou para roubar sei lá o quê.

— Entendi — fala o advogado, digitando feito doido. — É totalmente plausível. Mas não precisamos resolver este caso para os bundas-moles que prenderam você. Vamos provar que você não estava nem perto de Darby no sábado. Eles sabem quando o local foi roubado, têm as péssimas gravações como prova. — Ele me olha por sobre a tela. — Aquela captura que mostraram a você era puro papo-furado. Eu aposto que existem mais imagens que mostram o rosto do seu irmão.

— Certo. — Pigarreio. — Quanto o serviço do senhor custa?

— Isso não é relevante pelos próximos dezesseis minutos. Ei, coloque isto. — Ele enfia a mão na maleta e pega uma camisa Oxford, ainda na embalagem. — E isto. — Ele segura uma calça cáqui que ainda tem a etiqueta. — Keaton tentou adivinhar os tamanhos. Depressa. Ah, e... — Ele coloca uma lata de desodorante na mesa.

Eu me levanto e tiro a camiseta, jogando-a direto no lixo do canto. Eu tiraria minha pele também, se fosse possível. Nunca mais quero ver este lugar, e não preciso de lembrete nenhum de que já estive aqui.

No entanto, vestir a camisa que Keaton comprou para mim é apenas ligeiramente mais confortável. Não acredito que ele teve que fazer isso por mim.

Tudo o que consigo sentir é vergonha.

Depois de eu ficar mais ou menos apresentável e o sr. Grant me fazer cinquenta perguntas em quinze minutos, sou levado por um policial a um tribunal caótico, onde o juiz está sentado sobre o estrado com diversas pessoas reunidas diante dele.

Eu me sento em mais um banco.

Meu advogado chique — minha nova pessoa favorita — está sibilando para outro homem no canto da sala.

— Vamos adiar o julgamento a pretexto da ficha limpa do garoto — fala Grant. — Pega mal botar um universitário atrás das grades antes das provas finais do semestre sendo que o único crime dele é ter o mesmo DNA de um merdinha que vocês já prenderam.

O outro homem faz uma careta.

— Vai ficar feio para a universidade se isso vazar para a mídia — diz Grant, o que me parece ser uma ameaça. — E quando a universidade fica em maus lençóis, seu chefe recebe uma ligação bem chata.

Meu advogado toca o terror. E eu nem sei se estou conseguindo acompanhar tudo que ele está dizendo.

— Caso 418636! — chama um policial na frente.

— Somos nós — anuncia Grant, estalando os dedos para mim. Fico de pé e vou atrás dele como um cachorro bem-treinado. — Eu falo por você — ordena ele, baixinho. — Responda apenas, "sim, Vossa Excelência" quando o juiz confirmar seu nome.

E é o que faço.

Dois minutos depois, o promotor — o cara com quem meu advogado estava conversando, fala:

— Nós chegamos a um acordo de adiar o julgamento mediante à boa conduta do réu.

Não sei se entendi direito, mas o juiz grunhe. Ele entrega um papel ao promotor.

— Liberação de adiamento mediante a boa conduta sem atribuição de fiança — determina ele, depois bate o martelo e pega outros papéis na mesa.

— Obrigado — murmura Grant ao promotor. — Sábia decisão. Meu cliente estará disponível quando necessário. — E então Grant pega meu cotovelo e me arrasta pelo corredor até a porta.

— O que foi que aconteceu? — pergunto quando chegamos ao saguão.

— Você foi liberado para que o caso seja resolvido nos próximos seis meses, contanto que não tenha mais uma passagem na polícia.

— E o que foi aquilo que o juiz falou de fiança? Eu não vou precisar mesmo? — pergunto quando ele solta meu braço.

— Não. Está liberado. Vou entregar as evidências do seu álibi. Enquanto isso, a delegacia vai tentar encontrar o *verdadeiro* ladrão e você estará livre disso de vez. Portanto, não seja preso por mais nada, garoto. Não dirija se beber. Não invada propriedades. Nem sequer ouse furar um sinal vermelho.

— Está... bem? — Minha cabeça está girando.

— Se procurarem você para fazer perguntas sobre seu irmão, me ligue no exato segundo em que te abordarem. Você não precisa chegar nem perto de uma delegacia. Mas vai ter que cooperar. Me ligue se precisar de algo.

— Pode deixar.

—Agora vamos buscar seus pertences para você voltar para casa.

E assim fazemos.

EBOLA
Luke

Pelo visto, peguei ebola na cadeia.
    Não literalmente, mas com base no silêncio e nos olhares com que sou recebido quando entro na casa da Alpha Delta, daria até para pensar que eu contraí uma doença fatal.
    Olhos atentos calculam meus movimentos quando entro na sala de estar. Keaton não está por perto, mas Judd, Tanner e alguns outros caras estão sentados no sofá, e largam os controles de videogame no colo quando chego. Na sala de jantar, Jako e Zimmer estão curvados sobre uma pilha de livros. Eles levantam a cabeça quando me veem, e Jako fica de pé imediatamente.
    — Bailey! — grita ele de alívio, e é a única outra pessoa que parece feliz em me ver. Mais uma vez, eu me pergunto onde foi que Keaton se meteu. Estive tentando não pensar nele, mas agora não consigo evitar.
    Ele viu os policiais me enfiarem na viatura. Meu estômago embrulha toda vez que lembro disso.
    — E aí — cumprimento todo mundo, enfiando as mãos sem jeito nos bolsos de trás.

— Como foi ver o sol nascer quadrado? — indaga Judd.

Lanço um olhar fuzilante que deixaria a maioria das pessoas acanhada, mas não Judd. Eu sabia que o pessoal faria perguntas, mas me irrita que tenha sido Judd a liderar o inquérito. E ele está com o olho roxo, o que só evidencia mais ainda o encrenqueiro mala que ele é.

— Não me botaram numa cela de verdade — respondo com o máximo de estabilidade que consigo. — Passei a noite em uma cela temporária.

— Dá na mesma.

— Não, não dá. — Minhas pernas doloridas me levam ao meio da sala de estar. Olho para os caras no sofá e pouco a pouco o resto dos corpos vão preenchendo o cômodo. — Tenho um anúncio a fazer — digo a todos.

— Ah, nem precisa — provoca Judd. Ele fica de pé e vem na minha direção para ficarmos frente a frente perto da mesa de centro. — Já sabemos coisas demais a seu respeito. — Ele olha ao redor. — Não tem a menor chance de você ser presidente.

Nosso presidente atual aparece ao meu lado, revirando os olhos.

— Keller — repreende Reed. — Chega.

Judd franze os lábios.

— Tá falando sério? Seu substituto acabou de ser *preso*, Reedsy!

— E solto — interrompo. — Vão retirar as queixas contra mim. Eu não roubei nada.

— Você roubou *pra caralho* — fala Judd. — Seu escroto.

— E você não sabe o que está dizendo — rebato. — Na sexta, quando voltei de uma corrida, Jako me contou que meu irmão Joe veio aqui.

Jako dá um passo à frente, assentindo.

— Sim, mas...

— Eu fiquei preocupado — continuo — porque o Joe já foi preso por invasão de domicílio um tempo atrás. Daí eu subi para investigar e descobri que ele tinha roubado dinheiro do meu quarto. Na hora, achei que fosse *só* dinheiro, mas no fim das contas, ele... — Respiro fundo novamente. — Ele também pegou meu cartão universitário. — A vergonha e o nojo fazem meu estômago se contorcer. — E usou o cartão para roubar computadores da escola.

— Puta merda — diz Jako, baixinho.

— Sério mesmo? — Judd não está acreditando. — E isso era pra fazer a gente se sentir melhor? — Ele se vira para Reed. — O cara acabou de confessar que deixou um criminoso andar pela casa sem supervisão.

Jako fala de novo, o tom severo.

— Epa, *eu* fiz isso. *Eu* que deixei o irmão do Luke entrar, então qualquer coisa que ele tenha roubado é culpa minha.

— Não, não é — digo com firmeza. — É culpa *minha*.

— Tem razão — emenda Judd com amargor. — Tô por aqui disso. Eu voto pelo impeachment desse chupa-rola de...

— *Judd* — rebate Reed.

— De novo isso? — fala Zimmer bem detrás de mim. — Quantas chances você vai dar para ele, Reed? Dá um basta nessa merda senão já deu pra mim também.

Meu cérebro cansado está tentando acompanhar. Se bem que "chupa-rola" é um dos xingamentos favoritos de Judd. É como se ele soubesse...

— Ei — fala uma voz firme do alto da escada.

Viro a cabeça e vejo Keaton vindo na minha direção. Os olhos castanhos dele me analisam de cima a baixo, como se ele estivesse conferindo se estou inteiro.

Mas, puta que pariu, ele é que não está. O lábio dele está cortado. Tem círculos fundos em seus olhos e uma rigidez em sua expressão que eu nunca tinha visto antes.

— Cala a boca, Judd — fala Keaton. — Se alguém vai ser expulso da Alpha Delta, é você.

— Ah, é? — O cuzão dá um passo em direção a Keaton. — Bora abrir uma votação. Pode não acabar do jeito que você espera. Vai ter coragem de dar as caras ou enfiar o rabo entre as pernas de novo e deixar o Bailey tomar as rédeas?

Keaton fica pálido, e todo mundo parece prender a respiração, até que Tanner se coloca entre Judd e Keaton, separando os dois.

— De volta cada um para o seu canto.

Respiro fundo. O que é que está rolando aqui?

— Desnecessário pra caralho — rosna Keaton.

— Preciso subir — balbucio. Não só preciso tomar um banho para tirar esse cheiro de derrota do corpo, como também estou cansado demais para pensar. Se Judd falar merda mais uma vez, eu vou meter a porrada nele. E aí sim vou ser expulso da Alpha Delta. Bem como ele quer. Eu me viro para as escadas e contorno Reed e Zimmer.

— Seu pau amigo já sobe logo atrás, aposto — debocha Judd.

Eu fico imóvel, e o silêncio recai sobre a casa. Mas então preciso me virar. E, de fato, estão todos me observando, se perguntando o que vou dizer.

Só que estou chocado demais para falar. Porque... todo mundo sabe, então? Puta merda. Quando foi que isso aconteceu? E *por quê*? Keaton poderia ter inventado um milhão de desculpas para justificar o fato de estarmos juntos quando chegamos no carro dele. Tipo, obviamente ele revelou a verdade sobre o nosso fim de semana ao advogado, porque depôs como meu álibi oficial.

Mas contar para a *fraternidade*?

O rosto de Keaton é o último para o qual eu olho. Ele está pálido, a boca franzida. Quando ele me pega fitando, fecha os olhos.

Puta que me pariu.

— Eu sinto muito — diz ele por entre os dentes.

— É, aposto que sim — respondo. Aposto que ele se arrepende de um dia ter me conhecido.

Keaton estremece, mas não sei se é por causa das minhas palavras ou porque tem alguém socando a porta.

— Luke Bailey! — grita uma voz do outro lado da porta de carvalho com seis quadrados. — Alguém me ajuda!

Depressa, atravesso a sala e abro a porta.

— Mãe — falo assim que vejo seu rosto cheio de lágrimas. — Se acalma.

Ela tenta passar por mim para entrar, mas eu forço a mão na porta, mantendo-a do lado de fora.

— Não vai me deixar entrar? — pergunta ela, chorando.

— Não é necessário — respondo baixo. — O que veio fazer aqui?

— Lukey! Você precisa vir *agora* pra casa! Levaram o Joey!

— Quando?

— Agorinha! Aqueles porcos apareceram e acusaram ele de ter roubado computadores, alguma coisa assim. Levaram ele pra cadeia! Precisamos ir tirar ele de lá. Você precisa pagar a fiança...

— Não. — Eu fecho a porta atrás de mim para que fiquemos a sós no patamar de entrada.

— O-o quê? — A voz dela está trêmula, e ela não para de fungar. — C-como assim não? Ele é seu *irmão*. Está precisando de ajuda.

— É, ele precisa de ajuda — concordo. — Mas não sou eu quem vai ajudar, mãe. Sabe esses computadores que ele roubou? Ele tentou *me* incriminar.

Como sempre, minha mãe defende Joe.

— Você tá mentindo. Joey nunca faria isso!

— Faria sim, e fez. — O amargor enche minha garganta. — Ele roubou meu cartão universitário e invadiu o campus, mãe. E deixou que eu pagasse o pato pelo que ele fez. — A voz dela não é a única trêmula. — Eu passei a noite na delegacia. Você... meu Deus... você sabe o quanto isso foi humilhante?

— Precisamos pagar a fiança do Joey — diz ela sem responder a uma palavra sequer do que falei. — São só setecentos e cinquenta dólares! Depois temos que falar com o advogado e...

— *Não* — repito, bravo desta vez. — Não vou pagar fiança coisa nenhuma. Na verdade, se por algum motivo a justiça falhar e ele não for jogado de volta na cadeia pelo que fez, eu vou pedir uma ordem de restrição contra ele. — Respiro fundo. — Eu nunca mais quero olhar para a cara de Joe Bailey na minha vida.

Vem um silêncio curto de espanto.

Quando minha mãe fala de novo, não espero o que sai de sua boca.

— Seu merdinha ingrato — rosna ela. — Você não sabe o tanto que ele fez por você? O tanto que nós dois fizemos? Eu te dei *a vida*...

Meu queixo cai.

— Isso é sério? Jura que vai falar assim comigo?

— E agora você tem a chance de salvar a vida do *seu irmão* e está jogando ele para as traças? Vai deixar ele apodrecer na cadeia? — O choro dela fica mais alto. — Eu nem te *reconheço*! Você não é meu filho! Meu filho jamais faria algo assim! Juro por Deus, Luke, se não fizer isso, você não é mais meu filho.

Eu me sinto completamente oco por dentro quando ela fala. Ela nunca me deu um ultimato desses antes, mas eu me sinto estranhamente calmo mesmo assim. Porque no fundo eu sempre soube que ia dar nisso.

— Tá bom — sussurro por fim.

Minha mãe interrompe o choro no meio de um gemido.

— Tá bom? — fala ela, endireitando a postura. — Vai pagar a fiança?

— Não. — Tento engolir o nó enorme na minha garganta. Não consigo. — Quis dizer que então acho que já deu pra nós dois. Pode me deserdar, mãe. — Minha risada é irônica.

— Seu bosta — chia ela. — Cadê sua lealdade? Você é igualzinho ao seu pai.

— Mãe — arquejo quando o insulto me pega totalmente desprevenido. É a pior coisa que ela me disse. A vida toda ela se referiu a ele como "um homem cruel que nos fez um favor quando foi embora".

— É verdade — diz ela. — Aposto que você vai acabar tão sozinho quanto ele.

Não é o tipo de coisa que mães deveriam desejar para os filhos. Mas também, quando foi que esta mulher foi uma *mãe* para mim? Mesmo sabendo disso, uma onda de tristeza me avassala. Vai ser assim, então. A última conversa que vamos ter. Era para eu estar me sentindo aliviado, mas estou acabado.

Respirando fundo, dou um passo para trás, em direção à porta. Quando me viro, vejo os rostos na janela. As pessoas estão vendo minha mãe me expulsando de sua vida como assistiriam a uma briga em jogo de hóquei.

Abro a porta e entro. Sem dizer mais nada à mulher que me deu à luz, fecho a porta e a tranco. Subo as escadas correndo e entro no quarto.

O chuveiro me espera. Abro o registro a uma temperatura escaldante e tiro a roupa.

Pena que não dá para lavar a vergonha.

— Bailey.

Ouço a voz rouca de Keaton enquanto visto uma camiseta limpa. Ele está à porta, a preocupação estampada em seu rosto lindo.

— Você tá bem? — pergunta ele.

— Não sei. Importa? — A fraternidade toda viu de camarote minha vida explodindo inteira nas últimas 24h. Eu basicamente não sinto nada agora.

Ele dá alguns passos à frente, como se fosse me abraçar, mas eu não consigo agora. Desvio sem jeito para o lado e me inclino sobre a escrivaninha, mexendo nos papéis.

— Quanto foi que custou o advogado? Preciso bolar um plano de pagamento com o seu pai.

— Não vai ter plano de pagamento nenhum — fala ele, deixando a irritação à mostra.

— Vai sim. Eu não quero seu pai me salvando. Não quero ser salvo por ninguém.

— Nem por mim?

— Muito menos por você. Não tem nem 24h que eu te disse que a Alpha Delta ia odiar isso. — Gesticulo para nós dois. — Acho que eu tinha razão.

— Eles não importam — diz ele depressa.

— Ah, não?

Ele engole em seco.

— Tanto faz. Tô pouco me fodendo.

— Já parou pra pensar que talvez eu me importe?

— Você *não* se importa! — rebate ele. — Você só quer uma desculpa pra não sair da sua zona de conforto. As coisas ficaram feias e você virou as costas pra mim de novo.

— E você tá surpreso? Eu não gosto de ficar em dívida com ninguém. Você sabe disso. Eu odeio me sentir um filho da puta ingrato.

— Então para de agir assim! — grita ele. — E eu não tô falando de dinheiro. Isso tá além do seu controle. Você é tão mesquinho quando o negócio é amor. Como se admitir que você se importa fosse te matar.

Mas *de fato* me mataria. Porque quando eu olho para Keaton Hayworth III, vejo o tipo de homem que nunca vai poder ser meu. Ele vai se cansar do que quer que seja que ele vê em mim.

Um dia ele vai acordar e se perguntar o que está fazendo com um infeliz que ninguém nunca se deu ao trabalho de amar. A obsessão dele vai passar. Talvez seja porque ele vai se cansar de ter que lidar comigo. Ou talvez um cara mais problemático que eu chame a atenção dele.

Seja como for, a gente estava fadado ao fim. Nunca tive tanta certeza de uma coisa na vida.

— Foi só um rolo, Keaton — digo baixinho.

— Não foi.

— É? Quando foi que você mudou as regras? De novo a mesma ladainha da eleição? Você desrespeita as normas e eu tenho que seguir na linha?

O pescoço dele fica vermelho na mesma hora.

— Você não tem direito de ficar jogando aquele erro na minha cara!

— Você comete muitos, pelo visto. Eu fui o maior deles. Pode perguntar pra qualquer um lá embaixo. Vai.

Keaton me fita, os olhos vermelhos. Em seguida, ergue o queixo aristocrático alguns graus. E sai do meu quarto.

DA GROSSURA DA SUA MÃO
Keaton

Mais um domingo. Mais um brunch com meu pai.

Só que nada é como antes. Acabei de passar as duas semanas mais solitárias da minha vida, e não sei onde vou encontrar energia para acertar as coisas com ele.

Desta vez mudamos de restaurante. Eu estava precisando sair da casa da Alpha Delta, então quando as aulas terminaram na sexta-feira, peguei o carro e desci para Nova York para passar o fim de semana.

Mas, cacete, até dirigir pela rodovia 95 me fez pensar na minha viagem com Luke. O último fim de semana em que saí do campus foi tão incrível.

Desta vez, não tem festival de sexo nem beijos embriagados. Durmo no apartamento minúsculo do meu pai no centro da cidade. É onde ele fica quando não quer voltar a Long Island depois de trabalhar até muito tarde.

Domingo de manhã, vou andando do centro até o Upper West Side. Nosso plano é que o brunch seja no Good Enough to Eat. Os Hayworth sabem como se divertir. E este lugar tem fatias de bacon da grossura da sua mão. Quase basta para curar meu coração partido.

Quase.

Já se passaram duas longas semanas desde que Luke foi preso, e ele ainda não está falando comigo. Nem dormindo comigo. Nem mesmo me olhando nos olhos.

Na verdade, ele está evitando a casa como um todo.

Eu também, para ser sincero. Pego meus amigos me olhando torto às vezes. Não é como se eu achasse que eles estão preocupados em pegar sarna gay nem nada do tipo. A questão é que eles não sabem o que dizer. Qualquer um pode ver que Luke e eu estamos brigados, mas acho que eles pensam que a técnica dos tapinhas nas costas e de encher a cara de tequila não funciona para curar a dor de um término com um cara.

Se bem que Tanner se ofereceu para me levar para sair e me embebedar. E Dan Zimmer, meio sem jeito, ofereceu apoio caso eu tivesse alguma pergunta para ele.

— Posso te ensinar o aperto de mão secreto — brincou.

Mas eu rejeitei tudo. Não estou no clima para ninguém melhorar meu humor, eu acho. Então meu rosto cabisbaixo continua desincentivando perguntas. E ainda estou recebendo olhares que vão de curiosos a preocupados.

E às vezes é Luke quem eu pego olhando para mim. Nas raras ocasiões em que nós dois estamos em casa, eu vejo o arrependimento em seus olhos. Ele não é muito bom em disfarçar.

Sei que ele ainda me quer. Sei que nunca parou de me querer. Mas não dá para fazer alguém superar os próprios problemas e te amar. Sei que ele nunca teve ninguém em quem pudesse confiar na vida, e quero muito ser essa pessoa. Mas e se ele estiver despedaçado demais para me deixar ser?

Luke é como um cachorro de rua que sofreu maus tratos. Ah, sim, agora estou comparando o cara de quem gosto com um cachorro. Mas eu curto animais, então vindo de mim, é um elogio. Enfim, é tipo aqueles vídeos que dão um aperto no coração, com cachorros maltratados mudando ao receberem o tipo certo de atenção. Ganham peso, e o pelo fica mais brilhante. Se acreditar no YouTube, são os animais mais leais do mundo.

Por outro lado, a literatura sobre comportamento animal evidencia que nem sempre acaba assim. Alguns cachorros nunca superam o terror.

Quando chego na esquina da avenida Columbus e da West 85th, já estou deprimido. Porém, coloco uma máscara agradável no rosto e atravesso a rua para encontrar meu pai.

É hoje que finalmente vou contar a ele como pegar o desvio da estrada da minha vida. Então pelo menos tenho um plano.

É um dia quente do início de maio, então procuro as mesas da área externa primeiro. E... puta merda! Minha mãe é a primeira pessoa que vejo. Ela está sentada ao lado do meu pai.

São dois contra um. Legal.

— Oi, gente — falo, endireitando a postura. Acho que posso falar o que quero dizer para os dois.

— Keaton! — Minha mãe se levanta da cadeira. — Oi, meu amor!

Dou um beijo na bochecha dela e me forço a sorrir.

As mesas são apertadas, e meu pai está preso ao lado dela, então oferece a mão para um cumprimento. Como homens de verdade fazem.

Para ser justo, a verdade é que ele não disse nada a respeito da minha breve revelação. Não sei o que ele está pensando de mim agora, mas não muda a mensagem que quero passar.

Eu me sento, e o garçom aparece. Ele tem um sotaque australiano e usa óculos hipsters. É bonitinho. Coisas desse tipo passam pela minha cabeça o tempo todo agora, e eu não tento reprimir como fazia antes. Acho que pelo menos isso serve de alguma coisa.

— Vou querer o Lumberjack — digo, antes que ele possa me oferecer o cardápio. — E um café. Obrigado.

Meus pais fazem seus pedidos, depois nós só nos olhamos por um segundo.

— Como tem passado? — pergunta meu pai, enfim.

— Bem. Fim de período é sempre complicado.

— Espero que esteja dormindo bem — diz minha mãe.

— Bastante, na verdade. — Dou um pigarro. Falta de sono não é um problema agora que estou sozinho na cama toda noite.

— E… — Decido abrir o jogo antes de comermos. — Recebi isso na semana passada. — Pego um pedaço de papel do bolso e desdobro. Entrego-o ao meu pai e o observo enquanto ele lê.

Damos as boas-vindas à Expedição Orca, é o que diz. *Partindo de Valparaíso no Chile em 19 de maio.*

— Passei e quero ir — falo. — Não vai ter custo nenh…

— Esse nunca foi o problema — ressalta meu pai.

— Só tô falando. — Bufo. — O senhor queria que eu me formasse em biologia.

— Ou química. Ou finanças — acrescenta meu pai.

— Finanças nunca foi uma opção. Não vejo a menor graça. E eu seria péssimo nisso. Mas eu gosto muito de biologia. E quero estudar o comportamento animal em uma pós-graduação depois que eu sair da Darby.

Os ombros do meu pai cedem.

— Mas por quê? Um PhD leva cinco anos se você for rápido, e sete se for lento. Isso vai adiar muito seu emprego na Hayworth Harper.

— A questão é essa, pai, eu não quero trabalhar para o senhor. Eu amo o ramo de pesquisa. Quero seguir carreira acadêmica.

Ele grunhe.

— Pelo amor de Deus, não dá para ser só gay? Tem que ser *acadêmico* também? Que punhalada nas costas.

Minha boca se abre como o de uma jiboia antes da refeição.

O silêncio na mesa se alastra por diversos segundos, até minha mãe falar por fim:

— Meu bem, esse negócio com o rapaz é sério? — pergunta ela.

— Não — balbucio. — Mas eu queria que fosse.

Minha mãe me encara.

Meu pai engole em seco.

Busco as palavras certas, mas por sorte o garçom bonitinho volta. Ele coloca uma caneca de café na minha frente.

— Obrigado — digo com gratidão genuína. Porque realmente preciso de algo para fazer com as mãos.

— Keat — fala minha mãe, cobrindo a mão do meu pai. — Converse com a gente.

— O que vocês querem que eu diga? — Desconfortável, boto as mãos ao redor da caneca. — Que eu sou gay? Porque... é. Eu acho que sou.

Meu pai se apega à parte do "eu acho".

— Então não tem certeza?

Respiro fundo, depois digo tudo num só fôlego.

— Não, tenho certeza — admito. — Acho que eu só estava tentando aliviar as coisas pra vocês. Mas não tenho dúvidas quanto a isso. E meu relacionamento com o... — Paro e mudo o rumo da minha fala. — Me relacionar com um cara me deu todas as respostas pelas quais eu nem sabia que estava procurando.

Minha mãe assente devagar.

— E a Annika...? — Ela deixa a pergunta suspensa no ar, mas não sei ao certo se entendi.

— Ela não sabia — respondo, dando de ombros. — Eu nem contei pra ela ainda, aliás. Mas se estão preocupados achando que eu estava, sei lá, a usando ou me iludindo... eu não estava. — Meu tom é firme, porque é a verdade absoluta. — Eu a amei, e nosso relacionamento foi real para mim. Mas tinha alguma coisa... faltando, eu acho. Algo que não me satisfazia completamente.

Desta vez é meu pai quem assente.

— Sempre nos pareceu um tanto platônico — diz ele, hesitante.

Eu o observo, surpreso.

— É sério? Vocês só falavam do quanto queriam que a gente se casasse.

Ele dá de ombros.

— Porque ela é uma garota maravilhosa, e vai ser uma esposa maravilhosa para algum homem de sorte. Mas, se é para falamos com sinceridade agora, sua mãe e eu percebemos que parecia faltar paixão no namoro de vocês.

Minha mãe suspira.

— Dava para ver.

Sou obrigado a sorrir.

— E não poderiam ter me contado?

Os dois riem de nervoso.

Dou uma golada no café, depois abaixo a caneca de novo.

— Nem acredito no quanto vocês estão sendo legais comigo.

Meu pai arqueia uma sobrancelha.

— Achou que fôssemos deserdar você? — indaga ele, em tom seco. — Está me confundindo com seu tio Chris?

Minha mãe defende o irmão depressa.

— Christopher não deserdou a Madeline! Ele apenas congelou a poupança dela até o programa de reabilitação terminar.

Minha prima Maddie quebrou as costas alguns anos atrás e ficou viciada em analgésicos. Meu tio Chris não gostou nada. Felizmente, ela deu a volta por cima.

Acho que não vou comentar que meu pai acabou de comparar minha sexualidade a vício em drogas. É preciso saber quais batalhas escolher.

— Então vocês *não vão* me deserdar — provoco.

Meu pai revira os olhos.

— Pela sua orientação sexual, não, Keaton. Pela sua traição? Ainda estou considerando.

— Keat! — repreende minha mãe, dando um tapinha leve no ombro dele.

— E se você for trabalhar no departamento financeiro depois que essa expedição acabar? — sugere ele, esperançoso.

De alguma forma, eu sabia que ele perguntaria isso.

— Volto no meio de julho — admito. — Mas não quero esse estágio. É simples assim, pai. E nós dois sabemos que eu não o mereço. Mas conheço alguém que merece.

— Quer que eu contrate o Bailey? — Ele devolve o papel para mim. — Tenho quase certeza de que já fizeram uma oferta a ele.

— Sério? — Este é um detalhe do qual eu não tinha conhecimento. — Ele recusou?

— Vou perguntar para o Bo. — Meu pai tira o celular do bolso e clica na tela.

— Essa viagem é perigosa, filho? — pergunta minha mãe. Ela é quem está dando uma olhada na carta sobre o Chile agora.

— Não — tranquilizo-a. — Vai ser em um barco de pesquisa no mar. Mas não vamos mergulhar com tubarões, mãe. Vamos procurar uma nova espécie de baleia.

— Uma nova espécie? — Ela faz um rosto cético.

— Legal, né?! Tem um tipo estranho de baleia assassina que as pessoas dizem que veem vez ou outra há uns cinquenta anos, mas nunca ninguém filmou nem registrou. A expedição é para tentar provar que a espécie existe.

— E como isso é mais importante do que curar a diabetes? — indaga meu pai.

— Eu nunca disse isso. Mas meus interesses são *meus* interesses. E ninguém disse ao senhor o que estudar.

— Você é que pensa — desdenha ele. — Acha que era fácil lidar com seu avô? Ele vasculhava minha mochila da escola procurando provas corrigidas e me humilhava a cada problema de matemática que eu não tinha acertado.

— E o senhor acha isso ruim? — desafio. — Porque quando o senhor fuxica minha fatura do cartão de crédito para comentar sobre minha vida, meio que dá na mesma.

Ele estremece.

— Você é adulto, Keaton. Peço desculpas se fiz você se sentir como se eu estivesse tomando conta da sua vida.

Mas o senhor estava. Engulo a crítica, porque ela não vai me ajudar a conseguir o que quero.

— Vou para o Chile. Depois fazer uma pós. Eu sinto muito se o senhor queria que eu assumisse a empresa um dia. É legal da sua parte, mas acho que ninguém sairia ganhando.

Ele bufa. E então, o celular dele vibra, e ele lê a mensagem que recebeu.

— Parece que o Bo acha que o Luke queria o estágio, mas achava que não conseguiria fazer dar certo. Bo ofereceu um cargo não remunerado.

— Ah. — Sinto uma dor bem entre minhas costelas por Luke. Um trabalho que ele quer mas não tem condições de aceitar? É crueldade pura. — Luke não tem como aceitar um estágio não remunerado. Ele mal tem dinheiro o suficiente pra comer. Trabalha até tarde todo fim de semana só para pagar o aluguel.

— Não existe auxílio financeiro para isso? — pergunta minha mãe.

— Ele tem uma bolsa integral, mas só cobre a mensalidade. E a mãe dele liga pedindo dinheiro semana sim, semana não.

Meu pai se recosta na cadeira com um semblante de entojo.

— Que tipo de mãe pede dinheiro para o filho?

— A dele.

Meu pai pega o celular e começa a digitar novamente.

— Meu bem, na mesa? — reclama minha mãe.

— Só um segundo — diz ele. — Estou dizendo para o Bo oferecer um trabalho de verão para o rapaz em um dos estúdios corporativos em Hoboken. Um remunerado.

Fico me perguntando se Luke me mataria por interferir. Se bem que será mesmo que faria diferença? Ele não está falando comigo. Se conseguir o trabalho, vai ser bom para ele e ele vai continuar não falando comigo.

É. Vale a pena.

O garçom coloca um prato na minha frente, cheio de ovos mexidos, duas panquecas enormes com manteiga de morango e duas fatias enormes de bacon.

As coisas estão melhorando. Pelo menos, sejamos sinceros, tudo que está dando errado na minha vida se encaixa na categoria de probleminhas de Primeiro Mundo.

Então pego meu garfo e ataco a refeição.

Enquanto terminamos o café da manhã, minha mãe pede para eu visitar a exposição de Vermeer no MoMA com ela.

— Venha, qualquer bom filho gay adoraria ver arte com a mãe.

Praticamente cuspo o café na mesa, mas como meus pais estão aceitando minha mudança de carreira — sem falar na minha sexualidade — muito melhor do que eu pensava, concordo em ir com ela mesmo assim.

Quando volto a Darby, já é noite. Subo as escadas até o terceiro andar com a ansiedade de sempre. Ultimamente, fico esperando ouvir a chave de Luke na tranca, para que eu possa aparecer por acaso no patamar ao mesmo tempo.

Sutil da minha parte, eu sei.

Só que hoje é certeiro. Luke está saindo do banheiro e não consegue chegar à segurança de seu quarto de porta fechada antes que eu chegue.

— Oi — falo baixinho.

— Oi. — Ele enfia as mãos nos bolsos. — Se você teve algo a ver com a oferta de trabalho que acabei de receber, agradeço.

— Que oferta de trabalho? — pergunto, rígido.

Ele revira os lindos olhos escuros.

— Tudo bem. Vá em frente e grita um pouco mais comigo. Eu posso ter sugerido que meu pai desse uma olhada na sua inscrição de verão, mas é só porque me importo com você.

O olhar de Luke baixa para o chão.

— Valeu — diz ele, tão baixo que mal consigo ouvir. — Aposto que não mereço.

E antes que eu possa rebater, ele entra no quarto e fecha a porta.

Mais duas semanas torturantes passam. Não sou alguém que desiste com facilidade, mas desta vez está começando a parecer que não tenho escolha. Luke ainda está mantendo distância de mim, e viajo para o Chile amanhã.

Talvez seja a hora de jogar a toalha mesmo.

— De jeito nenhum — exclama a voz ultrajada de Annika pelo viva-voz. Ela está me fazendo "companhia" enquanto arrumo as malas para a expedição, e visivelmente não está nada feliz com as conclusões às quais cheguei. — Não vai desistir coisa nenhuma, Keaton. Você se importa com esse cara.

— Tá, mas ele não liga pra mim — protesto.

Ela dá uma gargalhada.

— É *óbvio* que ele liga pra você. Por que estaria te ignorando tanto se não ligasse? Ele está fugindo dos próprios sentimentos.

Nem acredito que estamos tendo esta conversa, mas não posso negar que é bom ter alguém com quem falar sobre isso. Judd e eu também mal trocamos uma palavra, e embora eu esteja em bons termos com Tanner e os demais, não é como se a gente se sentasse para fofocar sobre minha recém-descoberta viadagem.

Fiquei nervoso pra cacete no dia que contei para Annika, mas ela me demonstrou apoio tão prontamente que eu quase me senti idiota por achar que ela fosse agir de qualquer outra forma. Ela é minha melhor amiga, e a resposta calorosa à minha novidade só prova que ela sempre vai ser.

— Talvez. Mas não muda o fato de que não estamos juntos.

Tenho tentado driblar as defesas de Luke desde que ele foi preso, mas não deu em nada. Ele é teimoso, e é óbvio que os eventos do mês passado não só o deixaram envergonhado como também o jogaram de volta a seu estado padrão de desconfiança geral.

— Viajo amanhã cedo — digo, triste. — E ele ainda nem se despediu.

— *Ainda* — repete ela. — Aposto que ele vai, sim.

Eu não tenho tanta certeza. Nos últimos dias, ou Luke tem ficado enfurnado na biblioteca ou trabalhando na Boate da Jill. Ele está tão determinado a ficar afastado de mim que não me surpreenderia se ele nem voltasse para casa hoje à noite.

— Acabou, Ani. Não sei mais o que fazer pra derrubar esse muro. Ele nunca vai se abrir totalmente pra mim. Pra ninguém, inclusive.

Ela dá um suspiro leve.

— Ah, meu bem. Eu sinto muito. Mas ainda não acho que você deveria largar de mão. Antes de ele ser preso, ele *tinha* começado a se abrir com você. Não foi? Estava falando sobre si mesmo, sobre os sentimentos, esse tipo de coisa.

— É, mas sentimentos é meio que um exagero. Acho que a única vez que ele foi de fato transparente comigo foi quando a gente conversava no... — Paro de repente. O aplicativo.

É isso, a resposta. Luke nunca foi muito bom com interações cara a cara, exceto as sexuais. Mas quando estávamos nos conhecendo no *Fetiche*, ele era tão sincero, tão transparente, que foi um dos motivos pelos quais eu quis conhecê-lo.

— Preciso ir — digo à minha ex-namorada. — Acabei de ter uma ideia.

— Uuuh! Qual vai ser o plano?

— Não é um plano, na verdade. Depois eu te conto.

Depois de desligarmos, arranco uma folha de caderno e começo a escrever. Minha última mensagem para ele, esse homem por quem eu nunca achei que fosse me apaixonar, é direta ao ponto, mas cheia de sentimento.

L.,

vou viajar amanhã e só queria me despedir. Espero que não seja um adeus para sempre. Espero mesmo. Por ora, vou te dar o espaço de que você obviamente precisa. Mas tenho um pedido. Só um e prometo que não é absurdo.

Não desfaça nosso match *no* Fetiche.

Com amor,
KHIII

Em seguida, coloco o papel embaixo da porta dele e fico na torcida para que dê certo.

QUEM ESTOU QUERENDO ENGANAR?
Luke

São nove da manhã em pleno mês de julho, e estive à minha mesa por uma hora e meia. Estou agitado com o café de graça do escritório e já terminei o projeto que Bo me deu ontem à noite antes de ir embora.

Esta mesa só vai ser minha por mais seis semanas. Mas vou fazer cada uma delas valer a pena.

Bo — meu chefe e o CFO — finalmente entra, o celular à orelha.

— Aham. E por que nos importamos com o fato de o valor das nossas opções subirem? Certo. Entendi. Mas não podemos eliminar esse risco de aumento de juros? — Ele se senta em sua cadeira e mexe no mouse do computador para acordar o sistema.

Amo trabalhar aqui e queria estar ouvindo o outro lado dessa conversa.

Porém, o que faço é arrumar as impressões que preparei e grampear as páginas. Quando Bo desliga, vou até ele antes que outra pessoa possa roubar sua atenção.

— Oi! Bom dia. Aqui estão as taxas que você me pediu. — Coloco os papéis em cima de sua mesa.

Ele me olha.

— As empresas de mútuo conversível?

— Aham, veja só. — Passo da capa para mostrar todos os dados colhidos do terminal dele da Bloomberg. — Sei que o senhor disse que só queria empresas farmacêuticas, mas incluí algumas fabricantes de equipamento médico porque os dados eram escassos.

— Eu te pedi isso às oito ontem à noite.

— Sim, mas seu terminal tem os dados de que eu precisava, então me sentei depois de o senhor ter ido embora e já resolvi. O que mais agora?

— Café da manhã — fala ele. — E depois vou ler seu relatório. Em seguida, vou te pedir para começar a dar uma olhada em dívidas seniores, porque nossos banqueiros querem falar de debêntures de longo prazo.

— Ótimo! — falo com um entusiasmo genuíno.

Ele ri.

— Você não tem vida, não, rapaz? Não te aguento.

— O senhor é minha vida durante o verão. — Não estou nem brincando. Estão bancando minha moradia e me pagando um salário estrondoso. Passo o tempo todo aqui, aprendendo os trâmites. O que mais eu poderia fazer, de todo modo? Preciso economizar cada centavo possível. Meus livros para o próximo período não vão se comprar sozinhos.

— E eu agradeço por isso — diz Bo. — Mas estou velho e preciso de cafeína e carboidrato. Os diretores do hospital para quem fiquei fazendo sala ontem à noite bebem mais que um opala. — Ele pega a carteira do bolso do terno. — Vou dar o dinheiro e você busca lá para mim. Ovos mexidos com bacon e enroladinho de cheddar. E um…

— …cappuccino duplo com leite desnatado e canela.

— Boa, rapaz. — Ele me entrega uma nota de vinte. — Vou ler seu relatório enquanto isso.

A caminho do elevador, paro na mesa da assistente administrativa de Bo.

— Marcy, tô indo buscar o café da manhã no Lenny. Quer alguma coisa?

— Luke Bailey, você é um *sonho* — fala ela, me dando uma nota de cinco. — Não sei o que vou fazer quando você voltar pra faculdade. Acho que eu mesma vou ter que comprar minha comida. Me traz um muffin, por favor. De milho ou de mirtilo. Não consigo decidir. E o chá de sempre.

— Pode deixar.

Cinco minutos depois, estou passando os pedidos para o caixa e dando um passo para o lado para esperar.

Para ser sincero, agradar as pessoas na Hayworth Harper tem sido muito mais fácil do que imaginei que seria. Só tenho que prestar atenção e fazer perguntas. Estou me divertindo muito. E me sinto mais calmo, por algum motivo. Como se tudo fosse acabar dando certo para mim.

Eu preciso *muito* dar o fora daquele fim de mundo que é Darby, Connecticut.

A lanchonete está cheia de pessoas vestidas como eu — camisa e calça impecáveis, apesar do calor. Sapatos de couro e crachás ao redor do pescoço. Não me importo de ser um faz-tudo no trabalho. Isso vai me tirar de vez de Darby.

Chamam o pedido de alguém e a fila anda. Meu celular vibra no bolso com uma notificação. Não vou olhar; a fila não está tão longa.

Certo, quem estou querendo enganar? Óbvio que vou olhar.

No começo, não achei que fosse ser uma boa ideia deixar Keaton me mandar mensagem durante o verão. Eu sabia que o tinha machucado. E, embora não tenha orgulho disso, é difícil expressar o quanto aquela noite na delegacia me fez surtar. Passei semanas sem conseguir dormir. Meu irmão quase conseguiu destruir minha vida toda em um único fim de semana.

Eu me senti sujo, se não tóxico. E não queria levar mais ninguém comigo.

Quando meu terror começou a apaziguar, já era tarde demais. Keaton já tinha parado de me olhar feito um cachorro que caiu do caminhão de mudanças e estava animado pela viagem ao Chile. Eu não quis complicar a vida dele, então só... deixei ele ir.

Agora estou morrendo de saudades.

O celular está gritando meu nome em meu bolso. Keaton é minha maior fraqueza, então pego o aparelho e abro nosso aplicativo favorito. Uma das primeiras coisas que fiz quando ele viajou para o Chile foi procurar no Google todos os lugares aonde ele iria. E descobri que as águas onde a expedição chegaria tinham, de acordo com o National Geographic, "o pior clima do mundo".

Honestamente, isso me assustou quase tanto quanto a noite na cadeia.

Então, apesar do fato de que cada mensagem de Keaton obviamente é uma prova de vida e não precisa ser aberta na mesma hora, eu leio mesmo assim. Porque uma mensagem dele ainda é o ponto alto do meu dia.

Hoje, abro o aplicativo e vejo uma foto de um mar calmo e um amanhecer roxo. E, incrivelmente, um grupo de golfinhos furando a superfície da água.

Dia 47: O mar está calmo, o que é bom, mas nada de orcas ainda. Ontem à noite, no jantar, eu estava pensando em você. Muitas coisas me fazem pensar em você, mas dessa vez foi uma lagosta. Lembra de uma das nossas primeiras conversas, quando eu te contei como lagostas procriam? Eu tinha certeza de que você ia me bloquear só porque sou esquisito.

Mas como você ainda está lendo as minhas mensagens, aqui vai uma curiosidade que você provavelmente não sabe sobre as lagostas no Chile. Elas não têm garras enormes! As garras simplesmente não ficam onde deveriam ficar. Você vê as patas e as antenas e... nada de garras. O que significa que 1) elas mais se parecem insetos e 2) o emoji de lagosta simplesmente NÃO SE APLICA aqui.

Juro, meu mundo caiu.

E eu ainda estou com saudade. Fico me perguntando o que você deve estar fazendo agora.

Até a próxima atualização. -- K

— Bailey? Bailey?

Ergo o queixo e vejo que o cara atrás do balcão estava chamando meu nome.

— Obrigado. — Agradeço rapidamente e pego a sacola e a bandeja de papel com as bebidas. Volto para a porta e desço o quarteirão até o escritório.

Não tenho falado com Keaton, porque prometi que não ia brincar com as emoções dele. Mas vontade é o que não falta. Seria tão fácil voltar ao nosso ritmo familiar de conversa. Algumas noites, sinto tanto a falta dele que meu peito dói. Ele é meu único arrependimento.

Eu me sinto tão otimista em relação ao resto da minha vida agora. Como se talvez eu pudesse ter as coisas que nunca imaginei que merecesse.

O saguão da Hayworth Harper está abarrotado. Passo o crachá no sensor, e a catraca libera. Toda vez que isso acontece, sinto uma felicidade irracional. *Aqui você não é um peixe fora d'água*, diz ela.

Tem um elevador prestes a subir, então entro bem quando as portas estão começando a fechar. Todo mundo no elevador parece um pouco tenso e eu não percebo por que até que uma voz diz:

— Luke Bailey.

Olho bem na cara de Keaton Hayworth Jr. e me dou conta de que acabei de entrar no elevador com o CEO.

— Olá, senhor. Bom dia.

— É mesmo um bom dia, não é? — Ele ri. — Vejo que deu um pulo na lanchonete para o Bo. Depois da noite de ontem, ele precisava de um sanduíche de ovo, não é?

— Talvez seja exatamente isso, senhor.

Ele sorri.

— Keaton adora esse sanduíche de ovo também. Acho que era a única coisa que ele gostava no dia de trazer o filho ao trabalho. Tem tido notícias dele? Eu não deveria ter procurado sobre a expedição dele no Google. Diz que aquela parte do Pacífico tem, palavra por palavra...

— "O pior clima do mundo"?

— Leu essa página também, é?

Nós dois damos licença para deixar algumas pessoas descerem do elevador. Pego o celular do bolso e clico no aplicativo, abrindo a foto na tela toda.

— Viu só? Hoje o mar está calmo.

Ele olha para a imagem.

— Incrível! Fico feliz em ver isso. — Ele me devolve o celular e suspira pesado. — Se eu não tivesse sido tão controlador com ele, talvez recebesse essas fotos também.

Ih, pesou o clima. Fico de boca fechada, porque eu me recuso a dar pitaco na forma como meu chefe cria o filho em um elevador cheio de colegas de trabalho.

— Pelo menos ele volta logo — diz. — Só mais duas semanas e meia.

Meu estômago embrulha e não é por causa do elevador. Eu sabia que a excursão de verão de Keaton seria mais curta que meu estágio, mas não acredito que só faltam duas semanas e meia para ele voltar. Como é que eu viro outra pessoa em duas semanas e meia?

Não dá, obviamente.

O elevador chega ao andar executivo. As portas se abrem e nós dois saímos.

— Melhor dar esse sanduíche ao Bo antes que ele entre em colapso na mesa. — O sr. Hayworth coloca uma mão em meu ombro. — Obrigado por me mostrar aquela foto.

— Quando quiser, senhor. — *Dependendo da foto.*

Para ser sincero, trocar mensagens com Keaton foi o máximo de diversão que tive este ano. E aí deixei minha vida de merda arruinar tudo.

Entrego comida e bebida aos meus colegas de trabalho, que ficam agradecidos, e dou o troco de cada um.

Em seguida, volto à minha mesa com o sanduíche que comprei para mim. Coloco a sacola na mesa. Tiro uma foto e abro o aplicativo no celular.

Vou responder à mensagem dele. Keaton merece isso e muito mais. Minha vida ainda é uma bagunça. E nossa situação ainda é complicada. Mas o mínimo que posso fazer é responder a uma mísera mensagem.

Ele disse que eu era mesquinho quando se tratava de amor, e tinha razão. E não sei se isso um dia vai mudar. Mas se tem alguém no mundo por quem eu mudaria, com certeza é ele.

Querido ShortsDeLagosta,

Vi seu pai hoje. Ele me perguntou se eu tinha recebido notícias suas. Espero que não se importe de eu ter mostrado a foto que você me mandou. Ele ficou muito feliz por vê-la e pareceu meio triste por você não ter entrado em contato.

Ele também me disse que você gosta do sanduíche do Lenny. Eu também sou um fã.

Em resumo: minhas fotos não são tão legais quanto às suas, mas quero que saiba que estou me resolvendo comigo mesmo. Tentando. Bem, provavelmente continuo sendo o mesmo caos que você sempre conheceu. Sei que você merece mais do que eu te dei. Não sei se um dia vou ser um bom namorado. Mas estou trabalhando nisso.

Vou comer este sanduíche agora e depois redigir um relatório sobre taxas de juros de dívidas seniores na curva a termo. O que é legal, eu juro.

Se cuide por aí. E continue mandando fotos. Mesmo eu sendo uma negação para namoros, ainda fico ansioso para recebê-las.

Clico para enviar e depois como meu sanduíche.

Uma hora depois, estou fazendo uma planilha foda quando meu celular vibra com uma nova mensagem. Meu coração ganancioso imediatamente pensa: Keaton!

Olá, psique atormentada. Sou eu de novo.

Não é ele, mas a mensagem ainda assim é boa. O sr. Grant, meu advogado, mandou um e-mail de exatamente uma linha. Oficialmente retiraram as queixas hoje. Acabou. Tudo de bom para você!

Ele não diz se Joe foi condenado ou não. Antes de sair de Darby, fui questionado por um investigador, que fez anotações sobre a visita do meu irmão à fraternidade e meu cartão universitário roubado. Jako teve que fazer o mesmo.

Não sei se agora meu irmão está atrás das grades ou não, porque bloqueei o número dele e o da minha mãe. Isso... é uma merda, na real. Mas tenho que me manter firme. Se eu der brecha para os dois, eles vão tirar tudo que eu tenho — emocional e financeiramente.

E se eu não cortar os dois da minha vida de uma vez por todas, vou passar os próximos vinte e um anos esperando algum tipo de epifania que nunca virá. *Sentimos muito. Amamos você.*

O tanto quanto eu gostaria de ouvir isso é vergonhoso. E nunca vai acontecer.

Mas tenho taxas de juros para me consolar. Faço mais algumas inserções à planilha e fico estagnado, então vou ao cubículo do colega de Bo para fazer uma pergunta.

— Ei, Jim? É pra colocar AA e AA- na mesma coluna?

— Aham — confirma ele. — Claro.

— Valeu.

— Opa, Bailey? — O jovem me chama quando estou prestes a sair.

— Oi?

— Você vai se candidatar para voltar para cá depois de se formar, né?

— Realmente não sei. — Para começo de conversa, eu precisaria que tivesse uma vaga aberta.

— Vai receber muitas ofertas — fala Jim, ajustando a gravata. — Vê se não se esquece do nosso número, hein.

— Pode deixar, não esqueço. — *Muitas ofertas.* A ideia me parece tão estranha. — Aliás, como é que funciona o programa de recrutamento?

— Vou procurar saber. Acho que tem algum tipo de bônus de contratação para quem entra antes do Ano-Novo.

— É mesmo? — pergunto, falando lentamente. Eu poderia ter um emprego *cinco meses* antes de me formar? E receber um bônus de contratação logo de cara? — Caramba, daria para cortar umas boas horas de trabalho no segundo semestre.

— O que você faz durante o ano letivo? — pergunta ele.

Puta merda.

— Trabalho em uma boate.

— Bartender? Segurança?

Ele está só puxando papo e eu nunca deveria ter falado sobre meu trabalho durante o semestre. Mas não é uma boa ideia mentir para o meu futuro empregador. Jim pode acabar sendo meu chefe se eu aparecer aqui no ano que vem.

— Sou dançarino — digo com um sorriso carregado de mais autoconfiança do que sinto. — Algumas pessoas chamariam de stripper.

— Rá! — Ele dá um tapinha na mesa. — Essa foi boa, garoto. Quanto tempo até você terminar aquele relatório?

— Meia hora? — digo com a voz aguda.

— Beleza. Vou ficar esperando.

Aliviado, volto para a minha mesa.

Muitas ofertas. Essa frase fica ecoando na minha mente. Eu me sento na cadeira ergonômica e sinto algo desconhecido desabrochando no meu peito.

Acho que pode ser otimismo.

CARNE-SECA
Keaton

— Fala, meu chapa. Quer carne-seca?

Tiro os olhos do livro e me viro para Mateo, entrando na cabine minúscula que temos dividido pelas últimas cinco semanas. Ele estica a mão, me oferecendo um pedaço de carne-seca.

A ânsia quase vem.

— Sério? Quer *mesmo* que eu te deixe acordado a noite toda enquanto vomito as tripas na pobre da Lucy? — Gesticulo com a cabeça para o balde vermelho embaixo da mesinha parafusada ao chão da cabine.

Nada é solto neste quarto. Pela forma como o *Esmeralda* balança, sacoleja, chacoalha e trepida, nada é seguro. Até mesmo Lucy, meu balde de vômito, está presa com uma corda a uma das pernas da mesa.

Não vou mentir — o mar e eu não somos grandes amigos. Veleiros não são uma novidade para mim, e geralmente eu amo estar em mar-aberto, mas esta parte do oceano próxima ao Cabo é surreal. As ondas são fortes, e o vento não para de soprar. Depois de cinco semanas, meu estômago já se acostumou, mas no meio de tempestades, como a desta noite, tento não comer.

Meu colega de quarto, no entanto, é viciado em mastigar. É impossível encontrar Mateo sem comida na mão. Carne-seca, fruta, barrinhas de granola, aquelas sementes de girassol que ele mordisca e cospe de cima do convés de manhã. Ele é magro de ruim, considerando o tanto que come.

— *Dios mio!* — fala ele, ficando pálido. — Não, por favor, não pega a Lucy. Não vou aguentar passar por isso de novo.

Sorrio para ele. Sendo sincero, dei sorte de ter um colega de quarto tão legal. Mateo é aluno da pós-graduação na Universidade de Miami, e este é o terceiro ano que ele vem em uma expedição de verão como esta. Além disso, ele é fluente em quatro línguas, e tem me ensinado palavrões. Luke iria adorar esse cara.

Droga. Eu estava torcendo para não pensar em Luke hoje. Mas quem eu quero enganar? Penso nele *todos* os dias. Não parei de mandar mensagem desde que saí de Darby, mas fora aquela sobre o sanduíche da lanchonete e meu pai, ele tem estado tão quieto que fico decepcionado.

— O dr. VanBoerk tá organizando um jogo de pôquer na cozinha — fala Mateo, comendo a carne-seca. Ele mastiga alto antes de voltar a falar. — Eu disse que já, já a gente ia.

Solto um grunhido, vertendo o olhar para a portinhola. O pôr do sol já passou faz tempo, então não consigo enxergar nada, mas o balanço do barco me diz que as ondas devem estar imensas. Da última vez que tentamos jogar pôquer durante um temporal, as fichas não pararam de tombar da mesa e cair no chão.

— Ah, para, vai. O que mais você tem para fazer? — insiste Mateo. — Ler? Você lê demais, Keaton! Vem viver a vida!

Escondo um sorriso. Acho que "viver a vida" significa jogar cartas com um bando de nerds da ciência, incluindo nosso capitão holandês, cujo melhor amigo é um golfinho chamado Pippy. O dr. VanBoerk é dono de um santuário de vida marinha na Flórida, onde ele e os funcionários resgatam animais afetados por vazamento de óleo e cuidam deles. Ele é muito gente boa.

Eu me levanto da cama inferior do beliche e me junto a Mateo e os demais. Jogamos pôquer enquanto o *Esmeralda* sacode com as ondas furiosas como uma rolha dentro de uma garrafa de vinho. Em seguida, Mateo e eu voltamos ao quarto. Ele desmaia quase que instantaneamente. Eu, por outro lado, aproveito o péssimo sinal de Wi-Fi e mando uma mensagem rápida.

ShortsDeLagosta: Mais uma noite de temporal. Juro, eu não paro de botar remédio para náusea na boca, como se fosse jujuba!

Para a minha surpresa, Luke responde em segundos.

Pecador3: Continua com enjoo??

ShortsDeLagosta: Só quando o mar balança muito. O que aqui, pelo visto, é o tempo todo.

Pecador3: O que tá fazendo acordado tão tarde?

Já passa da meia-noite no Chile, então são onze e pouco em Connecticut.

ShortsDeLagosta: Jogando pôquer com a tripulação. Perdi cinquenta contos.

Pecador3: Claro que perdeu. Você é péssimo em pôquer.

Sorrio para a tela. Caralho, como eu senti falta dele. Que saudade da maneira como nossa conversa simplesmente flui. E é por isso que me mata ter que me despedir.

ShortsDeLagosta: É melhor eu ir. Preciso acordar às seis amanhã. Só queria mandar um boa-noite rápido.

Pecador3: Dia cheio amanhã?

ShortsDeLagosta: Espero que sim! Ancoramos há quatro dias, e nada de ver o Big Willy. Amanhã vai ser o dia!

Pecador3: Jesus. Como você é nerd. Boa sorte!

Desligo o celular e o coloco dentro da gaveta da mesa, depois enfio o corpo debaixo das cobertas finas e pego no sono com um sorriso no rosto.

Na manhã seguinte, todo mundo volta ao modo de expedição. De acordo com alguns testemunhos, a espécie misteriosa de orca que estamos caçando foi vista por volta destas coordenadas menos de uma semana atrás. Diversos relatos descrevem um grupo pequeno de baleias assassinas. Uma até nadou para perto de barcos de pesca. Dois pescadores disseram que a baleia parecia menor do que o normal, e que tinha uma barbatana dorsal estreita e pontuda, o que não costuma se ver em uma orca típica.

Tenho chamado nosso amigo esquivo de Big Willy. Mas, mais uma vez, Willy e sua turma decidiram ficar na encolha.

Porém, não posso reclamar. Estou na proa de um barco de pesquisa de cinquenta metros com o sol brilhando no meu rosto. De fato, está ventando bastante, mas hoje está mais para uma brisa quente do que uma lufada gelada. Ao meu lado, Mateo está usando um canivete afiado para fatiar uma manga.

— Tá animado para voltar para casa e ver seu amigo? — pergunta ele, colocando um pedaço da fruta na boca.

Ele sempre se refere a Luke como meu "amigo". Não acho que ele seja homofóbico, e ele também não parece desconfortável com a ideia de que eu estava ficando com um homem antes de embarcarmos nesta viagem, então sempre deixei passar.

— Não sei se vou — admito. — É verão, e geralmente eu fico na nossa casa em Easthampton. Luke deve estar em algum lugar em Hoboken.

— Então vai pra Hoboken dormir de conchinha, uai. — A brisa mexe o cabelo castanho de Mateo, fazendo as mechas que vão até os ombros esvoaçarem.

Dou risada pelo nariz.

— Meu pai me mata se eu perder o churrasco anual da família.
— Vai depois, então. Quer vê-lo, não quer?
— Claro que quero. — Tanto que meu coração dói. Só que desde que parti, Luke não mencionou a gente se rever nem uma vez.
— Então vai. — Mateo come mais um pedaço de manga. — Toma a iniciativa.

Passo o restante da manhã remoendo o conselho, mas não chego à conclusão alguma. Se é para ser sincero, eu não *quero* tomar a iniciativa. Já fiz isso antes de viajar. Tentei falar com ele, puxar assunto, resolver as coisas. Ele só me afastou.

E desde que viajei, mandei mensagem todos os dias. Sempre deixei mais do que óbvio que eu estava pensando nele e que estou com saudade. Que quero que a gente fique junto, que a gente seja um casal de verdade, quando eu voltar.

E ele está distante.

Então por que deveria ser eu a lutar por nós? Será que faz sentido lutar por alguém que não quer amar você?

A manhã seguinte é meio que o mesmo de sempre. Nada de avistarmos Big Willy, então o dr. VanBoerk organiza um mergulho para observarmos um cardume de merluzas-negras — o que é tão fascinante que estou sorrindo de orelha a orelha enquanto visto meu equipamento.

Não acredito que quase fui forçado a fazer um estágio em *finanças* na Hayworth Harper Farmacêuticos. E pensar que eu poderia ter perdido a oportunidade de ver a merluza-negra!

Estou tão animado que mando uma mensagem para Luke no *Fetiche* assim que volto para a cama. Embora seja o meio do dia de trabalho, ele responde depressa. Na verdade, nos últimos dias, as respostas dele têm sido rápidas e descontraídas. É quase o suficiente para eu criar esperanças. Quase.

Pecador3: Existem tantas piadas de nerd que eu poderia fazer agora. Mas... só vou dizer: parabéns por pegar uma merluza-negra?

Estou embasbacado ao digitar:

ShortsDeLagosta: Pegar?? Tá doido, Bailey? A gente só estava observando. Nenhum peixe foi ferido durante esta expedição.

Pecador3: KKKKKK acho que pode não ser uma boa ideia pegar uma merluza-negra. Elas têm dentes afiados, presumo eu.

ShortsDeLagosta: Bem pontudos.

Pecador3: Pelo amor de Deus. Fica longe delas. Eu jamais comeria algo que tem um nome estranho como merluza.

ShortsDeLagosta: Sinto em ter que te falar, mas... Você já comeu.

Pecador3: É o quê? Explica isso agora!

Estou tremendo de tanto rir ao digitar uma resposta. Cacete, que saudade que eu estava.

ShortsDeLagosta: A merluza-negra tem um apelido. Ela também é chamada de "bacalhau de profundidade". O que, se não me engano, foi o que você pediu no restaurante quando ficamos no Stonington.

Imediatamente me arrependo de tocar no assunto do fim de semana no hotel. Foi quando Luke foi preso e tudo descarrilhou entre nós dois. Merda. Ele com certeza vai me deixar no vácuo agora.

Me pegando de surpresa, ele responde.

Pecador3: Sério? Aquele foi o melhor peixe que eu comi na vida! Por que ele tem dois nomes?

ShortsDeLagosta: Algum pescador antigo decidiu que a merluza precisava de um nome mais agradável para o mercado de pescados estadunidense.

Pecador3: Boa decisão.

ShortsDeLagosta: Mas chega de falar de mim. Como tem sido o trabalho?

Pecador3: Incrível.

Espero ele dar mais detalhes, mas Luke não se aprofunda. Reprimo um suspiro.

ShortsDeLagosta: Bom saber.

Pecador3: Falando em trabalho, melhor eu voltar agora. Vai me atualizando sobre a caçada ao Big Willy.

Ele sai do aplicativo, e eu fico me sentindo ao mesmo tempo encorajado e *des*encorajado. Mais uma vez ele se retraiu. Mas pediu para eu mandar notícias, então... estamos progredindo.

Né?

ShortsDeLagosta: ADIVINHA QUEM EU VI HOJE!!!

Pecador3: Será que eu ouso perguntar? Poderia mesmo ter sido...?

ShortsDeLagosta: O Big Willy! E não só ele. Era um grupo de uns vinte. E puta que pariu, amor, eles eram um espetáculo. Não consigo nem descrever a experiência. Foi... lindo. Tipo, ver as criaturas que ninguém nem sabia que existiam nadando até o barco. Eles nadaram em volta da gente durante horas, quase como se estivessem tão curiosos quanto nós. Quase perdi o ar.

Espero Luke responder com alguma gracinha. Talvez me provocar, ou, se estiver se sentindo ousado, me zoar pela minha alegria por ter visto algumas baleias.

Ele não faz nada disso.

Pecador3: Senti sua falta.

Agora perco o ar de verdade. Eu li direito? Pisco algumas vezes, mas as três palavras continuam iguais. Ele sentiu saudades de mim.

Estou tremendo ao me sentar na cama. Por mais que eu queira continuar falando sobre as baleias, isso é muito mais monumental.

ShortsDeLagosta: Também senti sua falta.

Nada de resposta.

ShortsDeLagosta: Posso te ver quando eu voltar?

Pecador3: Somos da mesma fraternidade. Você vai me ver o tempo todo.

ShortsDeLagosta: Você sabe que não foi o que eu quis dizer.

Nada de resposta.

ShortsDeLagosta: Bailey?

Nada.

A frustração me dá um nó na garganta. Cacete. Com esse cara é sempre um passo para a frente e dois para trás.

ShortsDeLagosta: Sei que você ainda tá aí. Sei que tá lendo isso, e sei que vai fugir de novo se eu te pressionar. Então vou te mandar a real, Luke Bailey: eu volto pra casa daqui a duas semanas. Vou descer no JFK e do aeroporto vou direto para a casa dos meus pais em Easthampton.

Respiro fundo e me pergunto se sou um idiota. Será que eu vou chegar a algum lugar com isso, ou só estou correndo atrás de alguém que não gosta de mim? Quero muito acreditar que Luke sente o mesmo que eu, mas ele se recusa a se comunicar comigo, então não tenho como ter certeza quanto aos sentimentos dele. Não tenho como ter certeza de nada.

ShortsDeLagosta: O churrasco anual dos Hayworth é no dia seguinte ao meu retorno. Dia 22 de julho. Este é seu convite formal.

Nada de resposta ainda, mas eu não estava esperando que ele respondesse. Consigo imaginar Luke neste exato momento, sentado à mesa no trabalho, ou talvez almoçando sozinho em algum lugar. As feições lindas dele marcadas com ansiedade, os dentes mordendo o lábio inferior enquanto ele contempla cada palavra do que estou dizendo.

ShortsDeLagosta: Tô com saudade e quero que a gente fique junto. Quero namorar com você. E não estou mais interessado em ouvir desculpinhas. Minha família não liga. A fraternidade vai superar uma hora ou outra. Sua hesitação não tem nada a ver com as desculpas que você me deu antes. Tem tudo a ver com o seu medo. De mim, de confiar em outra pessoa. De amar alguém. E estou te dizendo aqui e agora: você não precisa ter medo. Mas o que você precisa fazer é decidir. Decidir se vale a pena correr o risco pela gente.

Embora me mate digitar minha próxima mensagem, ela precisa ser dita:

ShortsDeLagosta: Te dou até meia-noite. Se você aparecer, então vou saber que está pronto para dar uma chance ao nosso relacionamento. Do contrário... não vou ter escolha a não ser seguir em frente. Não posso passar o resto da vida no seu pé.

Estou ofegante quando termino meu discurso épico.

ShortsDeLagosta: Me encontra em Easthampton, Luke. Tô te pedindo pra se arriscar.

NOSSO SUPERPODER
Keaton

Já falei e vou repetir: os Hayworth sabem dar uma festa. É nosso superpoder. Tem uma churrasqueira gigante no meio da praia. O pessoal do bufê usando chapéus de papel entrega sanduíches de carne e coxas de frango apimentadas. Tem ponche de rum, cerveja e música para os nossos duzentos convidados.

O churrasco anual é minha festa favorita dos Hayworth. *Era* minha favorita. Este ano eu arruinei tudo para mim mesmo. Passei a última hora olhando para a praia feito um idiota, me perguntando se um certo gostoso de cabelo escuro vai descer do bonde que meu pai contratou para trazer as pessoas da estação de trem para a nossa comemoração.

Só que Luke não está aqui. Observo o bonde indo e vindo, vazio. Já passa das oito.

— Keaton — repreende Annika. — Para.

Eu me viro para ela com um suspiro.

— Foi mal.

— Come um desses aqui. — Ela coloca um prato na minha frente cheio de sanduichinhos. — São de casquinha de siri com pepino.

Nossa, parece ser bom mesmo. Enfio um na boca e mastigo. É bom estar de volta em terra firme. É bom estar em uma praia impecável à luz do sol, cercado de gente que gosta de mim e não tem medo de dizer.

Então por que me sinto tão arrasado?

— Agora isso. — Annika me oferece seu copo de ponche. É mais doce do que geralmente tomo, mas dou um gole mesmo assim. — Agora vem cá — insiste minha ex-namorada mandona, segurando meu pulso com as mãos de unhas feitas. — Vamos jogar badminton.

Dou risada, porque Annika não é fã de esportes.

— Não precisa fazer isso.

— Preciso sim. Tô cansada de ver essa sua cara triste. Só pega leve comigo. — Ela deixa nossa comida e as bebidas no canto, e me passa uma raquete.

Eu passo por baixo da rede para assumir minha posição.

— Nananinanão. Você joga *aqui*. — Ela aponta para o lado oposto da rede, onde ficarei de costas para o bonde.

É, ela me pegou no flagra.

— Além do mais, se eu te deixar ficar desse lado, você vai se distrair. Vai levar uma petecada na testa e os caras vão te chamar de Ciclope.

Dou risada mais uma vez, e não é difícil entender por que passei tanto tempo com Annika. Talvez nós dois não sejamos mais sexualmente compatíveis, mas ela ainda é uma ótima amiga.

— Fica esperto, Hayworth — diz ela ao fazer o saque.

Devolvo a peteca, sem muita força, e logo nosso jogo ganha ritmo. Faço cada jogada evitando marcar ponto nela, só querendo que a gente continue mantendo a peteca no ar. Aposto que ela sabe que eu estou pegando leve, mas tenta marcar ponto em mim mesmo assim.

E então consegue. Ouço o som do bonde se aproximando e perco uma jogada.

Annika cai de joelhos na areia, como Serena comemorando uma vitória em Wimbledon. Eu me viro e ela grita para mim:

— Não, Hayworth! Fique comigo! Não vá em direção à luz!

— Ela fica de pé e também olha para o bonde. Balança a cabeça sutilmente, quebrando minha expectativa.

Sou só um cara na praia usando apenas seus shorts prediletos de estampa de lagosta e esperando o homem certo me amar.

— Saque seu — fala Annika, animada.

Voltamos ao jogo e eu me permito me distrair.

— No próximo eu entro! — grita Henry, o irmão mais novo de Annika.

— Beleza, carinha. — Jogo a peteca de volta a Annika, aproveitando o sol que ainda não se pôs no rosto. É inverno no Chile, então as temperaturas do verão são um alento para a minha alma.

Quando ouço o bonde de novo, não me viro. Acerto a peteca por cima da rede.

Só que Annika dá um gritinho de surpresa, e devolve ela para mim meio sem jeito. Deixo a peteca cair porque já estou me virando.

Um cara acabou de descer do bonde. O cabelo preto brilha no sol. Ele está usando óculos escuros espelhado, uma camisa polo e bermudas cáqui, e passa o olho pela multidão com certa hesitação.

— Luke! — grita Annika.

Ele vira o rosto lindo na nossa direção.

É então que Jim, um cara do setor de finanças, vai até ele e lhe dá um tapinha nas costas, depois o cumprimenta com um aperto de mão.

Vejo os olhos de Luke virando para mim, depois de volta a Jim. Ele não pode ser grosseiro, porque Jim é seu superior no trabalho. Ele é puxado à conversa.

— Ah, desgraça — fala Annika. — A gente podia salvar ele.

— Não, tá de boa — digo, jogando a raquete para Henry. — Sou paciente. E não quero chamar atenção.

Luke também não quer isso. Está cercado dos caras da Hayworth Farmacêuticos agora. E embora eu esteja impaciente, é legal ver quanta gente ele conhece. Alguém dá uma cerveja para ele. Bo, o CFO, entra na roda e o apresenta a várias pessoas.

Eu espero.

— Isso é tão romântico — sussurra Annika ao meu lado. — Ele está quase livre. Só que... ô, droga!

Agora Luke é fisgado por Marcy, secretária de Bo. Ela está nitidamente feliz por vê-lo aqui. Dá tapinhas em seu braço e um belisquinho em sua bochecha. Quando ela o abraça, Luke olha para mim sobre o ombro dela. *Meu Deus*, fala ele sem som, só mexendo os lábios.

Solto uma gargalhada e Annika cobre a boca para rir.

— Quem é aquele cara? — pergunta o irmão de Annika, girando a raquete nas mãos.

— Ele é meu... — Engulo em seco. — Namorado — digo com cautela, torcendo para que seja verdade.

— Séeeeerio? — pergunta Henry, estendendo a palavra, surpreso.

Espero que sim. Será que ele teria se dado ao trabalho de vir à festa depois daquele ultimato que eu lhe dei só para me rejeitar?

Seja como for, estou prestes a descobrir. Ele se solta de Marcy e começa a andar pela areia. Fico tenso quando ele acena para mais algumas pessoas, mas ele consegue não ser puxado para mais nenhuma conversa.

Meu Deus, como ele é lindo. Criei raízes na areia, estou embasbacado de novo pelo jeito dele de andar, pelos ombros largos. Eu só caio na real quando ele chega perto e tira os óculos de sol, revelando uma expressão vulnerável.

— E aí, Lagostão — diz ele, baixinho. — Me disseram que perder esta festa seria um grande erro.

— É verdade — falo, minha garganta fechando. — Seria uma pena mesmo.

E eu nem sei quem se mexe primeiro, mas de repente ele está colado em mim. Nosso abraço acontece tão rápido que a bebida dele respinga. Ele afasta o copo para o lado e ri, envolvendo minha lombar com o braço livre.

Colo os lábios no pescoço dele e sinto seu cheiro.

— Caramba, que saudade.

— Eu também — responde ele baixinho. — Desculpa eu ter sido um babaca.

— Não foi tão ruim assim — gaguejo, sentindo minha garganta apertando de novo. — Antes tarde do que nunca. — Inalo seu cheiro mais uma vez: raios de sol e loção pós-barba de especiarias. Em seguida, eu me forço a dar um passo para trás.

Luke me olha de cima a baixo descaradamente.

— Tem razão. A praia é linda.

— Não é? — concorda Annika, rindo e nos lembrando de que não estamos sozinhos.

Se bem que privacidade seria uma ótima ideia agora.

— Por que não faz um tour com o Luke? — sugere ela.

Ela é genial.

— Quer vir conhecer a casa?

— Sou todo seu — responde ele. Em seguida, faz uma coisa que eu nunca tinha visto Luke Bailey fazer antes. Ele cora. É fofo demais.

— Vão lá, vocês dois. Preciso ganhar no badminton aqui.

— Vai sonhando — retruca o irmão dela.

Solto um pigarro.

— Quer ir dar uma volta?

PRAINHA
Luke

— **Com certeza** — respondo com a voz rouca. A festa é obviamente ótima, mas estou tão exausto agora. Mostrar para as pessoas que me importo requer um esforço descomunal. É como se minha pele fosse arrancada e expusesse coisas que nunca viram a luz do dia.

Além do mais, faz muito tempo desde que estive a sós com Keaton.

— Por aqui, então — diz ele, gesticulando para o lado oposto ao mar, que acredito ser a direção da casa.

Eu o sigo pela trilha da praia e descubro que a festa tem o dobro do tamanho que eu pensava. A praia dá para um gramado bem-cuidado e depois vem uma área de piscina suntuosa.

— Tem cadeiras *dentro* da piscina? — pergunto, tentando entender a configuração do espaço.

Keaton ri.

— Essa parte da piscina só tem dez centímetros de profundidade. O corretor de imóveis disse que chama "prainha", seja lá o que isso queira dizer. Em dias quentes, é uma delícia ficar aí.

Pior que realmente parece ser um paraíso. Tem convidados descalços deitados em seis espreguiçadeiras acolchoadas na água. Com bebidas à mão, eles estão vivendo um sonho.

Mas está cheio aqui. Várias pessoas passam por Keaton e lhe dão um tapinha nas costas.

— K3! — cumprimenta um homem mais velho. — Como está a faculdade?

— Ótima, sr. Brown — fala ele, dando ao homem uma dispensa educada, e continuando a andar. — Eu até te apresentaria pra todo mundo aqui — diz rapidamente para mim —, mas meio que quero você só pra mim.

— Anotado — respondo. — Também não posso dizer que estou no clima para socializar quando posso receber um tour particular seu.

Isso me rende um olhar longo do gostoso sem camisa e com os shorts de lagosta.

Minha impaciência, junto à extensão da propriedade dos Hayworth, faz o caminho até a casa parecer longo. Passamos por uma casa de piscina, um pavilhão coberto com uma área de bar, uma tenda com um DJ e mais umas cem pessoas bebendo drinques tropicais.

— Antigamente a gente tinha uma casa de praia simples, como pessoas ricas normais — fala Keaton enquanto saímos pelos cantos, evitando a multidão. — Só que aí meu pai trocou para este lugar quando eu estava no ensino médio. — Ele revira os olhos lindos. — Essa piscina insana. A praia particular. Quadras de tênis de saibro. — Ele aponta para as quadras cercadas de grades. — Você joga?

— Tênis? O que acha, Hayworth?

Ele me dá um sorrisinho.

— Acho que gosto quando você me surpreende, só isso. E acho que você se daria bem com tênis, porque você é rápido.

— Ah, para, eu fico sem graça — digo com a minha pose, mas o elogio me acerta bem no peito. — Talvez você possa me ensinar.

— É? — Ele se anima. — Seria legal. O instrutor de tênis que minha mãe conhece é uma delícia também, só pra avisar.

Dou uma risada alta.

— Ah, é?

— Pensa num cara com um shortinho branco apertado.

— Sua mãe sabe que você acha ele gostoso? — Ainda estou tentando entender a família do Keaton.

— Claro. Já falamos muito sobre o quanto ele é gostoso e de como não gostamos de acertar a bola na rede quando ele está olhando. — Ele me leva à frente da casa.

E, por fim, chegamos. Ela tem uma estrutura moderna e baixa que parece algo que se veria na capa de uma revista de arquitetura. Tem uma sala de estar que eu não consigo decifrar se é interna ou externa, porque é totalmente aberta de um lado. Mas Keaton então dá a volta para me levar para o canto, onde uma porta de vidro leva à cozinha.

Ele abre a porta para mim e entro em uma cozinha tão grande que chega a ser covardia, abarrotada de funcionários do bufê.

— Ah, pelo amor de Deus — chia Keaton, pegando meu cotovelo e me guiando por meio da baderna. — Tá parecendo uma estação de trem aqui.

Saímos pelo outro lado da cozinha e entramos em um espaço quieto. É um corredor enorme com artes nas paredes e um carpete grosso no chão.

Somos os únicos aqui. Finalmente. Então faço o que preciso. Agarro Keaton com as duas mãos e o empurro para os ladrilhos de pedra moderna na parede. Em seguida, levo a mão a seu queixo perfeito com a barba por fazer e o beijo. Com tudo.

Ele arqueja com os lábios nos meus, e leva uns três segundos para superar sua surpresa. E então duas mãos me puxam para perto.

Como eu disse, não estou acostumado a me soltar completamente, mas neste momento eu não tenho escolha. Keaton abre meus lábios com a língua e eu gemo assim que sinto seu gosto. O que eu estava pensando? Preciso deste homem. E mesmo que ser a metade de um casal não seja fácil para mim, eu preciso tentar. Ninguém nunca mexeu comigo como ele. Ninguém nunca precisou de mim como ele precisa.

Ninguém.

É assustador.

Mas não me afasto ainda, porque as coisas que eu quero falam mais alto que meu medo. Quero sentir sua língua deslizando na minha, e quero o zunido de prazer que ele faz quando eu correspondo ao beijo. E quero o suspiro de felicidade que solto quando ele me segura perto.

É, acho que já era para mim.

Eu não me afasto até nós dois precisarmos de ar. E então, encosto minha testa na dele e olho no fundo de seus olhos.

— Senti muito sua falta. — Quatro palavrinhas. Tão difíceis de dizer, mas o sorriso imediato dele faz valer a pena.

— Também senti a sua — fala ele baixinho.

Eu me afasto para endireitar a postura de novo e olho ao redor. Este lugar parece um museu. Tem arte por todo lado.

— Então esta é a mansão de praia dos Hayworth, hein? É aqui que a mágica acontece.

— Não é insuportável? — Keaton abre os braços. — Você deve estar enojado.

Eu me viro para onde tem mais uma sala de estar enorme e mais janelas que se abrem para o mar. Mesmo daqui dá para ouvir o rugido das ondas.

— Não é o que eu penso, mesmo. Acho que é uma casa incrível. E, honestamente, espero que um dia eu possa dar um jeito de ter uma igual.

— Quem sabe a gente não racha — sugere Keaton. — Ei, você trouxe mala?

Olho para o chão, onde minha mochila de academia caiu logo depois de eu sentir o gosto da boca de Keaton.

— Aham, só para o caso de eu precisar ficar. Mas tem um trem que volta para a Penn Station às onze, e outro um pouquinho antes das duas da manhã.

Keaton se inclina e pega minha mochila no chão.

— Vem.

— Aonde vamos? — Eu o sigo pelo corredor.

— Para o meu quarto, ué. — Ele me leva para uma porta de madeira imensa. A superfície é levemente entalhada, como troncos na praia. No entanto, quando Keaton a abre, revela um quarto incrível. As grandes janelas estão abertas, e a música do DJ flutua por entre as cortinas brancas de ótimo gosto e passa por uma prancha de surfe suspensa em suportes na parede.

Também tem uma cama *king-size*, que eu tento não ficar encarando.

— Você surfa? — pergunto, porque parece ser divertido.

— Só um pouco. Nem sempre tem ondas legais nos Hamptons. Os caras que realmente curtem surfar passam muito tempo viajando de carro procurando algum lugar onde valha a pena passar umas horinhas.

— Tipo eu nos aplicativos antigamente — brinco.

Keaton se vira com uma expressão séria no rosto.

— Mas ultimamente não?

— Não — respondo baixinho. — Conheci um cara incrível e ficar só por ficar meio que perdeu a graça. — Desvio o olhar ao dizer isso, porque os hábitos antigos falam mais alto.

O quarto de Keaton pode ser chique, mas ele nitidamente tem personalidade. Tem uma pilha de livros de suspense na cômoda do lado de um frisbee cheio de areia (viu só, ele é mesmo um labrador caramelo!). E também... uma cartola de seda preta?

— Passa a noite aqui comigo — pede ele. — Eu quero muito.

— Eu também quero. — Eu me forço a olhar para ele de novo, e sei que ele vê no meu rosto o quanto eu quero. — Mas só... —

Vou para o outro lado do quarto e pego a cartola. — Só se você me disser por que tem isso aqui no quarto. Por acaso roubou um idoso de oitenta anos?

Ele ri.

— Não, mas usei em um casamento.

— Existe algum registro fotográfico disso?

— Provavelmente. Além do mais, a cartola é sexy — insiste ele. — Quando uso, viro um ímã pra gente gostosa.

— Ah, é? Vamos ver. — Viro a cartola na mão e a coloco no topo da cabeça. Em seguida, mexo o corpo à batida da música, só para fazer Keaton rir.

Mas ele não ri.

— Como eu disse. Você fica um tesão fazendo isso.

— Fico, é? — Tiro a cartola da cabeça e deslizo no chão para a direita, depois a coloco de novo. — Humm. Viu, se eu ainda estivesse dançando, tentaria tirar algo disso. Objetos cenográficos são divertidos. — Eu me viro e jogo a cartola no ar, e de alguma forma consigo fazer ela cair bem em cima da minha cabeça de novo.

— Continua — fala Keaton, se esparramando no pé da cama para assistir a mim. — Sente falta de dançar?

— Não — respondo, depois paro para pensar um pouco. — Não muito. Eu não gostava de ter que estar "no clima" quando não estava em um dia bom. Mas tinha momentos legais. Aquele mastro me fazia manter o corpo ótimo. E às vezes... — Bato na minha bunda e balanço o corpo em direção à cama com um movimento safado. — ...às vezes ter aquela atenção toda era divertido. Quando a multidão toda grita pra você, é uma sensação muito boa.

— Como você faria uma nova coreografia? — pergunta ele, se sentando. — Mostra pra mim.

— Humm. Tá. — Sei que Keaton sempre quis ir me ver nas apresentações, mas nunca deixei. Hoje é a noite, então. Vim até aqui para dar a esse cara tudo que ele quer. — Essa música funciona bem, na verdade. Tem um ritmo estável gostoso.

A música é "Girls Like You", do Maroon 5. Mexo os quadris e deixo a voz de Adam Levine deslizar pela minha alma. Com um rápido gesto do punho, tiro a cartola e a seguro nas mãos.

Eu me abaixo de repente, fingindo que vou abrir um espacate, e Keaton arregala os olhos.

— Tô gostando de ver — fala ele, rindo. — Continua.

Me levanto de novo, giro os quadris acompanhando a batida. Os olhos de Keaton estão grudados em mim, e eu amo sua atenção. Sem perder o ritmo, tiro os sapatos e os chuto para longe. Coloco a cartola e vou dançando pelo quarto serpenteando sensualmente o torso e os ombros. Em seguida, começo a abrir os botões da camisa, provocando a cada um que solto.

Quando passo a mão pelo peito nu, Keaton recai na cama com um grunhido.

— Morri. Três meses sem você e agora isso. É o melhor tipo de tortura.

— Então tá funcionando — falo, brincando com os pés também enquanto ele me observa com os olhos arregalados. — O propósito do strip-tease é deixar quem tá assistindo com água na boca.

— Você é ótimo nisso — balbucia ele. — Agora vem cá logo.

— Ah, eu adoraria. Mas não posso transar com você durante uma festa na casa da sua família. — Qualquer um pode olhar pela janela ou entrar aqui procurando o banheiro.

Ele bufa.

— É, acho melhor não. Quer ir nadar? Talvez isso apague o fogo do meu cu.

— Claro, ShortsDeLagosta. Me leva pra nadar.

Ele se senta de novo e sorri para mim, e o sorriso faz eu me sentir bobo.

Por que eu levei tanto tempo para confiar neste homem?

— Keaton?

— Oi?

— Eu te amo. E desculpa não ter descoberto antes como resolver meus problemas pessoais para poder ser seu.

Ele engole em seco.

— Você pode ser meu agora?

— Eu quero. Se você me deixar tentar.

Ele se levanta da cama.

— Vem cá. — Keaton me puxa para um abraço. — A gente precisa ir nadar agora, senão vou acabar com você.

— Tá bom — sussurro em seu ouvido.

— Também te amo. Sei que é mais fácil para mim dizer isso do que foi pra você. Eu não te culpo pelas suas cicatrizes.

— Obrigado — murmuro. Envolvo seu corpo robusto com os braços e suspiro. — A gente vai mesmo sair daqui e fingir que não estamos contando os minutos até podermos tirar os shorts um do outro?

— Tive uma ideia. Vem comigo.

Ele sai do quarto, e vou atrás dele às pressas por um corredor que eu não tinha visto antes. Ele pega duas toalhas de praia listradas em uma pilha e continua andando.

Saímos da casa novamente, mas não voltamos à festa. Atravessamos o gramado lateral que está ficando escuro e depois a entrada de carros de chão de pedra branca.

— Tudo isso é propriedade sua? — pergunto.

— Não. — Ele me leva para mais longe, até eu ver uma outra casa e outra piscina. — Vamos pra casa da vizinha.

— O quê? E onde ela tá?

Ele aponta com o polegar para a própria casa.

— Aproveitando a comida e a bebida de graça, cortesia dos meus pais. A sra. Pennyworth vai levar horas para voltar para casa. Ano passado ela venceu o prêmio de inimiga do fim.

De fato, a casa da vizinha está escura. O céu está azul-escuro agora, em vias de ficar preto. As únicas luzes aqui são na própria piscina, debaixo d'água.

Keaton joga as toalhas em uma cadeira. E sem seguida, arranca os shorts de lagosta dos quadris estreitos e os joga de lado também. Nu, ele vai até a beira da piscina e mergulha.

Os Hayworth realmente sabem como dar uma festa. Ele não estava errado quanto a isso.

Depressa, tiro minha roupa também, olhando por sobre os ombros, na esperança de que ninguém esteja vendo. E não tem ninguém mesmo. Eu o sigo para a água, que está em uma temperatura surpreendentemente confortável.

Estamos nos Hamptons. É óbvio que ela é aquecida.

— Caramba — digo quando emerjo para respirar. — Eu gosto de como sua mente funciona. — Nado até Keaton, que está sentado no que parece ser um banco submerso. — A piscina é legal.

— Mas não tem uma prainha — brinca Keaton.

— Tem razão. Que porcaria. Vou fazer uma reforma quando comprar a casa da sra. Pennyworth.

Mas Keaton não ri. Ele coloca os braços ao redor dos meus ombros e beija meu pescoço.

Solto um suspiro quente. À medida que a boca dele viaja lentamente pela minha pele, fecho os olhos e deixo a sensação afastar cada pensamento na minha mente. Em poucos segundos, fico arrepiado e de pau duro. A água morna bate no meu corpo, e solto um grunhido.

— Isso — sussurra ele. — Vem aqui.

Hoje não me parece nada estranho permitir que Keaton fique mandando em mim para cima e para baixo. Subo no colo dele por vontade própria, montando em suas coxas enormes.

— Eu amo os Hamptons — digo e me inclino para beijá-lo.

Ele ri os com lábios na minha boca, e eu me perco em seu beijo.

Duas horas depois, estamos sentados na cozinha de Keaton. Os últimos funcionários do bufê estão arrumando as coisas ao nosso redor, e Keaton e eu estamos dividindo uma travessa de comida. Uma travessa mesmo. Como se fôssemos vikings em um banquete.

Se vikings comessem carne desfiada e casquinha de siri.

A primeira das que prometem ser várias aventuras sexuais nos deixou mortos de fome. Estou com as mãos todas sujas e a boca cheia de comida quando uma mulher bem-vestida parecida com Keaton entra na cozinha.

— Achei vocês! — declara ela, animada.

Puta merda. Alvoroçado, tento encontrar um guardanapo e mastigar mais rápido. Sinto meu rosto ficando vermelho. E não é só a bagunça. É saber o que eu e o filho dela estávamos fazendo até agora há pouco...

— Mãe — fala Keaton, bebendo seu copo de ponche. — Este é o Luke.

Ela ri de nós dois.

— Não precisam se levantar. Você diria que essa cena lembra leões se alimentando, ou...?

— Acho que hienas — responde Keaton. — Os leões se revezam com a comida.

— É um prazer conhecê-la, sra. Hayworth — consigo dizer depois de engolir.

— Igualmente — fala ela, colocando uma das mãos no meu ombro ao passar por mim. Os Hayworth são todos chegados no contato físico, pelo visto. — Ouvi muito a seu respeito!

Acho que meu rosto nunca mais vai voltar ao normal depois desse tom de vermelho. E olha que eu não sou de corar. Nunca. Se bem que esta é a primeira vez que conheço a mãe do meu namorado.

— Faltam quantos fins de semana do verão? — pergunta ela, voltando a nos analisar. — Agora que Keaton está em casa, quero vocês dois aqui sempre que possível.

— Caramba, nossa, é muita generosidade — gaguejo.

— Seis fins de semana — comemora Keaton. — Vou passar os horários dos trens antes do Luke ir embora amanhã.

— Muito bem. — Ela boceja. — Este verão tem sido triste. Ninguém entra na piscina a menos que haja uma festa. Que desperdício, não acham? Só preciso me lembrar de aumentar a lista de compras. — Ela olha estranho para a lambança da nossa travessa. — Tem massa de panqueca no armário, Keaton, e bacon no freezer. Boa noite, meninos. Preciso tirar esses sapatos.

Os passos dela se afastam pelo corredor. E eu fico me perguntando o que acabou de acontecer. Será que ela *não sabe*? Ninguém fica de boa assim conhecendo o cara com quem o filho está ficando.

— Você devia ver sua cara agora. — Keaton enfia um montão de guacamole na boca e sorri para mim.

— Mas... — Não sei nem por onde começar.

— Tem quatro coisas que deixam minha mãe feliz — diz Keaton, enumerando nos dedos. — Meu pai, eu, gastar dinheiro em lugares chiques e alimentar as pessoas. Pontos extras se eu e meu pai não estivermos brigando e se colocarmos a louça suja na máquina.

Olho para a travessa, torcendo para ela caber na lava-louças. Vou dar um jeito.

— Você ouviu, né? Vai ter que pegar aquele trem toda sexta-feira e vir ficar aqui.

— Hum... — Engulo em seco. — Tá bom. Se estiver tudo bem por você.

— Tudo ótimo por mim. — Ele baixa o tom de voz. — Meus pais vão a festas uma ou duas noites todo fim de semana. Por todo canto. Eles levam *horas* pra voltar.

— Ah, é?

Keaton sorri.

— Vamos nos divertir muito.

Depois de nos limparmos do banquete (e de colocarmos a travessa seguramente na lava-louças), estamos no banheiro da suíte de Keaton nos aprontando para ir dormir. Os pais dele têm a própria ala na mansão, graças a Deus.

— Estou namorando o filho do chefe — brinco, me deitando na cama *king-size* em seguida. — Acha que vai ser ruim para a minha carreira na indústria farmacêutica?

Keaton faz um som de irritação e me puxa para perto.

— Estou namorando o presidente da fraternidade. Acha que posso ter mais sorte na divisão de quartos assim?

— Epa, epa. Nada de favoritismo por aqui.

— Eu sei, seu tonto. — Ele ri. — Mas preciso te falar uma coisa sobre a divisão de quartos. Temos um residente a menos.

— O quê? Quem?

Ele limpa a garganta.

— Recebi uma mensagem do Judd ontem. Perguntou por que não chamei ele para o churrasco na praia esse ano.

Viro na cama para olhar para Keaton. Está escuro, mas consigo ver o contorno de seu sorriso mesmo assim.

— E o que você falou?

— Eu disse que foi porque eu tinha convidado você e não achava que ele ia querer vir. Mas também falei: "Fique à vontade para me convencer de que eu estava errado. Nós três podemos ir a bares gays depois do churrasco."

Uma gargalhada escapa da minha garganta.

— Tá zoando.

— Falei mesmo. Não que eu saiba onde encontrar bares gays por aqui, mas não vou deixar ele ficar me esculachando desse jeito. Só queria deixar isso claro.

— E o que ele respondeu?

— Não falou mais nada. E, meia hora depois, mandou um e-mail para o Munsen.

— Nosso novo secretário.

— Isso. E eu estava em cópia. Disse pra desconsiderarmos ele da divisão de alojamento porque ele vai alugar um apartamento fora do campus. Acrescentou que não estava mais curtindo a vibe da casa.

Solto um murmúrio mal-humorado.

— E ele fez questão de te copiar pra você ver, só pra ser um babaca e fazer você se sentir mal.

— Pois é!

— E deu certo? — pergunto.

Devagar, Keaton sacode a cabeça.

— Vai tarde. E como ele é o pior de todos, tô até meio aliviado. Não vou mais precisar ouvir as merdas dele quando a gente voltar juntos para a universidade no outono, e assim não vamos ter que nos dar ao trabalho de esconder nosso namoro.

Fico esperando aquela chama de pânico se acender, mas ela nem pisca.

— Está bem então. — Deito a cabeça no travesseiro. Dá para ouvir o mar da cama de Keaton. Isso é muito foda. — Mas ainda assim não vou te dar uma chance extra na divisão de quartos. — Sorrio no escuro.

— Não precisa. Eu estava pensando em ficar com o seu antigo.

— Por quê?! Ninguém quer aquele quarto.

— Bem, se você pegasse o meu antigo, a gente podia dividir o terceiro andar de novo.

— Ah — digo lentamente. É uma boa ideia. Exceto por um detalhe. — Fica você com o maior. Não me importo. Já sei onde botar minhas coisas naquele. A gente vai dormir no seu quarto, de qualquer jeito.

Keaton se mexe e me cobre com seu corpo.

— Você sabe que eu não ligo pra tamanho de quarto, né?

— Aham. Eu sei disso.

— O ano vai ser incrível de qualquer jeito.

— Vai mesmo — sussurro.

Mais uma onda se quebra na praia enquanto o puxo para mais perto para um beijo.

AGRADECIMENTOS

Obrigada, leitores!

Confira nossos lançamentos,
dicas de leitura e
novidades nas nossas redes:

🐦 editoraAlt
📷 editoraalt
♪ editoraalt
f editoraalt

Este livro, composto na fonte Fairfield,
foi impresso em papel Ivory Slim 65g/m² na gráfica Leograf.
São Paulo, Brasil, junho de 2025.